**CHRISTIAN BOURGOIS ÉDITEUR**
12, avenue d'Italie - Paris XIII<sup>e</sup>

# LA MORT D'UN LAC

PAR

## ARTHUR UPFIELD

Traduit de l'anglais
par Michèle VALENCIA

INÉDIT

Série « Grands Détectives »
dirigée par Jean-Claude Zylberstein

Titre original :
*The Death of a Lake*

© 1954 Arthur Upfield
et © 1991 Christian Bourgois Éditeur
pour la traduction française
ISBN 2-264-01652-3

# NOTE DE L'ÉDITEUR

Après le Juge Ti, Martin Beck, le rabbin Small et quelques autres dont un certain Frère Cadfael, « Grands Détectives » a le grand plaisir de présenter au public de langue française un héros d'une grande originalité : l'inspecteur Napoléon Bonaparte.

Un tel patronyme mériterait déjà quelques explications. On va voir que son inventeur, Arthur Upfield (1888-1964), qui a consacré quelque trente romans à la saga de ce Sherlock Holmes du « bush australien », ne mérite pas moins notre attention.

Né en Angleterre dans une famille bourgeoise, Arthur Upfield fut dès son enfance séduit par Sher lock Holmes, Nick Carter et Sexton Blake. Après des études tumultueuses, ce mauvais élève – sans doute trop marqué par ses lectures – est expédié en Australie par son père à l'âge de dix-neuf ans. Il roule sa bosse dans le bush, part faire la guerre en 1914 et revient en Australie aussitôt après. Pendant dix ans, il va parcourir le pays en exerçant tous les métiers. Il sera successivement manœuvre, trappeur, mineur et berger.

Établi comme cuisinier dans une localité isolée de la Nouvelle-Galles du Sud, il reçoit la visite d'un métis avec lequel, quelques années auparavant, il a sillonné la côte. C'est le moment même où il songe à devenir écrivain. Or, l'homme a une histoire originale. Fils d'un colon blanc et d'une aborigène exclue de sa tribu pour avoir violé la loi tribale, Tracker Leon (c'est son surnom) avait trouvé un emploi dans la police de l'État du Queensland. Il a du charme, du bagout, a reçu une éducation secondaire et trimballe avec lui une petite bibliothèque portative. Au moment de se quitter, les deux hommes échangent quelques livres, denrée rare vu l'époque et le lieu. Parmi ceux dont Upfield hérite, une biographie de Napoléon Bonaparte.

Le sort en est jeté : Upfield, qui va s'inspirer des récits de Tracker Leon, décide de modifier les caractéristiques du héros des deux livres qu'il a en train. Ainsi vient de naître l'un des personnages les plus originaux de la littérature policière de ce siècle : l'inspecteur Napoléon Bonaparte de la police du Queensland, familièrement surnommé Bony par son auteur.

Mais ce n'est pas tout : au moment de mettre ce volume sous presse, nous apprenons (avec l'intérêt qu'on devine) que Tony Hillerman, reconnaissant sa dette à l'égard d'Upfield, avait vu en ce dernier le pionnier du polar ethnologique.

Dans la préface à *Royal Abduction,* un roman d'Upfield réédité en 1984 par Dennis McMillan, Hillerman indique, à propos de l'auteur de *La Mort d'un lac* et de *L'Homme des tribus* : « C'est lui qui m'a montré comment l'ethnologie et la géographie peuvent être utilisées dans une intrigue et comment ces disciplines peuvent enrichir le roman policier. »

Après Hillerman, partons à notre tour sur les traces de l'inspecteur Napoléon Bonaparte ; la découverte du bush profond et mille intrigues nous attendent.

Jean-Claude ZYLBERSTEIN

# Le lac Otway

Le lac Otway était en train de mourir. A l'endroit où il avait existé, dansant au soleil, courtisé par la lune enchanteresse, il n'y aurait plus que de mornes étendues d'une argile aussi dure que le fer. Alors, les morts se réveilleraient peut-être pour clamer des accusations dont l'écho serait renvoyé par les dunes disposées en cercle.

L'exploitation était perchée sur une falaise peu élevée de la rive sud, et de là partait une unique ligne téléphonique qui parcourait quatre-vingts kilomètres de terre vierge pour rejoindre le grand domaine sur lequel vivait le patron de Porchester, un domaine qui comptait trois cent vingt mille hectares et soixante mille moutons et employait une vingtaine d'hommes, parmi lesquels Richard Martyr, le régisseur.

Richard Martyr n'avait pas un physique imposant. Il était petit, fringant, sec et nerveux, chacun de ses gestes trahissant une force contenue. Il avait le visage et les bras de la couleur du bois de cèdre patiné, ce qui faisait ressortir de façon frappante ses yeux gris clair. C'était un vrai dandy, et ce matin-là il portait une culotte de cheval bien propre, une chemise de soie blanche et des bottes d'équitation en peau de kangourou, à éperons d'argent. Et pourquoi pas ? Après tout, il était le second personnage de Porchester, et cette exploitation, Lac Otway, était son quartier général.

Martyr était debout sur la grande véranda qui surplombait le lac, ce lac né trois ans plus tôt sur le lit d'une cuvette aride, ce lac qui avait vécu, dansé et chanté pendant trois ans et qui allait maintenant mourir. La grosse chaleur d'été n'allait pas tarder à s'abattre, et le soleil ne manquerait pas d'assassiner le lac Otway.

Ses doigts courts pianotant sur la balustrade, Martyr contemplait d'un air morose la grande étendue d'eau qui scintillait comme une étoffe de diamants. Il y avait presque cinq kilomètres jusqu'à la rive opposée, bordée de buis, et, derrière se dressaient des dunes rose saumon, au pied de hautes terres très étendues. A gauche de la falaise, la rive s'incurvait sur un kilomètre et demi ; à droite, elle dessinait des caps miniatures et de minuscules baies sur six kilomètres et demi, avant de tourner en direction du ruisseau d'écoulement où on pouvait voir les palettes immobiles d'une éolienne et le toit en tôle d'une hutte qu'on appelait le Puits de Johnson. Quand le lac Otway serait mort, cette éolienne pomperait de l'eau pour les troupeaux, et un homme ou deux vivraient peut-être dans la cabane, avec mille kilomètres d'un paysage vallonné entre eux et la mer.

Le son du triangle appela tous les travailleurs à venir prendre le petit déjeuner. Martyr plissa à nouveau les yeux pour lire les chiffres inscrits sur le poteau planté au milieu du lac. Il avait vu le niveau de l'eau atteindre le nombre 5 ; maintenant, il apercevait 0,90. Il ne restait que quatre-vingt-dix centimètres d'eau dans le lac Otway. Non ! Moins ! Seulement quatre-vingt-cinq et demi. S'il y avait une vague de chaleur persistante en février, le lac Otway ne tiendrait pas cinq semaines.

Les hommes quittaient leur chambre pour venir manger dans l'annexe de la cuisine. L'homme à tout faire amenait dans la cour les chevaux qu'on allait utiliser ce jour-là. Les poules s'affairaient, sachant qu'elles devraient se réfugier à l'ombre quand la chaleur serait là. Les chiens attachés étaient excités par les chevaux en mouvement. Les corbeaux croassaient au-dessus de l'abattoir et une volée de cacatoès rosalbins vous disaient gentiment bonjour en passant au-dessus de votre tête. Un citadin ne pourrait jamais comprendre comment on pouvait s'enthousiasmer pour un endroit pareil... à mille kilomètres de toute ville.

Martyr se retourna et pénétra dans la salle à manger, une grande pièce haute de plafond, bien éclairée. Il s'assit à la table recouverte d'une nappe blanche pour y manger seul. Il entendait les hommes, dans l'annexe, ainsi que Mme Fowler, la cuisinière, qui leur servait leur petit déjeuner. Il leva alors les yeux sur la fille de Mme Fowler.

– Bonjour, monsieur Martyr ! Qu'est-ce que vous prendrez après les céréales ? Des côtelettes grillées ou des abats d'agneau au bacon ?

Elle avait un corps aux lignes douces, mais elle était robuste et avait vingt ans. Ses cheveux avaient la couleur de l'or australien et ses yeux étaient tantôt bleus, tantôt verts. Sa bouche était petite et délicieusement incurvée quand elle était contente. Mais sa voix était dure et souvent stridente.

– Des côtelettes, s'il vous plaît, Joan. Pas de céréales. Beaucoup de café.

En remarquant sa moue, il lui demanda :

– C'est la guerre, ce matin ?

– Maman est mal lunée.

Repoussant ses cheveux fins de son grand front, elle s'éloigna d'une démarche qu'aurait pu lui enseigner un maître de ballet. Il se rappela qu'elle avait marché de cette façon un matin, à l'époque où le lac naissait, alors qu'elle avait dix-sept ans, et que le patron avait failli la renvoyer avec sa mère parce qu'elle pouvait être dangereuse... au milieu d'hommes qui n'avaient pas de femmes.

– Qu'est-ce qui a mis votre mère dans cet état ? demanda-t-il lorsqu'elle déposa devant lui le plat surmonté d'un couvercle.

– Oh, tout et rien.

– Ce n'est pas vous qui l'auriez asticotée, des fois ?

Elle se déplaça autour de la table et elle le regarda avec des yeux qui, il en était sûr, étaient verts. Elle souleva sa poitrine généreuse et d'un geste léger, mit les mains sur les hanches. Il comprit alors que pour être lascive, une femme n'a pas besoin d'une longue pratique.

– Une fille n'asticote jamais personne avant de se marier, monsieur Martyr.

– Je vous crois, Joan. Allez, maintenant, et n'ennuyez plus votre mère.

– D'abord, c'est elle qui a commencé.

– Qui a commencé quoi ?

– Oh, rien, dit-elle avant de sortir de la pièce en tortillant son derrière comme une Canaque.

Martyr commença à manger car le petit déjeuner devait être terminé à sept heures et quart. La mère et la fille se disputaient constamment à propos de choses qu'elles ne dévoilaient pas aux hommes. Lac Otway n'avait jamais connu meilleure équipe pour la cuisine et le ménage. Les repas étaient excellents et la maison était très bien tenue. Avec perspicacité, Martyr se disait que la principale cause de dispute entre ces deux femmes était leur faible différence d'âge. En effet, la mère était encore jeune, encore tout à fait séduisante, et elle avait conservé cette lascivité qu'elle avait transmise à sa fille. Quant au mari, personne n'en avait entendu parler.

Martyr se souvint de ce qu'était Lac Otway au moment où il avait accepté de venir y travailler. Le lac était alors à sec et le personnel de service comprenait un cuisinier et une Noire mariée à l'un des bouviers. La maison n'était qu'un lieu où l'on dormait ; ces deux femmes qui se querellaient lui donnaient vie.

Alors qu'il pénétrait dans le bureau, le téléphone sonna deux fois. L'appel devait être pour George Barby. Celui-ci faisait la cuisine pour les gardiens de troupeaux du Puits de Sandy, à mi-chemin entre le grand domaine et Lac Otway. Martyr s'assit au bureau et bourra une pipe. Il avait déjà approché une allumette quand le téléphone sonna trois fois... un appel pour Lac Otway. Il compta jusqu'à dix avant de décrocher.

— Bonjour, Dick ! dit une voix grave et mélodieuse.

— Bonjour, monsieur Wallace.

— Comment est le lac, ce matin ?

— Quatre-vingt-cinq centimètres et demi. Il a baissé de deux centimètres et demi depuis hier après-midi.

— Hum ! Il n'y a pas le moindre signe de pluie et Inigo Jones dit qu'il ne faut pas s'attendre à en avoir avant le 18 mars. Les bêtes ont encore quelque chose à brouter ?

– Dans un rayon de deux ou trois kilomètres du lac, oui. Et il y a des millions de lapins. Cette semaine, il y a aussi plus de kangourous que j'en avais jamais vus. Ils arrivent des zones sèches. Le Barrage Blanc n'a plus qu'un mètre vingt d'eau.

– Alors, il vaudrait mieux déplacer les agneaux, conseilla le patron. En fait, Dick, nous ferions mieux d'envisager de déplacer une bonne partie des moutons jusqu'aux pâturages du Puits de Sandy. Une fois que le lac aura commencé à s'assécher, ça va aller vite. Les derniers cinquante centimètres pourraient bien s'évaporer en un seul jour. C'est ce qui s'est passé la dernière fois, je m'en souviens. Nous avons perdu deux mille brebis dans le Chenal cette fois-là. Qu'est-ce que vous avez l'intention de faire aujourd'hui ?

– Je vais envoyer Carney au pâturage du Barrage Blanc. Et MacLennon au Puits de Johnson pour qu'il examine l'éolienne, la pompe et la citerne.

– Envoyez donc Lester avec Mac, et rappelez-leur de faire descendre une lampe dans le puits avant d'y aller eux-mêmes. L'air sera sans doute vicié après tout ce temps.

– Très bien, monsieur Wallace. Et les chevaux ? Vous n'avez pas repéré de dresseur ?

– Oui, j'allais y venir, répondit le patron. Y a un gars ici qui cherche un boulot de dresseur. Il a de bonnes références. Je vais vous l'envoyer demain par le camion. Ce soir, vous me direz de quoi vous avez besoin.

– Ce dresseur, il faudra lui donner carte blanche ?

– Comme il va travailler au forfait, oui. Il prendra ses repas avec les hommes, bien entendu. Il s'appelle Bony.

– Bony comment ?

– Bony tout court. Il parle comme un prof d'université. Il doit être du Queensland, à mon avis. Vous lui rassemblerez tous les jeunes chevaux et ensuite, vous feriez mieux d'envoyer ici tous ceux dont vous ne vous servez pas. On les mettra dans le pré du Tournant. Bon, je vous rappelle ce soir.

La communication fut coupée. Martyr raccrocha et attrapa son feutre à large bord. Devant le bureau, sur le côté de la maison, il y avait près d'un hectare de terrain avant le bâtiment dans lequel logeaient les hommes. Bordé d'une rangée de poivriers, il avait à sa droite l'entrepôt, les hangars des machines et des moteurs, la sellerie, l'écurie pour le cheval qui passait la nuit à l'exploitation, et derrière ces constructions, il y avait les parcs pour rassembler les bêtes, le puits et son éolienne, et la pompe. Les hommes attendaient les ordres près du hangar des moteurs.

Il y en avait sept... cinq Blancs et deux Noirs. Les Aborigènes avaient des tenues tape-à-l'œil, les Blancs se contentaient de chemises de coton et de pantalons collants qui avaient bouilli tant de fois que leur couleur d'origine était partie dans l'eau de lessive.

Le régisseur appela un nom et l'un des Aborigènes s'avança. Il lui dit de prendre un cheval pour aller vérifier une clôture de vingt-cinq kilomètres. Il envoya l'autre Aborigène voir si les moutons ne s'étaient pas agglutinés dans un coin de l'enclos. Il envoya un Suédois, qui n'avait jamais pu perdre son accent depuis quarante ans qu'il était en Australie, huiler et graisser une éolienne, et il demanda à Witlow, un petit dur aux yeux gris, d'aller voir si le bétail allait régulièrement s'abreuver à une mare. Carney, un jeune type blond, alerte et souriant, fut expédié au Barrage Blanc pour vérifier à nouveau la profondeur de l'eau. Il ne restait plus que MacLennon, un homme abrupt à la moustache noire, aux yeux marron et à la mâchoire proéminente. Il se débrouillait bien avec les machines.

– Mac, je voudrais que vous alliez voir du côté du Puits de Johnson. Il faudra que vous emportiez la pompe portative pour abaisser le niveau de l'eau dans le puits. Sortez la pompe du puits et vérifiez-la. Faites aussi un saut à l'éolienne. Notez tout ce qui a besoin d'être remplacé. Le camion va venir demain.

– Ça tombe bien. A le voir, ce fichu lac ne va pas durer bien longtemps, monsieur Martyr.

– Et faites glisser une lampe dans le puits avant de descendre.

– Oh, il n'y aura pas de problème.

– C'est ce que disait le type de Belar, rappela Martyr à MacLennon d'un ton sec. Problème ou pas, Mac, le type qui est descendu dans le puits sans prendre cette précaution, il y a cinq ans, est mort depuis cinq ans. Vous feriez mieux d'emmener Lester pour qu'il vous donne un coup de main. Prenez le camion. Je vais dire à Lester d'emporter vos deux repas.

Lester arrivait du petit déjeuner et Marty alla à sa rencontre. Il avait un certain âge et sous l'action du soleil et du vent, sa peau s'était ratatinée comme celle d'une momie. Il arborait une maigre moustache pour cacher son long nez. Ses yeux bleu pâle étaient toujours larmoyants et cerclés de rouge, et il était affligé d'un reniflement qui tenait lieu de rire étouffé. Bon gardien de troupeaux, travailleur sur lequel on pouvait compter, Bob Lester servait pour l'instant d'homme à tout faire sur l'exploitation, effectuant

16

n'importe quelle tâche, depuis aller chercher les chevaux de bon matin jusqu'à traire les vaches et abattre des moutons le soir.

– Bonjour, Bob !

– 'Jour, monsieur Martyr !

Les yeux larmoyants le scrutaient sous les sourcils gris broussailleux.

– C'est pas votre truc, Bob, mais ça vous ennuie pas d'accompagner Mac au Puits de Johnson ? (Sans attendre sa réponse, Martyr conclut :) Allez chercher vos deux déjeuners et donnez un coup de main à Mac avec la pompe portative. A propos, le dresseur va arriver demain.

Lester renifla.

– Demain, hein ? C'est quelqu'un qu'on connaît ?

– Moi non. Il s'appelle Bony. Ça doit être un Aborigène, d'après ce qu'a laissé entendre le patron, puisqu'il ne semble pas avoir de nom de famille. Vous avez entendu parler de lui ?

– Non... en tout cas, pas sous ce nom. Ces gens-là, ils sont rudement bons avec les chevaux quand ils sont bons, et rudement mauvais quand ils savent pas y faire. (Lester aimait bien énoncer de tels truismes.) Vous allez lui donner un aide ?

– Je n'ai pas encore décidé, répliqua le régisseur sur un ton brusquement distant, et Lester renifla avant d'aller demander à Mme Fowler de préparer les repas.

Martyr s'approcha lentement du hangar qui abritait le groupe électrogène et il actionna la génératrice. De là, il traversa les parcs à bestiaux où les hommes étaient en train de seller les chevaux. Le cheval d'écurie qu'avait utilisé Lester pour amener les bêtes attendait, et Martyr le monta pour ramener dans leur enclos celles dont on n'avait pas besoin, tâche qui revenait normalement à l'homme à tout faire. En revenant, il aida MacLennon et Lester à charger la pompe portative et il s'assura qu'ils avaient emporté les bons outils pour travailler au Puits de Johnson. Une fois les deux hommes partis, ils entra dans la maison et se tint pour la deuxième fois de la matinée sur la véranda du devant, celle qui donnait sur le lac Otway.

Même si Richard Martyr était réputé pour être un expert avec les vaches et un excellent éleveur de moutons, on avait laissé entendre qu'il semblait ne pas pouvoir s'intégrer à ces grands espaces, dénudés jusqu'au ciel embrasé. En fait, il s'y adaptait peut-être un peu trop bien. Mme Fowler le disait lunatique ; sa fille le trouvait profond. Un psychiatre aurait eu la tâche facilitée s'il avait été au courant du vice secret de Martyr, vice consistant à écrire de la poésie. S'il en avait lu, il aurait pu conseiller à son patient de ne pas se laisser aller à de tels débordements d'imagination morbides.

Même la disparition prochaine du lac Otway commençait à lui peser et son esprit cherchait des rimes pour en parler. En réalité, bien sûr, il était trop seul, capitaine de vaisseau, commandant isolé d'une compagnie, chef unique qui devait maintenir son autorité en gardant ses distances.

Parce qu'il avait assisté à la naissance du lac Otway, il savait précisément ce que sa mort signifierait. Il avait vu les eaux inonder cette grande dépression de quatre mille hectares, une dépression qui n'avait pas connu d'eau depuis dix-huit ans. Littéralement, c'était une renaissance, car le lac Otway naissait et mourait périodiquement depuis des siècles.

Là où les tourbillons de poussière avaient dansé toute la journée, où les mirages s'étaient imposés comme une eau brûlante, les couleurs du ciel changeant prenaient vie sur les rides du lac, et les vagues chantaient en direction des rives et appelaient les oiseaux au loin... jusqu'aux mouettes de l'océan. Des escadrilles de pélicans venaient y nicher et s'y reproduire. Les cormorans arrivaient avec les échassiers et quand débutait la chasse au canard dans les régions peuplées de l'Australie, les canards affluaient par milliers dans ce sanctuaire.

Tout cela s'était passé à peine trois ans plus tôt. Près de six mètres d'eau avaient recouvert la dépression qui mesurait cinq kilomètres de large sur huit de long. Puis, tel un homme qui se rapproche de la mort dès lors qu'il naît, le lac Otway avait été soumis à l'épreuve du soleil et du vent. L'évaporation de la première année avait réduit la profondeur à quatre mètres, et la deuxième année, ces deux ennemis l'avaient réduite à deux mètres cinquante.

C'était au cours de la deuxième année que Ray Gillen était venu de l'arrière-pays par la route d'Ivanhoe, sur sa moto, et avait demandé du boulot. Avec cette moto, il se débrouillait incroyablement bien sur toutes sortes de routes, et quand il n'y avait pas de route, il montait également très bien à cheval. Même maintenant, l'écho de son rire distendait les rides du temps pour remonter à cette nuit de clair de lune où il était allé nager et n'était pas revenu.

Il aurait dû regagner la rive. C'était étrange que les aigles et les corbeaux n'aient pas mené les secours à son corps, car il y avait exceptionnellement peu d'écueils dans le lac Otway. De plus, cette année-là, le lac ne rejoignait pas le Tallyawalker.

Si seulement un homme pouvait mettre à nu l'esprit de cette fille et oublier son corps. Elle retenait toujours son souffle quand Ray Gillen riait, et quand il la taquinait, elle avait les yeux bleus... comme... comme des lacs bleus.

Fichue garce blonde !

# Bony arrive à Porchester

Ce n'était pas un événement qu'allaient oublier ceux qui y avaient été étroitement associés. Les détails furent consignés par la police et étudiés plusieurs mois plus tard par l'inspecteur Bonaparte.

Ray Gillen arriva à Lac Otway le 3 septembre et le lendemain, Richard Martyr l'inscrivait sur les registres. Comme c'était la règle, aucune question ne fut posée à Gillen au sujet de ses emplois précédents ou de sa vie privée, son employeur voulant uniquement savoir s'il serait capable d'effectuer le travail qui lui avait été confié. Et pour s'occuper des troupeaux, il était certainement compétent.

Neuf semaines plus tard, dans la nuit du 7 novembre, Gillen se noya dans le lac Otway, et le lendemain soir, le chef de la police de Menindee arriva avec M. Wallace, le propriétaire. Martyr remit au sergent Mansell toutes les possessions de Gillen, après avoir, devant témoins, dressé la liste du contenu de sa valise et de son balluchon.

A cette époque, le bâtiment des hommes était occupé par Lester, MacLennon, Carney et George Barby. Il s'agissait d'un bungalow qui comprenait trois chambres de part et d'autre d'une salle commune. Lester occupait une chambre et MacLennon une autre. Carney en partageait une avec Gillen et Barby avait une chambre pour lui seul.

En novembre, il fit très chaud et les hommes descendaient souvent les marches creusées dans la face de la falaise pour aller se baigner dans le lac qui, à ce moment-là, avait une profondeur de trois mètres soixante-dix. Ni Lester ni MacLennon ne savaient nager. Barby, lui, savait, mais il ne s'aventurait jamais trop loin du rivage. A peu près du même âge – vingt-cinq ans – Gillen et Carney étaient tous deux de bons nageurs, surtout Gillen, qui se vantait qu'avec un peu d'entraînement, il serait capable de traverser le lac dans les deux sens.

La nuit du 7 novembre, la lune était presque pleine. La journée avait été très chaude, et la nuit était tiède et paisible. Les hommes jouèrent au poker, avec des allumettes, jusqu'à onze heures et quart, heure à laquelle ils allèrent dormir. Carney affirma que Gillen et lui étaient à peine couchés que Gillen annonça son intention d'aller nager. Sur le point de s'endormir, Carney refusa de l'accompagner. Il déclara que c'était seulement en se réveillant le lendemain matin qu'il s'était aperçu de l'absence de Gillen.

La dernière fois qu'il l'avait vu, c'était quand Gillen avait éteint la lumière en sortant de la chambre. Il ne portait que son pantalon de pyjama. En vérifiant rapidement les vêtements de Gillen, on constata qu'il n'aurait pas pu revenir du lac, s'endormir, se réveiller tôt et partir. C'est après le petit déjeuner, quand Martyr arriva pour distribuer les tâches de la journée, que la disparition de Gillen fut signalée.

Pour le sergent Mansell, c'était du travail de routine. Il examina les vêtements, le balluchon de couvertures et le contenu de la valise de Gillen, une valise

22

de bonne qualité. Il n'y avait pas d'indices permettant de remonter à sa famille. Il examina sa moto, une machine puissante en bon état, nota son numéro d'immatriculation et de moteur, et il retourna à son bureau.

Wallace et son régisseur organisèrent les recherches. On alla chercher les Aborigènes près de la rivière et pendant ce temps, Lester, Carney et MacLennon battirent les alentours du lac, au cas extrêmement improbable où Gillen se serait éloigné et perdu.

A partir du troisième jour, tous les hommes arpentèrent les abords du lac, attendant que le corps soit rejeté sur la rive. La direction du vent et les courants qu'il provoquait furent soigneusement pris en compte. Mais le corps n'apparut pas et finalement, on supposa qu'il avait été retenu par la clôture métallique qui traversait le lac et était, bien entendu, immergée quand la dépression était pleine d'eau.

Dans les affaires de Gillen, il n'y avait ni permis de conduire ni papiers pour sa moto. On apprit que le propriétaire légal de l'engin était bûcheron dans le sud du Queensland. On le retrouva à Toowoomba, où il était descendu dans un bon hôtel et dépensait son argent sans compter. Il dit qu'il avait vendu sa moto à un type qui s'appelait Gillen, et il le décrivit. Il dit que s'il se trouvait à ce moment-là dans une situation financière enviable, c'était parce qu'il avait acheté, en s'associant avec Gillen, un ticket de loterie qui avait rapporté vingt-cinq mille livres.

Lorsqu'on lui demanda comment l'argent avait été partagé, l'ouvrier répondit qu'ils avaient été d'accord pour retirer la totalité de la somme, en liquide, à la banque dans laquelle le chèque du prix avait été déposé. Dans une chambre d'hôtel, ils avaient pris chacun leur part en petites coupures. Ils voulaient contempler un gros paquet d'argent, et Gillen était parti le lendemain sur sa moto en disant qu'il avait l'intention de parcourir l'Australie.

Et le côté extraordinaire de cette histoire – de ce coup de chance, de ce partage d'une forte somme en petites coupures – c'était qu'elle était vraie. Gillen avait quitté Toowoomba avec environ douze mille cinq cents livres en poche.

Quand Martyr avait, le premier, examiné les affaires de Gillen en présence de Lester et de MacLennon, il n'avait pas trouvé d'argent.

On demanda à toutes les banques du Commonwealth australien si un compte au nom de Gillen avait été ouvert. Le résultat fut négatif. On retrouva la trace du voyage de Gillen en Nouvelle-Galles du Sud, et encore plus au sud. Ici et là, des gens se souvenaient de lui. Jovial, beau, un homme qui cherchait l'aventure. S'il avait beaucoup d'argent ? Mince alors, non, il ne donnait pas cette impression. Qu'est-ce que le bûcheron avait dit à son sujet ?

– L'argent ! Ray s'est toujours plus ou moins fichu de l'argent. Avoir plus de douze mille livres en poche ne devait pas l'inquiéter.

Question : Etait-il venu à Lac Otway dans l'intention d'accepter un boulot alors qu'il possédait douze mille livres ? Encore une fois, selon le bûcheron, c'était probable. De façon significative, il ajouta :

– Ray aurait pris n'importe quel boulot à condition qu'il y ait un « joli p'tit lot » dans le coin.

Or, il y avait bien un joli petit lot à Lac Otway. Ces douze mille livres restèrent introuvables. Gillen était réputé pour être excellent nageur. Les déclarations

24

des quatre hommes concordaient : ils avaient tous joué au poker avec Gillen et ils jouaient toujours avec des allumettes. Ça faisait quinze mois qu'on avait conclu à la noyade quand l'inspecteur Bonaparte se plongea dans le dossier.

Dans cette affaire, il y avait plusieurs côtés qui, bien qu'inhabituels, étaient parfaitement plausibles sur le plan psychologique. Tout d'abord, en ce qui concernait la personnalité de Gillen. Il était né et avait été élevé en Tasmanie. En quittant l'école, il avait travaillé à la ferme d'un oncle, mais apparemment, il s'y sentait trop confiné et il était allé sur le continent où il avait changé tout le temps de boulot. Un beau jour, alors qu'il s'occupait de troupeaux dans le nord du Queensland, il s'était engagé dans l'armée pour partir en Corée et il y avait effectué ses obligations militaires. De retour dans le Queensland, il avait rejoint deux autres hommes pour travailler sur un chantier de bois.

Après avoir quitté la ferme de Tasmanie, Gillen n'avait plus jamais manqué d'argent. La possession soudaine d'une somme importante ne l'avait pas poussé à mener la grande vie, comme le copain avec lequel il avait acheté le billet de loterie. Ce coup de chance avait simplement permis à Gillen de mieux profiter de sa liberté, et c'est exactement ce que beaucoup de gens auraient eu envie de faire.

Par conséquent, le fait que Ray Gillen ait fourré plus de douze mille livres dans son balluchon et soit parti en moto visiter l'Australie était, d'après l'expérience de Bony, parfaitement en accord avec la psychologie de nombreux jeunes gens. De même, en se fondant toujours sur les aspects connus de la personnalité du disparu, Bony était sûr que Gillen avait demandé du boulot à Lac Otway une fois qu'il avait vu le « joli petit lot », et non avant. C'était la fille, et non le boulot, qui avait décidé Gillen à rester à Lac Otway.

Un doute avait surgi, inévitable quand un robuste nageur va se baigner peu avant minuit et se noie alors qu'il a en sa possession une somme importante en liquide, utilisable par n'importe qui. Un télégramme expédié au chef de la police de Menindee provoqua une réponse qu'on pouvait considérer de différents points de vue. Le sergent déclara qu'aucune des personnes employées à Lac Otway n'était partie après la noyade de Gillen. Donc, aucun des collègues de Gillen n'aurait pu lui voler son argent car si l'un d'entre eux l'avait fait, il ne serait sûrement pas resté, il serait parti claquer cette somme. Mais le fait que personne n'ait quitté les lieux était également très curieux, car tous ces gens, à l'exception du régisseur, pouvaient être considérés comme des membres de cette immense population itinérante qui reste rarement plus d'un an au même endroit.

Donc, au bout de quinze mois que Gillen était considéré comme mort noyé, l'inspecteur Bonaparte grimpa dans la cabine d'un trois tonnes en se faisant passer pour un dresseur de chevaux. Seuls le sergent Mansell et M. Wallace, le propriétaire et directeur du domaine de Porchester, connaissaient sa véritable identité.

Le dresseur était vêtu d'une chemise et d'un pantalon en tissu croisé brun et souple, il portait des bottes d'équitation usagées, à élastiques sur les côtés, et un vieux feutre à large bord. A l'arrière du camion, il y avait son balluchon, couvertures soigneusement roulées et affaires personnelles. Le chauffeur du camion portait un pantalon gris rapiécé et graisseux, une chemise de toile bleue, une barbe de sept jours et il était pieds nus. Il pesait le double de Bony et il mesurait deux à trois centimètres de moins. Le patron s'était adressé à lui en l'appelant Red Draffin.

Une fois dépassés les enclos et les barrières du domaine, Bony se roula une cigarette et se prépara au long trajet. En cette fin janvier, le soleil était chaud et le temps dégagé. Bony se sentait à l'aise, autant que pouvaient l'être des gens simples comme Red Draffin. Red fit tomber une averse d'étincelles en tapant sa pipe contre la portière extérieure et il dit :

– Alors comme ça, t'es du Queensland ? D'cette bonne ville d'Uradangie. Ça fait un bon bout d'temps qu'j'suis pas allé là-bas. De mon temps, y avait cinq bistros. Ils marchent toujours ?

– Quatre existent toujours. Le Unicorn a brûlé.

– Pas possible ! Merde ! J'm'en souviens, du Unicorn. C'était l'vieux Ted Rogers qui s'en occupait. C'était un sacré numéro. Sa bonne femme aussi. Ils s'occupaient du bar à tour de rôle... une semaine l'un, une semaine l'autre. Ils pouvaient pas tenir plus d'une semaine. A la fin de la semaine, le bar faisait relâche, et ils étaient pas frais, tous les deux. J'ai entendu dire que Ted Rogers était mort d'une crise de delirium tremens.

– Mme Rogers aussi. Elle était en plein éthylisme quand le bistro a flambé.

– Pas possible !

Red Draffin cracha vigoureusement et conduisit presque machinalement le véhicule chargé sur la piste qui contournait les basses dunes de sable, traversait des étendues de sel et de broussailles, sautait par-dessus des rigoles d'eau et des ruisseaux à sec.

– Ça, la mère Rogers a toujours su lever le coude

aussi bien que Ted, et il était fort pour ça, ajouta-t-il. J'l'ai vu déboucher une bouteille de rhum et la vider sans sourciller. Mince ! Les hommes étaient des hommes, en c'temps-là. Qu'est-ce qui t'a amené dans le sud ?

– Je voulais changer de décor, répondit Bony. Je roule ma bosse.

– C'est c'que j'faisais moi aussi dans l'temps, admit Red Draffin. J'restais jamais au même endroit plus d'un mois.

– Et maintenant, tu t'es fixé ?

– Ouais. A la fin, on s'calme, tu sais. On s'aperçoit qu'la dune d'à côté est exactement pareille, et que l'*Orstralie*, c'est qu'une grande crêpe parsemée de bistros qui s'ressemblent tous. Pour sûr, les temps ont pas mal changé. La génération qu'arrive a les tripes trop ramollies à force de jus d'fruits et de thé au lait, et de nos jours, quand un homme a une p'tite crise de delirium, on l'regarde de travers. Y a une époque où quand on n'en avait pas, on n'était pas considéré comme un homme.

– T'as pris une bonne cuite, ces temps-ci ? s'enquit poliment Bony.

– Non, ça fait bien longtemps qu'j'l'ai pas fait. J'suis plus d'première jeunesse et après une cuite, je souffre terriblement d'indigestion. Faut qu'j'fasse un peu attention.

– Quel âge as-tu ?

– J'sais pas exactement. Au dernier recensement, l'patron m'a marqué soixante ans. Qu'est-ce que tu penses du bicarbonate ?

– Pour le delirium ?

– Non, pour mon indigestion.

– On m'a toujours dit que le bicarbonate était bon pour tout.

– Ça, c'est ben vrai. J'ai lu dans l'journal qu'en Russie, un type a vécu jusqu'à cent quarante ans pass-qu'il s'lavait tous les jours dans du bicarbonate. J'pourrais p't'ête essayer. C'est pas tellement cher, l'bicarbonate.

Bony trouva cette suggestion excellente. Il demanda :

– Ça fait combien de temps que tu travailles à Porchester ?

– Moi ? Un peu plus de neuf ans. J'me suis pour ainsi dire installé à Porchester. Wallace est un bon patron, et comme j'le disais y a deux ou trois kilomètres, les bistros de Menindee et ceux qu'y avait à Uradangie, c'est du pareil au même. Y a un peu plus d'eau dans l'whisky et ils vous l'font payer six fois plus, c'est tout.

– Alors tu connais bien le coin ?

Red Draffin cracha à la face du vent et ramena les épaules en arrière.

– J'connais chaque point d'eau, chaque dune et chaque brin d'herbe à Porchester. Y a pas un mouton qui m'connaît pas par mon nom, et cette année, y en a plus d'soixante mille, des moutons. Par contre, les chevaux, j'ai jamais vraiment aimé ça. Toi, tu aimes les chevaux... c'est forcé.

– Oui, j'aime les chevaux. Comment est le régisseur de Lac Otway ?

– M'sieu Martyr ? L'est pas mal, répondit Draffin. Il connaît bien son boulot. J'ai jamais entendu dire qu'il aurait fait un coup en vache à qui qu'ce soit. Il reste à sa place et il s'attend à c'qu'on en fasse autant. T'es marié ?

– Oui.

– Moi aussi. Ça a duré onze jours et des poussières.

J'me suis aperçu qu'ma femme était déjà mariée à un boucher de Cobar. Elle a fichu l'camp avec l'tondeur, et depuis, l'boucher et moi, on a été bons copains. Ah, les femmes ! Faudra faire attention aux femmes, à Lac Otway.

– Il y a des femmes ?

– Deux. La mère fait la cuisine et la fille le ménage. (Draffin eut un petit rire.) Ce sont d'sacrées termites, toutes les deux.

– Comment ça ?

– Elles bouffent l'argent des hommes par l'intérieur. Et y a des types qui aiment ça. Ils veulent pas s'en aller. J'suppose qu'ils ont un ticket avec la fille ou la mère. Ils leur font venir des cadeaux de Sydney ou d'Adélaïde. Elles vont t'sauter dessus en un rien d'temps.

Ils dépassèrent une hutte abandonnée construite en rondins, utilisée seulement à la saison de la tonte. Une heure plus tard, ils aperçurent une éolienne et deux cabanes partiellement entourées d'une haute muraille de cannes de bambou.

– Le Puits de Sandy, annonça Draffin. On va casser la croûte ici.

– On est arrivés à mi-chemin ?

– C'est ça. On a fait quarante-deux kilomètres et il en reste quarante-deux jusqu'à Lac Otway. Un type qui s'appelle George Barby fait la cuisine ici, quand il est pas trappeur. C'est un brave type, ce George Barby, malgré qu'y soit engliche.

Trois chiens accoururent à la rencontre du camion et l'escortèrent jusqu'à l'entrée de la muraille de cannes. A voir les dunes environnantes, Bony en déduisit que la muraille était d'une importance primordiale quand la tempête faisait rage.

Un homme frêle, aux cheveux bruns et au teint pâle, passa la porte. Il portait un pantalon de toile blanche et un gilet de coton blanc. Derrière lui s'avançait un mouton apprivoisé extrêmement gras, et derrière le mouton venaient deux énormes chats noir et blanc. Apparut enfin un cacatoès apprivoisé, à la gorge rouge et au dos gris. Le perroquet avança en se dandinant absurdement, battit des ailes et dressa sa crête rose tout en saluant les arrivants d'une voix perçante.

Le mouton poursuivit Red Draffin autour du camion et George Barby dit à Bony :

– Entrez donc prendre une tasse de thé.

# Réflexion

Pour un homme de soixante ans, Red Draffin courait vite. Le mouton apprivoisé aussi. L'homme barbu et nu-pieds apparut derrière le camion et se précipita sur l'ouverture pratiquée dans la muraille, avec le gros bélier châtré sur les talons, en train de labourer le sable avec des pattes qui faisaient penser à des hélices. Hurlant de rire, le chauffeur écarta d'une main la tête dure qui se pressait contre lui tandis que de l'autre, il coinçait une carotte de tabac entre ses dents et en arrachait un bout qu'il présenta au mouton. L'animal lui exprima presque ses remerciements et se retira placidement en mâchonnant.

Pendant toute cette exhibition, le cuisinier au teint pâle ne sourit pas une seule fois ; en fait, Bony eut l'impression de déceler de la réprobation pour la conduite fort peu digne de Red Draffin. Il les devança pour passer la porte du mur de cannes. Bony le suivait et ensuite venait Red Draffin. Derrière lui s'avançaient les deux énormes chats, et enfin le cacatoès à la démarche de canard. Seuls les chiens restèrent dehors. Le mouton entra un peu plus tard.

A l'intérieur du rempart de cannes, il y avait deux cabanes, et le cuisinier conduisit la procession vers celle qui lui servait de cuisine-salle à manger.

— Le patron a prévenu que vous arriviez, remarqua-t-il en désignant les trois couverts. Est-ce que vous m'avez apporté les provisions, le courrier et tout le reste ?

– J'les descendrai du camion tout à l'heure, George, répondit Draffin. J'te présente Bony. Il va à Lac Otway pour dresser les chevaux.

George et Bony se firent un signe de tête et Draffin poursuivit :

– Bony vient d'Uradangie. T'es jamais monté là-bas, George ?

Barby demanda pourquoi il aurait dû monter là-bas et Bony regarda autour de lui. La cabane était étonnamment propre et ordonnée. La cuisine se faisait à l'aide de fours de camping et de bouilloires posées sur un grand foyer. Il y avait des interstices entre les troncs de pins qui formaient les murs et plusieurs trous dans la tôle ondulée du toit. Mais en ce jour de chaleur, il faisait bon à l'intérieur et Bony pouvait imaginer l'endroit quand le vent chassait le sable des sommets des dunes environnantes.

Barby servit du mouton rôti, des pommes de terre et de la sauce tomate. Le pain était bien cuit et le thé était chaud. Il s'assit sur le banc, en face de ses hôtes, et au début, il fut exclu de la conversation. Agé d'un peu moins de cinquante ans, Barby était depuis si longtemps en Australie que son accent du Lancashire avait presque disparu. Il avait le visage long et le menton pointu. Ses yeux étaient foncés et ils luisaient dans la lumière douce. Et comme la grande majorité des broussards, il était intelligent et cultivé.

Bony fut amusé en voyant le cacatoès surgir soudain au-dessus de la table. Se servant de son bec et de ses griffes, l'oiseau grimpa au gilet de coton du cuisinier pour atteindre son épaule, et une fois là, il montra sa crête rose et émit un hurlement de défi à l'encontre des invités. Barby continua à parler, comme une mère qui ne relève pas la mauvaise conduite de son enfant, mais ses efforts furent anéantis lorsque l'oiseau lui murmura doucement à l'oreille :

– Fichu imbécile !

– Le lac baisse, paraît-il, observa Barby sans trahir le moindre signe de contrariété, sans même montrer qu'il avait remarqué le « sale gosse ».

L'oiseau entreprit de lisser ses plumes et Draffin dit :

– Il est tombé à quatre-vingt-dix centimètres. Un peu en dessous, d'après c'qu'a dit l'patron ce matin. Il va s'éteindre comme une chandelle dans moins d'une semaine.

Barby s'essuya poliment la bouche avec un torchon et l'oiseau se frotta amoureusement le bec contre son oreille.

– On devrait se faire un bon peu d'argent avec les lapins, dit-il. Et maintenant que Royalty's s'est mis aux manteaux de renard, les peaux devraient se vendre cher en mai et juin.

– Ouais. Mais les peaux de lapin s'vendent pas bien pour l'instant. Seulement trois livres les cent.

– Mais sur la quantité, ça vaudra le coup, fit remarquer Barby. Il y en une quantité suffisante autour du lac et une fois l'eau partie, il y aura plus de lapins que des milliers de trappeurs ne pourraient en attraper. J'ai bien envie d'essayer. Qu'est-ce que tu en penses ?

– J'pourrais y réfléchir, répondit Draffin. T'en as parlé au patron ?

– Ce matin. Il m'a dit qu'il essaierait de trouver un autre cuisinier. Quand tu seras au lac, essaie de calculer ce qu'on pourrait attraper et on se décidera à ton retour. (Il ajouta en s'adressant à Bony :) T'es au forfait ?

– Oui. Douze chevaux, pour commencer.

Le cacatoès hurla et ce bruit aurait dérangé même quelqu'un de stoïque. Barby lui souffla dans l'œil, l'oiseau poussa un second hurlement, et vexé, entreprit immédiatement de descendre de l'épaule sur laquelle il s'était juché. Il sauta du tabouret par terre, pinçant un chat qui cracha et s'enfuit. Sans s'émouvoir, Barby déclara :

– C'est un chouette endroit, Lac Otway. Bonne bouffe. Chambres confortables. Tu devrais bien t'en sortir. Dis aux femmes que t'es marié, que t'as quinze gosses et que tu as déjà du mal à t'acheter du tabac pour rouler tes clopes.

– Je l'ai déjà averti, dit Red Draffin.

– Je suis marié et j'ai trois enfants, dit Bony. Je peux facilement en ajouter une douzaine. Red a dit qu'elles étaient des termites.

Barby regarda Bony d'un long regard scrutateur.

– Comme je t'l'ai dit, Lac Otway est pas mal, comme endroit. La meilleure politique, c'est de ne rien savoir, de tout voir et de la fermer. Y a des types qui sont là-bas depuis trop longtemps. Tu sais comment ça se passe.

– J'ai déjà connu ce genre de situation, acquiesça Bony. Dans ce cas, il vaut mieux ne pas trop s'attarder.

– D'ailleurs, il va falloir qu'on y aille, dit Draffin en se levant.

Tout le monde se dirigea vers le camion... chiens, chats, mouton et cacatoès. Draffin grimpa à l'arrière du camion pour décharger des provisions et un sac de courrier et de journaux. Le mouton donna des petits coups insistants contre la cuisse de Bony et le cuisinier dit :

– Il veut une pincée de tabac.

Bony sortit la « pincée » requise. Le mouton l'accepta avec délicatesse et la mâcha avec un plaisir évident. Le cacatoès se dandina jusqu'aux pieds de Bony, rentra la tête et se retourna sur le dos. Pour la première fois, Barby sourit. Il claqua la langue et le mouton s'approcha de lui. Il attrapa les chats, les plaça sur le mouton, mit l'oiseau avec les chats, et tandis que le camion s'éloignait, Bony agita la main. Il devait toujours se souvenir de ce tableau.

Plus d'un kilomètre était passé sous les roues quand Red dit :

– Si le patron veut déplacer les troupeaux du fond de l'exploitation, là où c'était déjà pas mal sec cet été, j'le vois pas en train d'accepter que George aille attraper les lapins. C'est pas si facile, de trouver des cuisiniers. Si le patron dit non, George pourrait l'écouter, mais j'crois pas. Ça fait maintenant un bon bout de temps que George s'est mis en tête de faire le trappeur quand le lac s'assécherait. Drôle de type.

– Comment ça ? insista Bony en tournant ses yeux bleus comme la mer vers le chauffeur.

– Ben, il dépense rien, il boit pas et il court pas les filles. On dit qu'il faut jamais faire confiance à ce genre de mecs, mais George est un type bien, même s'il a la manie d'économiser son argent. Moi, par exemple, j'pense que l'argent est seulement bon à s'payer à boire. Mais George, qu'est-ce qu'il fait, lui ? Il économise son fric jusqu'à ce qu'il ait assez pour acheter un bon camion et un équipement de trappeur. Quand le prix de la fourrure monte, il plante là la cuisine et il se fait trappeur, et quand la saison est finie, il retourne à sa cuisine. Et entre les deux, rien, pas d'vacances, pas d'virée dans les bistros. Il descend même pas en ville. Pourquoi ? Moi, j'comprends pas. C'est pas comme s'il économisait pour s'acheter un troquet, ou un cheval de course ou quèque chose. Il a pas d'femme non plus pour le plumer. En tout cas, il en a jamais parlé.

Le vent suivait le camion et la cabine était chaude et nauséabonde, avec des relents d'essence et d'huile. Au cours de ce trajet, ils n'avaient vu d'animaux qu'au Puits de Sandy, et quelqu'un de peu habitué à la région aurait pu la trouver désertique. En réalité, des animaux invisibles se pressaient à l'ombre des arbres et des broussailles, et sous terre, les terriers regorgeaient de lapins.

Ils parcouraient une plaine dépourvue d'arbres, qui s'étendait sur vingt kilomètres, quand Draffin rompit un long silence.

— Si c'est pas malheureux qu'le lac s'assèche comme ça ! dit-il en ayant l'air de parler d'un ami proche. En plus, y a des tas d'poissons dedans. Y en a certains qui pèsent jusqu'à quatre kilos et des tas qu'en font trois.

— Les pluies torrentielles l'ont rempli, bien entendu, l'encouragea Bony.

— Ouais. Y a eu des records de pluie de par chez toi. La rivière s'est mise à faire des kilomètres de large et la crue a rempli le lac. Il a monté de près de six mètres et y a eu assez d'frai pour nourrir l'*Orstralie* pendant un an.

— Et maintenant, le lac s'est vidé ?

— Non. C'est l'évaporation qui lui a enlevé environ deux mètres par an. Et puis y a les oiseaux. Des milliers d'oiseaux, des pélicans aux poules d'eau. Et cet été, y a eu des millions de lapins qui ont bu dedans. Mince alors ! Y a pas un lac qui pourrait résister à ça.

– Et toi, tu pêches ?

– De temps en temps.

– En bateau, bien sûr.

– Y avait bien un bateau, mais il s'est fracassé sur la plage un jour de vent. T'as entendu parler du type qui s'est noyé ? Par les journaux d'Adélaïde ?

– Non, je n'ai rien lu là-dessus. Il travaillait à l'exploitation ?

– Ouais. Un type qui s'appelait Ray Gillen. Il va s'coucher un soir qu'il faisait chaud, il puis il dit qu'il va aller nager. D'ailleurs, il nageait bien. Il avait beaucoup bourlingué et traîné un peu partout avant de venir ici. Il s'vantait qu'il pouvait traverser le lac dans les deux sens. Il nageait bien, ça, d'accord, n'empêche qu'il s'est noyé. C'était vers onze heures du soir. Une nuit de pleine lune. Il est parti avec son pantalon d'pyjama, c'est tout. Il est jamais rev'nu.

Une autre barrière les arrêta. Bony l'ouvrit et la referma derrière eux. Ils se dirigeaient vers des dunes couvertes de broussailles apparemment impénétrables quand Bony demanda :

– Le corps a été retrouvé ?

– Non, répondit Draffin. Y a rien qu'a été rejeté sur la rive, pas d'pyjama, rien du tout. Ray Gillen est juste allé nager et le lendemain, ils se sont demandé c'qui lui était arrivé. Ils sont allés chercher les Noirs de la rivière. Ils ont fouillé le coin pendant une semaine. Ils ont bien retrouvé sa trace jusqu'à l'eau, mais pas de trace prouvant qu'il serait ressorti d'l'eau. Ils ont étudié le vent, le courant et tout ça, et ils ont dit que Gillen devrait s'échouer sur la rive ouest du lac. Mais on l'a pas retrouvé. Il a dû rester au fond, quelque part. C'est drôle. J'me suis toujours dit qu'y avait...

– Quoi donc ? lui demanda doucement Bony.

Apparemment, le bruit du moteur avait empêché le chauffeur d'entendre la question. Bony reprit, plus fort :

– Qu'est-ce que tu t'es toujours dit ?

– Ben, qu'ça reste entre nous, hein ? Ça sert à rien d'remuer la merde, mais j'me suis toujours dit qu'y avait quèque chose de bizarre dans cette noyade. Tu comprends, Ray Gillen était pas l'genre de type à se noyer. C'était l'genre de type qui fait tout drôlement bien. Il montait bien à cheval. D'le voir sur sa moto, ça vous donnait l'vertige. Il nageait comme un champion. Il est allé en Corée sans qu'ça lui fasse ni chaud ni froid.

– Et on n'a plus jamais entendu parler de lui ?

– Exactement, Bony. Il a disparu sans laisser de trace. En plus, c'était un type marrant. Toujours en train de rigoler et de plaisanter. Beau gosse avec ça, et un vrai coureur de jupons. La p'tite garce de là-bas l'avait repéré et elle était en train de lui mettre le grappin dessus, mais j'crois qu'il était trop malin pour elle. En tout cas, y avait une mauvaise ambiance parmi les autres types, et un soir, ça a pété, Ray et MacLennon sont partis s'expliquer. Je n'étais pas là mais Bob Lester m'a dit qu'ils se sont tapé dessus pendant une demi-heure avant que Mac n'arrête les frais.

– Mais Gillen a pourtant bien dû se noyer, soutint Bony. Avec seulement son pantalon de pyjama sur lui, il n'aurait pas pu se tirer dans une autre partie du pays.

– Ça, c'est vrai, acquiesça Draffin.

– Donc, il a dû se noyer, insista Bony pour pousser le chauffeur sans malice dans ses retranchements.

– Peut-être bien, mais peut-être bien qu'non. George Barby m'a dit qu'à son avis, Gillen était allé voir une femme ce soir-là.

– Avec rien d'autre que son pantalon de pyjama ?

– Il faisait chaud, et c'est pas toujours la peine de se mettre sur son trente-et-un.

– Bon, il est allé faire sa visite, et ensuite il a disparu. C'est bien ça ?

– Ouais.

Red Draffin freina pour que le camion s'arrête sur une plaque d'argile dure et, en silence, il détacha des morceaux de tabac d'une carotte noire. Sans un mot, il effrita les morceaux et les introduisit dans sa pipe odorante. Toujours sans rien dire, il alluma sa pipe et se remit à conduire. Au bout de cinq kilomètres, il exprima ses pensées.

– J'sais pas c'que t'en penses, Bony, mais j'crois qu'la gnôle, c'est moins dangereux qu'les femmes. La gnôle, on peut avoir confiance. On sait exactement c'qu'elle va vous faire. Mais les femmes ! La seule chose à laquelle elles pensent, c'est à c'qu'elles vont pouvoir vous soutirer. Ecoute ! Y a qu'les Noirs qui savent faire rester leurs femmes à leur place. Est-ce qu'ils les laissent plaisanter avec eux ? Ça, y a pas d'danger. Ils leur flanquent une bonne raclée tous les dimanches matin sans exception, et y a jamais de discussion ou d'histoire pendant la fichue semaine.

– C'est là une ancienne coutume anglaise. Tu es sûr que les Noirs choisissent le dimanche matin pour leur donner une raclée ? demanda Bony, et Red Draffin, remarquant le sourire et les yeux bleus étincelants, se tordit de rire.

– Y s'peut qu'ils le fassent parfois l'samedi soir, pour êt' sûrs de pas oublier, admit-il, un grand sourire élargissant le bas de son visage couvert de poils roux.

– Qu'est-ce qui te fait penser que Gillen aurait pu ne pas se noyer ?

– Ben, vu que t'es comme qui dirait un étranger, j'peux t' l'dire, et tu le garderas pour toi. Comme je l'disais, ça sert à rien de remuer la merde. Quand t'auras jeté un coup d'œil sur la mère Fowler et sur sa fille, tu penseras p't'être comme moi au sujet de Ray Gillen. Ecoute, j'vais t'raconter quèque chose. Ray avait une valise bien solide, et un jour, je taille une bavette avec lui dans sa chambre pendant qu'il s'change de sous-vêtements. Il tire la valise de sous son lit et il l'ouvre avec une clé accrochée à un cordon, au bout duquel y avait aussi un pendentif, et qu'il avait toujours autour du cou. La valise était pleine de vêtements. Il a pris un tricot et un caleçon propres sur le dessus, et il a fallu qu'il pose le genou sur le couvercle pour pouvoir refermer la valise.

« Ça, c'était une semaine avant sa disparition. J'étais pas à Lac Otway quand il s'est noyé – s'il s'est bien noyé – mais George Barby y était, et le lendemain, ou le surlendemain, le régisseur a demandé à Bob Lester et à George d'être là quand il a ouvert la valise pour faire la liste de c'qu'y avait à l'intérieur. Et d'après George Barby, la valise n'était qu'aux trois quarts remplie de vêtements et de trucs. J'en ai jamais parlé à personne, à part George, mais j'ai beaucoup réfléchi à c'qui s'était passé pour faire baisser le niveau d'ses affaires comme ça.

– Et le régisseur a découvert quelque chose dans la valise, ou a trouvé quelque chose sur les parents ou sur la famille de Gillen ? demanda Bony pour prolonger la discussion.

– Que dalle. La moto de Ray est toujours dans le hangar des machines parce que personne ne l'a réclamée, et la police a pris la valise et les affaires. J'vais te dire c'que j'en pense. J'pense que Ray a pigé c'que manigançaient ces bonnes femmes, ou que quelqu'un a pigé à quoi il jouait avec elles, et que ça lui a donné des idées. Je vais te l'dire carrément. J'crois pas qu'il se soit noyé, et ça n'me surprendrait pas qu'une fois le lac asséché, on trouve son squelette et qu'on s'aperçoive qu'il a des os fracturés que l'eau aurait pas pu lui fracturer. Alors ne va pas tourner autour de ces bonnes femmes. Tu n'as qu'à t'en tenir à la gnôle et tu t'en porteras bien, comme moi.

– C'est ce que je vais faire, promit Bony, et il n'y eut plus d'autre occasion d'évoquer la disparition de Ray Gillen.

Tellement brusquement qu'on en avait un choc, le sol s'abaissa devant le camion pour révéler une piste qui s'enroulait autour d'une longue pente rouge, avec des bâtiments agglutinés en bas, et derrière, la grande étendue d'eau noyée de soleil, en forme de rognon, pleine de délicieuses promesses après ce long et rude trajet.

– C'est chouette, hein ? fit remarquer le chauffeur pesant et rustaud, avant d'ajouter avec un sincère regret : C'est bougrement dommage qu'il doive mourir.

# « Je suis comme je suis »

Le camion s'arrêta devant l'entrepôt et l'univers de Bony fut envahi par les bruits que l'on retrouve dans toutes les exploitations de l'arrière-pays. Des chiens attachés aboyaient et gémissaient. La génératrice haletait, rivalisant avec les claquements de l'indolente éolienne. Les cacatoès hurlaient et les pies gloussaient. Des gens apparurent et se rassemblèrent autour du camion.

Bony ouvrit sa portière et descendit. Personne ne lui adressa la parole. Il vit Red Draffin passer le sac de courrier à un homme coquet et il sut immédiatement que c'était lui qui dirigeait l'exploitation. Les autres hommes étaient de ceux qu'on rencontre partout dans la brousse. Il remarqua tout d'abord la présence d'une femme à la robuste charpente, aux yeux marron étincelants et aux cheveux d'un noir de jais, et juste après, il contemplait des yeux aussi bleus que les siens. Ils exprimaient une approbation réservée. Il enregistra plusieurs choses : des cheveux blond foncé, un visage ovale, une bouche aux lèvres pleines... à nouveau, ses yeux croisèrent ceux de la jeune fille, et ils étaient verts, souriants et approbateurs.

— Allez vous laver tous les deux et venez manger, dit la femme plus âgée à Red Draffin. Je vous ai gardé votre repas au chaud, alors ne perdez pas de temps à bavarder.

Draffin lui fit un grand sourire et entraîna Bony vers le bâtiment dans lequel ils allaient partager une chambre. Ils se lavèrent dans la salle de douches située à l'arrière du bâtiment, puis Bony éprouva le besoin de retourner dans sa chambre pour se donner un coup de peigne.

– C'est pas la peine de t'pomponner comme ça, lui dit Red.

Bony était sûr que les cheveux roux ignoraient peigne et brosse depuis plusieurs années, mais ses propres longues habitudes ne pouvaient céder devant l'impatience de Red. Le chauffeur lui fit traverser l'espace dégagé pour l'emmener à l'annexe où les hommes prenaient leurs repas, à côté de la cuisine. Mme Fowler apparut, portant des assiettes pleines.

– Alors, comment ça va, pt'ite mère ? demanda Draffin avec entrain en glissant ses énormes fesses sur l'un des bancs qui flanquaient la table.

Les yeux sombres de la femme lancèrent des éclairs et sa bouche se pinça.

– On aurait dû vous étouffer à la naissance.

– Allons, allons, j'voulais pas vous vexer, dit le chauffeur d'un ton apaisant. Toutes les veuves sont des mères pour moi. Vous êtes veuve, pas vrai ? Du moins, je l'espère.

– Mangez ce qu'il y a dans votre assiette. Et ne perdez pas votre temps. La dernière fois que vous êtes passé, je vous ai dit que vous n'aviez aucune chance.

– C'est juste. Vous en faites pas. La prochaine fois que j'viendrai, vous n'aurez plus besoin d'me dire quoi que ce soit. Ou alors, la fois d'après.

Mme Fowler s'assit à l'extrémité du banc, près de la

porte de la cuisine et elle jaugea lentement Bony. Il était censé être un dresseur et avoir des manières frustes et un langage relâché, mais il était trop avisé pour adopter au début une attitude qu'il lui serait difficile de maintenir au fil du temps. Et comme finalement, il serait jugé d'après ses actes, il décida d'être lui-même.

De l'homme peu soigné gros comme une barrique, son regard passa à la femme. Il était difficile de croire qu'elle était la mère de Yeux-Verts, car sa silhouette n'avait rien de la matrone. Elle sourit à Bony avec les lèvres, mais pas avec les yeux.

– Vous croyez que Red aura sa chance, M. euh... ?

– Appelez-moi Bony, répondit-il avec un grand sourire, remarquant le choc passager qu'il venait de provoquer. Je n'arrive pas à croire que M. Draffin ait la moindre chance.

– La moindre chance de quoi faire ? demanda Joan Fowler.

Elle apparut sur le seuil de la cuisine et vint s'asseoir en face de sa mère. Elle s'assit légèrement de côté, de façon à mieux voir Bony qui était installé sur le même banc.

Bony hésita à expliquer la situation, et il fut content de voir Red s'en charger.

– D'épouser votre mère, Joan. Qu'est-ce que vous en pensez ?

Les yeux brumeux bleu-vert eurent une lueur d'insolence et la jeune fille sourit.

– Y a pas de danger, vous ne seriez pas capable de l'entretenir.

La mère s'empressa de se lever en disant :

– Ça suffit.

Puis elle regarda Bony, une expression d'indifférence dans ses yeux sombres, mais incapable de déguiser ses pensées.

– Vous vous plairez ici, Bony, reprit-elle. Combien de temps allez-vous rester ?

– Ça dépend, répondit-il. Peut-être un mois.

– Vous venez d'où ? demanda la fille.

– D'Uradangie, répondit Red à sa place. Là-bas, les femmes posent jamais d'questions.

– Dépêchez-vous de finir votre repas et de sortir, Red, lui dit Joan.

– J'partirai pas sans Bony, affirma Red. J'l'aime trop pour le laisser seul avec vous deux.

– Bony est assez grand pour se débrouiller tout seul, lâcha Mme Fowler.

– Pas avec vous, ça, c'est pas possible. Il est pas encore assez grand pour se défendre contre vous, l'une comme l'autre.

Mme Fowler empila les assiettes sur un plateau et alla chercher le dessert. Red fit un clin d'œil à Bony et coupa un croûton de pain avec des dents capables de casser des noix. La jeune fille l'observa, un sourire de mépris aux lèvres, déterminée à se débarrasser de lui. Sa mère revint et demanda :

– Est-ce que le pain est meilleur à Uradangie, Bony ?

– Madame, commença gravement Bony, il n'y en a nulle part de meilleur que le vôtre, ni à Uradangie, ni ailleurs en Australie. Et permettez-moi d'en profiter pour vous complimenter sur votre cuisine.

Il y avait presque de la tendresse dans le sourire de reconnaissance de la femme. Puis Draffin intervint :

– Il cause comme Ray Gillen, pas vrai ?

Le sourire s'effaça du visage de la femme.

– Non, il ne parle pas comme lui, Red Draffin, dit-elle sur un ton venimeux.

– Y a effectivement quelque chose, dit la fille en ronronnant. Nous allons l'aimer, lui aussi.

Bony s'inclina presque sur son banc, et Draffin enfonça le clou.

– Ben, le lac va pas met' longtemps à s'assécher. Maint'nant qu'on va pouvoir récupérer not' bon vieux Ray, on verra bien s'il est mort noyé. J'serais pas surpris si...

– Ça suffit avec ce genre de discussion, Red ! lui ordonna la femme la plus âgée.

– D'accord, d'accord ! C'est pas la peine de prendre la mouche à chaque fois que j'dis quèque chose, gémit Red avant de se lever brusquement. Viens, Bony. Allons-nous-en avant que les murs se r'trouvent tout barbouillés de sang.

– Est-ce que vous jouez aux cartes, Bony ? demanda la jeune fille. Venez donc un soir. Ça nous fera plaisir.

– Merci. Oui, j'aime bien faire un petit poker de temps en temps.

– Moi aussi, j'aime le poker, dit la jeune fille, ses yeux verts indolents défiant les yeux bleus alertes.

Mais Bony sourit aux deux femmes et suivit Red Draffin dans le crépuscule.

Red le présenta aux autres hommes. Ils ne semblaient pas s'intéresser beaucoup à l'étranger. Les deux Noirs s'étaient retirés dans leur campement, une vieille cabane qui se trouvait un peu plus loin, le long de la rive du lac, et les Blancs étaient, bien légitimement, plongés dans leurs courrier et journaux, qui étaient distribués irrégulièrement. Il sentit leur réserve et il se dit qu'il était trop tôt pour s'inquiéter de savoir ce que signifiait exactement leur attitude. Le seul homme avec lequel il entra en conversation s'appelait Earle Witlow. C'était un homme mûr, rond, grisonnant et jovial, et leur sujet d'intérêt mutuel était les chevaux. Un autre homme, assez âgé, mais alerte, qu'on appelait le Suédois, invita tout le monde à jouer aux cartes mais n'eut pas de succès. Bony ne rencontra pas Martyr avant le lendemain matin, au moment où les instructions de la journée étaient données, et à ce moment-là, il s'était déjà fait un avis sur toute la petite communauté.

Les deux Aborigènes, bien sûr, formaient un groupe à part. Earle Witlow et le Suédois semblaient avoir conclu une sorte d'alliance, et le reste se composait de solides individualistes. Parmi ces individualistes, il y avait Lester, MacLennon et Carney. C'étaient des « anciens », qui, comme George Barby, travaillaient déjà là quand Ray Gillen s'était noyé.

MacLennon et Carney furent chargés d'aller chercher les jeunes chevaux. Une demi-heure plus tard, le bruit de leurs fouets pouvait s'entendre, semblable à des détonations de fusil, et bientôt, une lance de poussière dévala la pente qui menait à la ferme, elle se transforma en une rivière de chevaux, et finalement, le fer de cette lance fut canalisé vers la barrière ouverte d'un parc à bétail. Les animaux, agités, soulevèrent un nuage de poussière rouge pendant une ou deux minutes avant de se calmer.

Assis sur la barrière, le régisseur, Bony, Lester, MacLennon et Carney observaient les chevaux. Personne ne fit de commentaires et Bony sentit très vite que c'était lui qu'on évaluait, plus que les chevaux.

Quinze jeunes chevaux au regard tendu, qui n'avaient jamais connu la bride et la selle, ou la caresse du lasso, fixaient les hommes juchés sur la barrière. Les hommes se roulaient une cigarette ou se bourraient une pipe et attendaient. Il faudrait qu'ils constatent que Bony savait s'y prendre avec les chevaux, car ils devaient l'accepter comme dresseur et lui permettre de s'intégrer parmi eux.

Sans être un spécialiste, on pouvait se rendre compte du changement qui intervenait dans l'attitude des chevaux : ils passaient de l'exaltation d'un franc galop à la peur et au trouble de se sentir pris au piège, puis à l'acceptation de ce piège et de ces hommes immobiles sur la barrière. Et quand Bony se laissa glisser à l'intérieur du parc, quinze paires d'yeux le fixèrent et quinze paires de naseaux soufflèrent.

Martyr et ses trois gardiens de troupeaux ne remuèrent pas un muscle. Leurs visages n'exprimaient rien, mais leurs yeux plissés étaient vifs et ils semblaient prêts à relever les erreurs de Bony. Bien qu'il n'ait pas eu l'occasion de s'occuper de chevaux depuis des années, l'inspecteur Bonaparte avait bon espoir de les décevoir.

Se plaçant au centre du parc, il claqua la langue. Les chevaux ne pouvaient plus se réfugier dans un coin. Il les poursuivit tandis qu'ils se précipitaient d'un angle à l'autre, prenant délibérément son temps pour juger de leurs qualités et se faire une idée de leur caractère. Pendant un petit moment, il s'appuya à la barrière et se roula lentement une cigarette, comme quelqu'un qui n'arrive pas à décider sur quel cheval il va parier. Il fit une bonne prestation, mais il prit soin de sélectionner les bêtes les plus commodes pour commencer.

Alors, avec une lenteur délibérée de chacun de ses gestes, ce qui constitue la plus grande arme de l'arsenal du dresseur, il ouvrit une barrière qui donnait sur un autre parc. Une pouliche baie fit un pas hésitant en avant, espérant que cette barrière menait à la liberté. Une de ses sœurs à la robe noire la poussa, et les quinze bêtes se précipitèrent en avant. Douze eurent le temps d'entrer avant que la barrière ne se referme et n'en retienne trois.

Avec une patience digne de Job, les hommes observèrent Bony pendant trente minutes tandis qu'il se déplaçait tranquillement pour suivre ces trois chevaux en train de faire des tours et des tours de parc. Ils entendaient son claquement de langue et le bruit qu'il faisait en se frappant la cuisse d'un geste apparemment insouciant, et ils virent les trois animaux se fatiguer lentement et se lasser de tourner en rond.

Quand Bony s'arrêta finalement au centre du parc, les trois chevaux s'immobilisèrent également pour l'observer, les oreilles rejetées en avant, les naseaux frémissants. Il s'avança tranquillement dans leur direction en parlant à voix douce. Les bêtes se raidirent, tremblèrent et soufflèrent par leurs naseaux ourlés de rose. Puis elles recommencèrent à s'élancer dans les angles. Les observateurs perdirent le compte des « coups pour rien », avant qu'un cheval finisse par s'immobiliser, pattes antérieures tendues, naseaux frémissants, muscles tremblants, guettant le prochain mouvement de l'homme.

Bony s'approcha de ce cheval, fixant ses yeux, la voix bass   charmeuse, donnant une impression de puissance irrésistible. Le cheval était figé, comme un animal taillé dans du marbre. L'espace entre l'homme et lui se rétrécit jusqu'à ce que soixante centimètres à peine les séparent. Le cheval ne pouvait pas reculer car la clôture se trouvait derrière lui ; il pouvait se précipiter en avant, mais il n'osait pas. Au lieu de quoi il avança vers l'homme sa tête délicate et son corps sembla se tendre en avant par-dessus ses pattes antérieures raides.

– Il est en train de l'hypnotiser, le salaud, souffla Lester au régisseur, et Martyr ignora cette intervention.

La main droite de Bony se leva pour toucher la mâchoire de l'animal. Le cheval eut un violent frisson. La main de l'homme glissa de la mâchoire aux muscles qui jouaient au niveau de l'épaule, et les spectateurs virent la peur céder et les muscles se calmer progressivement. Ils virent Bony flatter l'épaule, passer une main sous l'encolure, remonter jusqu'aux oreilles le long du cou tendu. Puis Bony tourna lentement le dos au cheval et resta dans cette position pendant trente secondes avant de s'éloigner.

Le second cheval se révéla plus difficile, mais le troisième fut comme le premier et, finalement, Bony enjamba la barrière pour venir s'asseoir à côté du régisseur et se rouler une cigarette. Personne ne parla. Après avoir approché une allumette, Bony dit :

– Vous avez un pré à proximité pour les bêtes ?

– Oui. Qu'est-ce que vous pensez des chevaux ?

– Pas mal. J'aimerais qu'on les mène au pré et qu'on les remette dans le parc cet après-midi.

– Pourquoi ? demanda Martyr. Vous pouvez les garder toute la journée, non ?

– Je veux qu'ils s'habituent au parc sans se rebeller. Je veux qu'ils s'y habituent au point de ne pas poser de problème quand on les conduira dans n'importe quel parc. Et je veux arriver à ce qu'ils se tiennent tranquilles quand je leur grimperai dessus, que je me glisserai dessous, que je leur tournerai autour. Il faut qu'ils soient calmés avant que je les monte, parce que je ne fais pas du rodéo. Je ne fais pas plier un cheval, je l'éduque.

– D'accord, si c'est ce que vous voulez.

– Merci. Vous pourriez peut-être demander à vos cavaliers de ne pas prendre leur fouet. Ça fait trop de bruit, trop d'excitation. Plus tard, je les habituerai à entendre le fouet leur claquer aux oreilles.

Martyr demanda à Carney et à MacLennon d'emmener les jeunes chevaux au pré et de les ramener au parc après le déjeuner. Lester n'avait pas l'air de vouloir bouger de là, et on lui demanda d'aller faire son travail. Une fois seul avec Bony, Martyr dit :

– Je ne vous avais encore jamais vu par ici.

– C'est la première fois que j'y viens. C'est la région du Diamantina, mon coin.

– Oh, alors comment ça se fait que vous l'avez quittée pour venir par ici ?

Bony se mit à rire.

– Un problème avec une femme, dit-il, et en voyant le signe de tête que lui fit Martyr, il sut qu'il avait été accepté.

# Sous la surface

Vers la fin de sa première semaine de dressage, Bony sut qu'il avait réussi à faire son trou dans cette petite communauté. En outre, il était persuadé de sentir de curieux courants souterrains dirigés contre lui et deux autres hommes... Kurt Helstrom et Earle Witlow.

Helstrom, qu'on appelait toujours le Suédois, était grand, il avait les cheveux gris et la mâchoire allongée. Il avait un énorme sens de l'humour, qu'il était le seul à apprécier à sa juste valeur, et en raison de sa nature enthousiaste, ça ne lui faisait pas grand-chose de voir que d'autres ne le goûtaient absolument pas. Il préférait la compagnie d'Earle Witlow à toute autre et ce dernier semblait bien l'aimer. Witlow, qui était beaucoup plus jeune que lui, avait, en fait, l'air beaucoup plus vieux. On aurait dit un grain de raisin desséché au soleil. Il parlait rarement à quelqu'un d'autre que Helstrom.

Les autres, c'est-à-dire Lester, Carney et MacLennon – car les deux gardiens de troupeaux aborigènes constituaient un groupe à part – sans être ouvertement hostiles, étaient réunis par un lien invisible. Même quelqu'un de moins intuitif que Bony aurait compris qu'ils formaient le clan des anciens.

Witlow travaillait à Porchester depuis quatre ans, mais à Lac Otway seulement depuis sept mois, et le Suédois y émargeait depuis huit mois. Ni l'un ni l'autre ne se trouvait à Lac Otway quand Ray Gillen était arrivé, ou quand il s'était noyé. Lester travaillait à Porchester depuis quinze ans et d'habitude, il allait toujours en ville une fois par an pour se reposer, mais il n'avait pas bougé depuis l'arrivée de Gillen. MacLennon avait commencé trois ans plus tôt, et Carney s'était occupé des prés de la région du Puits de Sandy pendant deux ans avant d'être transféré à Lac Otway, peu après la naissance du lac.

Lester, MacLennon et Carney travaillaient à Lac Otway quand Gillen avait disparu par cette nuit de pleine lune. C'était quinze mois plus tôt, et depuis, pas un n'avait quitté les lieux pour prendre quelques vacances. Il arrivait que malgré l'isolation à laquelle il était soumis, un homme décide de ne pas prendre de congé, mais c'était exceptionnel. Il était donc curieux que trois hommes aient travaillé plus d'un an sans se reposer.

On pouvait en dire autant des femmes. Elles étaient venues à Lac Otway peu après la naissance du lac et elles y étaient restées depuis, ne quittant pas une seule fois l'exploitation. Comme les hommes, elles achetaient leurs vêtements par correspondance, mais il était légèrement étrange que leur naturel féminin ait résisté si longtemps à l'attrait des magasins.

Il y avait encore une autre chose qui alimentait les spéculations. Les deux femmes, les trois hommes et Barby, le cuisinier, semblaient s'inquiéter plus que de raison de la mort prochaine du lac Otway, en tout cas plus que Witlow et le Suédois. Quand Bony confronta les faits qu'il avait rassemblés sur Gillen aux impressions accumulées pendant cette première semaine de dressage, il se dit que la mort du lac Otway serait peut-être le point culminant d'un drame commencé avec la venue de Raymond Gillen.

Il n'eut pas d'autre occasion de sonder Red Draffin car ce dernier repartit pour le grand domaine le lendemain du jour où il avait conduit Bony et son chargement à Lac Otway. Bien sûr, Draffin avait exprimé des doutes, surtout en ce qui concernait la valise du disparu et son contenu, mais il s'en était ouvert à un simple travailleur qui n'allait pas rester longtemps. Si on considérait qu'officiellement Gillen passait pour avoir possédé plus de douze mille livres en petites coupures, on était tenté d'accorder une grande importance à ce que Draffin avait dit au sujet du contenu de la valise dont le niveau aurait soudain baissé.

Comme l'avait prévu Bony, dans cette enquête, les suspects n'allaient pas pouvoir être coincés à coups d'interrogatoires et la solution ne dépendrait pas de l'astuce d'un policier habitué à officier en ville et à compter sur la coopération d'informateurs. En fait, Bony n'avait qu'un seul problème : découvrir ce qu'était devenu Gillen. En effet, dans la mesure où les douze mille livres n'avaient pas été retrouvées, il ne croyait pas beaucoup à une noyade accidentelle.

Sept personnes étaient présentes quand Gillen avait disparu et ces sept personnes se trouvaient encore à Lac Otway, y compris George Barby, qui n'était qu'à une soixantaine de kilomètres de là et qui voulait revenir dans le coin pour attraper des lapins.

Douze mille livres représentaient une somme conséquente. Aucune banque ne les détenait au nom de Gillen. Et puisque l'argent avait été acquis légalement, il était logique de supposer que Gillen n'avait pas déposé l'argent sous un nom d'emprunt. On avait également tout lieu de croire que Gillen se serait manifesté si on l'avait volé. Par conséquent, et jusqu'à preuve du contraire, il fallait partir du principe que Gillen était arrivé à Lac Otway avec une douzaine de milliers de livres en poche.

Douze mille livres en petites coupures, ça fait un gros paquet. Un directeur de banque en avait fait la démonstration à Bony avant que ce dernier ne quitte Brisbane, et ce gros paquet pouvait bien être la cause de la différence de « niveau » dans la valise, selon l'expression de Red Draffin.

Mais si l'un des hommes avait volé l'argent contenu dans la valise au moment où Gillen était censé s'être noyé dans le lac, est-ce que cet homme aurait continué à travailler à Lac Otway ? Si l'avait bien fait, il devait avoir une raison très convaincante pour ne pas avoir lâché son boulot.

Oui, poser des questions un peu partout n'était pas la solution. Sonder, peut-être, beaucoup écouter, faire des déductions, compter sur un vieil allié, le temps, voilà qui finirait tôt ou tard par donner des résultats. Le rôle de Bony était de se montrer discret, fin diplomate, de se faire accepter par les sept suspects.

Sept suspects ! Marty, le régisseur, avait suivi un parcours classique : écoles privées... apprentissage du colon fraîchement débarqué... aide-régisseur... sous-directeur. Le prochain échelon, c'était directeur. Mais cette dernière étape serait longue, très longue. Martyr savait diriger des hommes, et d'après M. Wallace, il était compétent pour s'occuper d'ovins et de bovins. Il avait tendance à l'introspection, à l'imagination, et il était ambitieux.

Il y avait Bob Lester, un homme peu inhibé, nerveux, terre à terre, avec une mémoire extraordinaire pour les détails sportifs. MacLennon était mesuré, viril cependant, légèrement morose, déterminé, et pouvait être dangereux. Carney était jeune, intrépide, imaginatif, cultivé, quoique pas aussi instruit qu'il le prétendait. Barby avait quelque chose de mystérieux, et n'entrait dans aucune classification. Cultivé, paisible observateur, économe et cherchant à gagner de l'argent en plus de son travail régulier.

Les femmes devaient également être prises en considération car l'une comme l'autre aurait pu rafler le contenu de la valise. La mère était encore jeune et séduisante, elle cherchait un homme et était avide de conquêtes. Elle n'était pas du genre à rester trop longtemps au rancart. La fille était attirante et elle le savait. Qu'on la mette à proximité d'un beau jeune homme entreprenant, et il pouvait y avoir un feu de brousse à Lac Otway. A moins que le feu ne prenne à cause des douze mille livres ?

Ce fut après cinq heures de l'après-midi que Bony entra effectivement en contact avec les hommes. Jusque-là, Martyr et eux avaient été occupés à déplacer plusieurs énormes troupeaux de moutons, du fond de l'exploitation aux pâturages du Puits de Sandy. Même Lester, l'homme à tout faire, avait été réquisitionné pour les aider, de sorte que pendant la journée, Bony était resté seul avec les femmes. Il n'eut qu'un seul problème : s'y retrouver dans ses mensonges, car rude, en vérité, est le chemin que doit parcourir le menteur.

Comme le voulait la coutume, l'une des femmes frappait un triangle avec une barre pour annoncer la pause-thé, une fois le matin, une fois l'après-midi. Le déjeuner, qu'il prenait avec elles, était plus cérémonieux. Il constatait avec amusement que mère et fille étaient vexées parce que son attitude n'évoluait pas dans le sens qu'elles avaient prévu.

Au cours des pauses-thé, elles parlaient intelligemment de tout sauf de Ray Gillen, et il n'y fit jamais allusion lui-même, mais au fur et à mesure que les jours passaient, leur intérêt pour la baisse du lac Otway s'accrut. Vers la fin de cette première semaine de travail, le lac avait baissé de dix centimètres.

Les hommes s'intéressaient tout autant au lac. Souvent, quand ils revenaient aux parcs, ils n'avaient que quelques minutes pour se laver avant le gong du dîner, mais ça ne les empêchait pas de scruter le lac Otway pour noter les changements imperceptibles qui étaient intervenus. A cette heure de la journée, Bony était généralement assis dans un fauteuil cassé, sur la véranda du bâtiment des hommes, en face du lac.

Puis vint cette fin d'après-midi où le premier signe de violente émotion affleura à la surface. Bony sentit que tout avait commencé avant le retour des hommes, avant qu'ils ne traversent le parc à chevaux pour laisser leurs montures libres de se rouler dans le sable et de se rassasier à la mangeoire.

– Je vais me faire dresseur, observa Harry Carney en se dirigeant vers sa chambre.

Sa voix était pleine d'entrain, mais la colère étincelait dans ses yeux.

– Ouais, en tout cas, ça vaut mieux que de conduire des troupeaux, acquiesça Lester avant de renifler. Il suffit qu'tu hypnotises un poulain pendant une heure ou deux tous les matins, et ensuite, tu passes tout l'après-midi dans un bon fauteuil, à l'ombre, à lire ou à additionner le fric que t'as gagné. Un super boulot.

MacLennon, trapu et costaud, ne dit rien. Il se tenait au bout de la véranda, les yeux fixés sur un lac aussi paisible qu'une flaque d'eau. Le régisseur apparut sur la véranda de la maison, visiblement intéressé par le lac, lui aussi.

– Il a fait chaud, aujourd'hui, remarqua Bony. Au déjeuner, Mme Fowler a dit qu'il faisait trente-huit huit à l'ombre des poivriers.

– Au soleil, il faisait quatre-vingt-dix-huit huit, grommela MacLennon. J'ai horreur de ces jours où il n'y a pas un souffle de vent. Ça rend les mouches vraiment enragées.

Il s'éloigna vers la douche, et le Suédois arriva. Il se mit à rire en voyant Bony et lui demanda quel effet ça faisait d'être un capitaliste – il le lui demanda en se tordant de rire, comme d'habitude. Witlow se contenta de sourire et il entra chercher sa serviette.

Carney revint alors, propre, ses cheveux blonds plaqués avec de l'eau. Il resta debout près du fauteuil de Bony et se roula une cigarette.

– Y a pas de courrier, je suppose ? demanda-t-il en scrutant le lac.

Bony secoua la tête et Carney ajouta :

– Il serait temps qu'on vienne l'apporter. Merde ! On dirait que quelqu'un a balancé de l'or dans le lac.

Le coup de gong retentit dans l'air surchauffé du soir et Bony emporta son vieux Charles Garvice tout abîmé dans sa chambre. En ressortant, il trouva Lester en train de regarder le lac Otway, comme Carney et MacLennon l'avaient fait, et il lui dit :

– Il sera encore là après le repas, tu sais.

– Ouais, c'est sûr, Bony, répondit Lester.

Il le rejoignit et ils emboîtèrent le pas aux deux autres hommes.

– Mais il va vite, ajouta Lester. Dans un mois, il aura disparu.

– C'est vraiment dommage.

– Ouais. C'était impeccable jusqu'à Noël dernier. Quand il était plein, c'était pas la peine de descendre jusqu'à la mer pour mettre une bière à rafraîchir. Avec un bon petit vent, il y avait des vagues et de l'écume, et la nuit, on pouvait les entendre à des kilomètres. On n'avait jamais l'impression d'avoir eu trop chaud dans les prés quand on revenait le soir.

– Tu as connu cet endroit sans eau ?

– Oui, aussi. C'est seulement une plaine couverte de broussailles. Une sacrée étuve. Le lac se remplit d'eau tous les dix-sept à vingt ans, et il ne dure que trois ans au plus.

Ils mangèrent sans qu'il y ait de conversation soutenue, les seules paroles échangées étant prononcées par Witlow et le Suédois. Bien sûr, ils étaient fatigués par la chaleur, le soleil brûlant et les mouches horripilantes, mais ils semblaient plutôt taciturnes et peu portés à la plaisanterie, contrairement aux hommes qui travaillaient généralement dans la brousse. Finalement, vers la fin du repas, quelqu'un adressa la parole à Bony. Ce fut Lester, qui lui demanda comment ça marchait avec un hongre marron. Bony était en train de lui dire comment les choses évoluaient quand Joan Fowler apparut sur le seuil de la cuisine et fit un signe de la main à Bony en lui proposant :

– Une partie de cartes ?

Bony se leva et s'inclina.

– A huit heures ? dit-il en souriant.

La jeune fille se mit à rire et disparut. Bony se rassit, conscient de l'hostilité de MacLennon et de Harry Carney. Witlow, le drôle de type aux jambes arquées, eut un petit rire glacial et celui qui avait l'air d'être son ami, le Suédois, plaisanta :

– Tu crois que Bony a préparé le terrain pendant qu'on a passé la journée à travailler ?

– Ça s'pourrait, reconnut Witlow. On ne peut jamais faire confiance à ces dresseurs, Kurt.

– Qu'est-ce que t'en penses ? demanda le Suédois en faisant un large sourire à Bony. Il vaut pas mieux qu'on reste là quand il jouera aux cartes... juste pour être sûrs qu'il se comportera bien ?

– Ouais, il vaut mieux, intervint Lester. Bony n'est pas assez grand pour jouer aux cartes avec des femmes faites. Il se ferait plumer.

– J'aurai peut-être bien besoin d'être un peu soutenu, reconnut Bony en riant.

MacLennon reposa bruyamment ses couverts sur son assiette, se leva et partit. Dans le silence qui suivit, Lester renifla et Carney dit d'une voix traînante :

– Arrête avec ton histoire de plumer, Bob. C'est pas très marrant.

Son visage rond était rouge et ses yeux n'avaient pas leur expression de bonne humeur habituelle. Le Suédois jeta un regard malicieux, ouvrit la bouche pour dire quelque chose, puis la referma avec une expression de douleur car Witlow lui avait donné un coup de pied sous la table.

Ceci mit un terme à la conversation et il se trouva que Bony et Witlow furent les derniers à quitter l'annexe. Sur le chemin de leurs chambres, le petit bonhomme murmura :

– Fais gaffe, Bony. Cette garce aime bien créer des complications. Tu pourrais peut-être te défendre, mais Mac est un ancien champion de boxe.

– Merci du tuyau. Je vais y aller doucement, dit

Bony avant d'ajouter : Ça ne servirait pas à grand-chose de venir marcher sur les plates-bandes des autres.

– Voilà qui est sage. Ce sont de drôles de types. Il vaut mieux les laisser faire leur petite cuisine tout seuls.

Bony se mit à rire et ils s'arrêtèrent pour regarder le lac. Les mouettes venaient se poser au milieu des poules qui attendaient qu'on leur donne à manger.

– Ça fait loin, depuis la mer, pour ces mouettes, fit remarquer Bony.

– On est à près de mille kilomètres de l'eau salée la plus proche, Port Augusta. Il se pourrait qu'elles n'aient jamais vu la mer.

– Oui, c'est probable. Essaie de faire venir le Suédois pour jouer aux cartes. Ça fera du nombre, ça rassure, tu comprends.

Bony se demanda ce qu'il devait penser de Witlow et il décida de lui poser quelques petites questions.

# Chair et poisson

Vers la fin de la première semaine, Bony avait amené son premier cheval au point où on pouvait le chevaucher en dehors du parc. Il était devenu assez raisonnable pour laisser son cavalier se concentrer sur des choses qui n'avaient rien à voir avec une jeune pouliche fringante.

Il fut donc libre d'examiner le lac Otway, le lieu où Raymond Gillen aurait trouvé la mort. Un matin, il fit le tour du lac, vit l'endroit où les eaux des crues avaient afflué, à l'extrémité nord, et l'endroit où il avait débordé sur une barrière de sable pour former un ruisseau, à l'extrémité sud. Il remarqua avec intérêt que la vaste étendue qui faisait face à l'exploitation avait été réquisitionnée par des pélicans pour servir de couveuse et de nursery, et que les cygnes avaient choisi certains endroits pour y faire leur nid. Les lapins étaient partout, dans des proportions catastrophiques. Les dunes alentour et les pentes des hauteurs qui se trouvaient derrière les dunes étaient criblées de terriers. Souvent, une « nuée » de lapins surgissait devant lui. Quand il criait, les animaux filaient se terrer et il voyait des queues dépasser de tous les terriers. Les lapins ne pouvaient pas tous entrer tant ils étaient nombreux. Partout où l'ombre était suffisante, il y avait également des kangourous, et sur les pentes, derrière les dunes, il y avait les taches noires que formaient d'innombrables émeus.

Un paradis pour les trappeurs. Une bonne récolte attendait d'être cueillie et serait bientôt grillée par le soleil.

Barby arriva un matin au volant de son camion chargé de matériel de camping et de pièges, de ses trois chiens, de ses deux chats et de son cacatoès apprivoisé. Le patron avait trouvé un autre cuisinier pour le remplacer, mais il n'avait pas pu se passer de Red Draffin, et Barby avait pris la piste du Puits de Johnson, puis avait contourné le lac pour se mettre au travail.

Ce jour-là, dans l'après-midi, Bony s'intéressa à la moto de Ray Gillen. Dans l'intention de réparer une boucle de sangle, il était allé dans le grand hangar des machines, qui abritait les camions de l'exploitation, les pièces de machines et le reste du matériel. La moto était complètement recouverte par une bâche et la poussière qui s'était accumulée sur la bâche tendait à prouver que l'engin n'avait été ni utilisé ni déplacé depuis la disparition de Gillen.

Bony souleva le bord de la protection. Il s'agissait visiblement d'une moto puissante et elle avait été bien entretenue. Bony tâta les pneus, ils étaient fermes. A l'endroit où se trouvait le bouchon du réservoir à essence, il y avait un grand cercle de poussière plus sombre, et Bony sentit une odeur de carburant. Il retira le bouchon et s'aperçut que le réservoir était plein. Il avait été rempli à un moment ou à un autre, pendant les derniers quinze jours, et Bony était sûr que ça devait être environ une semaine avant son arrivée à Lac Otway.

Il était certain que la personne qui avait rempli le

réservoir, et peut-être aussi gonflé les pneus, n'avait pas entièrement retiré la bâche, tout comme lui. Quand il laissa retomber le bord de la bâche, la poussière resta agglutinée sur le dessus. Selon toute évidence, la moto n'avait pas été déplacée depuis la disparition de son propriétaire, quinze mois plus tôt, et pourtant, quelqu'un l'avait préparée au départ.

Le soir, il décida de confier quelques petites choses à Witlow, et il se trouva que le petit bonhomme sec et nerveux lui en fournit lui-même l'occasion. Le dîner était terminé et le Suédois tenait la banque dans une partie qui se déroulait dans la pièce commune des hommes. Bony rejoignit Witlow, qui reprisait une paire de chaussettes sur la véranda. Witlow cessa de s'intéresser à ses chaussettes et il se leva pour essuyer la transpiration qui lui coulait sur la figure.

— Et si on allait nager dans le lac ?

— Dans soixante centimètres d'eau ? lui objecta Bony.

— Soixante-quinze centimètres, rectifia Witlow. On barbotera. On s'éclaboussera un peu. En tout cas, ça nous rafraîchira. Et puis ça va faire du chambard parmi les oiseaux. Il faut bien faire quelque chose.

— Bon, d'accord, acquiesça Bony. Comme tu dis, il faut bien faire quelque chose.

Witlow se changea et enfila un short, et Bony mit un pantalon de travail qui avait besoin d'être lavé. Pieds nus, il descendirent les marches de la falaise jusqu'à la rive du lac, puis ils entrèrent dans l'eau.

Elle était nettement tiède et le fond était dur, sous deux ou trois centimètres de vase. Ils durent faire une cinquantaine de mètres pour que l'eau leur arrive aux genoux, et une autre cinquantaine de mètres pour qu'elle leur atteigne les hanches. L'eau était chargée d'algues de couleur verdâtre et il était impossible de voir le fond.

Witlow fit entendre son rire plein d'entrain et il éclaboussa Bony. L'inspecteur Bonaparte se délesta alors d'une trentaine d'années. Haletant, hurlant comme des gamins, ils s'aspergèrent mutuellement et les oiseaux qui se trouvaient à côté d'eux s'enfuirent, indignés.

Ils continuèrent à avancer vers le milieu du lac en pataugeant, sans que la profondeur n'augmente. Devant eux, l'eau était presque constamment agitée par des poissons. Sa surface ridée était fendue par des nageoires dorsales et disparaissait souvent un instant sous un large dos.

Comme des objets flottants rejetés de chaque côté par l'étrave d'un navire, les canards et les poules des marais nageaient de part et d'autre des deux hommes et se réunissaient à nouveau derrière eux. Les grandes escadres de pélicans paraissaient immobiles, et restaient pourtant toujours à la même distance. Il en allait de même avec les cygnes et les cormorans. Une cinquantaine de mouettes escortèrent les deux hommes, comme si elles s'attendaient à ce qu'ils leur donnent des croûtons de pain.

Le niveau de l'eau ne monta pas davantage et sa température resta tiédasse. L'air, au-dessus, était chaud sur la peau, et à l'ouest, le soleil était le centre aveuglant d'une vaste flamme. Quand Bony se retourna et estima qu'ils avaient parcouru un kilomètre et demi depuis le rivage, il vit l'exploitation, au loin, auréolée, tout comme l'avancée cramoisie de la falaise.

– Quinze jours de ce temps et il n'y aura plus de lac pendant une autre vingtaine d'années, prédit Witlow en s'agenouillant de telle sorte que sa tête ressemblait à celle de Jean Baptiste sur le plateau de Salomé. Encore presque trente-neuf aujourd'hui à l'ombre des poivriers. Ça va encore monter de dix degrés avant la fin de l'été.

Bony s'agenouilla et réussit à s'accroupir sur ses talons, quand l'eau lui chatouilla le menton. Il ne put s'empêcher de sourire à Witlow qui lui dit :

– On devrait s'amener quelques fauteuils ici. C'est marrant, hein, d'être aussi loin de la rive. Ça serait salement embêtant si l'eau montait à toute vitesse comme elle le fait là-haut, à Broome. Hé là, arrête de me chatouiller, rigolo. Allez, arrête, hein ? D'accord, mon ami.

Il se précipita en avant, plongeant la tête sous l'eau. Il émergea, s'accroupit et souleva du lac un poisson qui pesait dans les six kilos. Witlow avait glissé les doigts de l'une de ses mains sous les ouïes. Puis il rejeta le poisson à l'eau, joua un moment avec lui et le laissa partir.

– Tu sais pas, Bony, cet énergumène est venu se frotter à moi. Je lui ai posé la main dessus, mais ça l'a pas empêché de rester. Juste comme un gros minet.

– Il y en a un qui se frotte à moi en ce moment-même, dit Bony. Je vais essayer de l'attraper.

Il n'y réussit pas. Puis, reprenant brusquement son sérieux, il dit :

– J'aime pas beaucoup l'idée de farfouiller là-dedans pour trouver des poissons. On pourrait tomber sur le squelette de Gillen.

– Ouais, c'est possible, admit Witlow, lui aussi dégrisé par cette pensée. Il doit être quelque part par là, toute sa chair mangée par les poissons.

– Tu étais là quand c'est arrivé ?

– Non.

– Il était bon nageur, pas vrai ? demanda nonchalamment Bony.

– C'est c'qui paraît, répondit Witlow. Mais ici, c'est pas comme l'eau de mer. Le temps avait beau être dégagé, le vent avait soufflé toute la journée et il devait encore y avoir des courants. Y a des gens qui disent qu'après une journée de vent, les courants tournent en rond comme un maelström. S'il avait nagé jusqu'ici, à peu près, Gillen devait se trouver au centre du tourbillon et il n'a pas pu regagner la rive. En tout cas, il doit être par là, quelque part. Ça serait salement embêtant si toi ou moi, on lui tapait dedans.

Bony se releva, sentant un frisson le long de la colonne vertébrale qui n'avait rien à voir avec la température ambiante. Il repensa à un homme beaucoup plus vieux que Witlow, qui avait heurté un cadavre dans un lac. Ça se passait près d'un endroit qui s'appelait la Maison Venimeuse, et ce n'était pas une expérience qu'il souhaitait partager. Witlow eut un petit rire.

– C'est pas très probable, dit-il. On n'a pas plus de chance que de gagner à la loterie. Le lac est grand, et un corps, c'est tout petit. Regarde ces oiseaux ! (Une importante escadre de pélicans s'était approchée.) J'ai une idée ! On va les faire bouger. On va hurler et éclabousser en même temps tous les deux.

L'effet de leurs efforts fut explosif. La surface entière du grand lac fut aspergée d'eau tandis que les escadres de pélicans, les cygnes et les oies sauvages, les innombrables canards et les cormorans glissèrent sur la surface pour prendre leur envol. L'alerte se transmettait d'un oiseau à l'autre à la vitesse de la lumière.

– Regarde-les ! Non, mais regarde-les ! hurla Witlow.

Une file de cygnes passa, volant à basse altitude, des cygnes rouge vif. Les mouettes battaient des ailes comme si elles avaient peur d'être pilonnées ; elles étaient cramoisies et rappelaient à Bony les veuves assassinées de Dampier Bay et de Broome. Un feu pourpre apparut dans le plumage des canards aux ailes bruissantes et les taches blanches des pélicans qui tournaient majestueusement en énormes bandes avaient l'air d'éclaboussures de sang.

– Qu'est-ce que t'en dis ? hurla Witlow. On s'croirait à la sanglante bataille d'Angleterre. Qu'est-ce que...

Brusquement, il s'assit, se débattit, et se releva en recrachant de l'eau.

– Ça alors, un fichu poisson vient d'me passer entre les jambes ! protesta-t-il.

Les oiseaux gagnaient de la hauteur. Les pélicans, les cygnes et les oies se transformèrent en escadrilles de bombardiers lourds sur lesquels fondaient les canards qui les attaquaient avec une rapidité de météores. Les cormorans allaient et venaient d'un air complètement désorienté, et les poules des marais descendaient en piqué et se serraient l'une contre l'autre sur le lac comme si elles tenaient conseil. Et plus haut que les bombardiers lourds et les chasseurs zébrés, les aigles tissaient leurs invisibles toiles sous le ciel écarlate.

Bony nota une pression soudaine et puissante contre sa jambe gauche et il sentit le corps visqueux d'un poisson qui filait après l'avoir heurté. On aurait dit que tous les poissons étaient devenus fous furieux car ses jambes enregistraient de continuelles collisions. La surface limpide du lac se mit à ressembler à une immense marmite en train de bouillir.

– Ça vaut le coup de venir patauger ici, dit-il, et Witlow acquiesça d'un signe de tête.

Le soleil descendit derrière des arbres lointains dont les ombres spectrales fondirent sur eux et les dépassèrent, sans pour autant cesser de les menacer d'une inévitable nuit. L'eau redevint lentement paisible, et les poissons se calmèrent. Les plus petits canards délaissèrent les airs dans un grand désordre et soulevèrent de longues flèches d'écume lilas en freinant sur l'eau. Mais les gros oiseaux restèrent en l'air.

Les deux hommes commencèrent à se diriger vers la rive, sans hâte, un peu intimidés, car tous deux se sentaient imprégnés de cet esprit australien, un esprit parfaitement rebelle au temps et à des choses aussi circonscrites que la naissance et la mort d'un lac. La falaise lointaine et les bâtiments qui la coiffaient viraient maintenant au pourpre, les ombres qui séparaient les constructions étaient d'un noir de jais. Les mouettes volaient au-dessus de leur tête, devenant maintenant d'un bleu gentiane.

– Qu'est-ce que tu penses des types d'ici, Bony ? demanda Witlow d'un air un peu trop dégagé.

– On ne peut pas dire qu'ils soient très liants, répondit tranquillement Bony.

– On n'arrive pas à savoir c'qu'ils pensent. Ça doit être les femmes qui les détraquent.

– Pourtant, à mon avis, la plupart d'entre eux sont assez grands pour ne pas se laisser détraquer par des femmes.

Ils avancèrent péniblement pendant quelque temps, en silence, puis Witlow dit :

– T'as peut-être raison, mais ils sont pas dans des conditions habituelles. Un jour, je suis tombé sur une équipe de bouviers alors que je ramenais du bétail du

Territoire du Nord. Deux hommes faisaient tourner la baraque, tous les deux plus vieux que nous. C'étaient pas des enfants d'chœur non plus. Ils aimaient la bagarre et la gnôle. Ça faisait vingt ans qu'ils étaient copains. Ils ne pensaient qu'au bétail, à l'alcool et aux chevaux de courses. Et voilà qu'un Aborigène a débarqué avec sa moukère. C'était une petite jeune, et moche comme c'est pas permis. En moins d'une semaine, les deux lascars se battaient entre eux et si j'avais pas d'mandé à l'Abo de partir avec sa bonne femme, ces deux types se seraient entre-tués et le bétail aurait été dispersé aux quatre coins de l'Australie. Le lendemain du jour où la moukère est partie, tout est rentré dans l'ordre. Moi, ça m'dépasse, ces choses-là.

— On dit que les hommes décrochent quand ils atteignent soixante-dix ans, à moins que ça ne soit soixante ? dit Bony en riant. En tout cas, il y a certainement quelque chose qui turlupine les gars de Lac Otway.

— Ça, c'est sûr, Bony. Tu t'rappelles le soir où les femmes t'ont demandé de jouer aux cartes et que le Suédois et moi, on est venus avec toi pour vérifier qu'y avait pas de coup fourré. Et alors ? Eh ben, dix minutes après le début de la partie, voilà Bob Lester qui s'amène, plein de bonnes dispositions et d'intérêt, reniflements et tout. Derrière lui arrive Mac... tu sais bien, il est juste passé emprunter le fer à repasser ou la poêle à frire ou quelque chose comme ça. Ensuite, y a Harry Carney qui se pointe, il plaisante et dit qu'il a peur de rester tout seul dans la baraque. Le Suédois et moi on en parlait hier. On n'a jamais pu s'rapprocher d'eux trois, ils restent entre eux, et pourtant, ils prennent la mouche à la moindre occasion. Tu t'rappelles la broche que la mère Fowler portait ce soir-là ?

– Oui. Une opale montée sur or. La pierre était belle, d'ailleurs.

– C'est Lester qui la lui a donnée, poursuivit Witlow. Cent vingt livres, qu'il a payé pour ça.

– Quoi ! s'exclama Bony.

– Cent vingt. Il me l'a dit. L'émeraude qu'elle portait au doigt, c'est de MacLennon qu'elle la tient, et Lester a donné à Joan la montre-bracelet qu'elle avait ce soir-là. Il l'a payée quarante-cinq guinées. Et les boucles d'oreille et les trucs qu'elle avait dans les cheveux, c'est Carney qui les lui a donnés. Ça lui a coûté vingt livres.

– Comment tu t'es débrouillé pour savoir qui a donné quoi et combien ça a coûté ? demanda Bony.

– C'est ça le plus dingue de l'histoire, répondit Witlow. Tu comprends, il faut absolument que ces cornichons aillent le raconter à quelqu'un. Lester m'a parlé de la broche et il a paradé en disant que quand il aurait économisé encore quelques centaines de livres, il emmènerait la mère Fowler en voyage à Sydney. Et il a donné la montre à Joan pour qu'elle plaide pour lui auprès de sa mère. Mac m'a parlé de la bague qu'il a donnée à la mère, mais il ne sait pas qu'elle a promis à Lester de l'accompagner à Sydney. Il m'a dit que la mère lui avait promis d'aller à Adélaïde avec lui pour faire la tournée des bistros dès qu'il aura un bon peu d'argent pour payer le voyage. Et puis Carney m'a parlé du cadeau qu'il avait fait à Joan et il m'a dit qu'il fait tout pour rester dans les bonnes grâces de la mère jusqu'à ce qu'il ait mis assez d'argent de côté pour avoir la fille. Tu vois ? Et tout ça, soi-disant entre nous, ou entre eux et le Suédois, si tu vois ce que je veux dire. T'sais pas ?

Bony lui demanda quoi.

– Il va y avoir des étincelles et ça va péter dans pas longtemps. On voit bien que ça couve. Ces deux bonnes femmes sont des intrigantes de première. De vraies salopes. Suis le conseil d'un type qu'a pas inventé la lune et vas-y doucement, Bony. Crache-leur dessus au lieu de leur sourire. Le Suédois et moi, on a vu c'qu'elles manigançaient, le soir où on a joué aux cartes. Elles arrêtaient pas de t'faire des sourires. Elles te roucoulaient à l'oreille et elles me lançaient une œillade de temps en temps, juste de quoi pousser ces cornichons à demander une avance pour leur acheter d'autres bijoux ou des trucs comme ça. Et je ne suis pas sûr que Martyr soit pas un cornichon lui aussi.

– Martyr !

– Ouais. Joan a une sorte de bracelet tout en opales. Ça devrait valoir gros.

– Mais qu'est-ce qui te fait croire que c'est Martyr qui le lui a donné ?

– Parce que aucun des autres ne m'en a parlé, et que personne n'en a parlé au Suédois non plus. Et pourtant, ce bracelet est vraiment un truc dont on pourrait se vanter, crois-moi.

– Est-ce qu'elles ont déjà essayé de te soutirer un cadeau ? demanda Bony.

– Non. Mais Joan a baratiné le Suédois pour qu'il lui prête cinquante livres. Kurt lui a répondu qu'il avait six gosses à nourrir en Norvège, une pension alimentaire à payer à sa femme à Sydney, et une nana à entretenir à Cairns. Tiens, les gros oiseaux s'amènent. On va les regarder.

Les pélicans descendirent en larges cercles et spirales. Les cygnes s'abattirent plutôt en piqué. Une escadrille de pélicans vira pour s'aligner au-dessus de leur tête. Derrière leur chef ils ressemblaient aux maillons noir et blanc d'une chaîne immuable. Le premier oiseau rasa l'eau à moins de dix mètres de leurs deux têtes, et tous ceux qui le suivaient touchèrent l'eau au même endroit, freinèrent sur la même trajectoire et se placèrent à la droite ou à la gauche de leur chef pour former un grand croissant, tels des vaisseaux au beaupré jaune incliné en guise de salut au lac. Les canards, effrontés, continuèrent à plonger et à glisser sur l'écume pour s'arrêter tout près des hommes, puis nagèrent paresseusement à côté d'eux lorsqu'ils se mirent à patauger vers la rive.

– Ça t'intéresserait, un petit pari ? demanda Witlow d'une voix traînante.

– Vas-y, annonce, suggéra Bony.

– D'accord ! J'te parie qu'avant Pâques, il y aura un meurtre dans un rayon de huit kilomètres de cette exploitation. J'te le parie à quatre contre un.

– C'est assez honnête, dit Bony en acceptant cette proposition. Je veux bien y aller d'une livre.

# Ça paie, de faire l'idiot

S'étant acquis une liberté de mouvement sans éveiller les soupçons, Bony monta l'un des jeunes chevaux et emprunta la piste de sable qui menait au Puits de Johnson. Du Puits, la piste grimpait sur des collines de casuarinas, de pins et de mulgas, sur cinquante kilomètres à l'est de Porchester, et continuait, continuait, passant devant les maisons de deux colons, pour rejoindre la voie ferrée à Ivanhoe. C'était par cette piste que Gillen était arrivé à Lac Otway.

On admettra qu'il existe des endroits plus propres à la méditation que le dos d'un jeune cheval par un après-midi brûlant, mais la chaleur donnait à réfléchir au cheval et comme il n'y avait pas la moindre humidité, le temps n'était pas désagréable pour le cavalier.

Jusqu'ici, Bony ne pouvait rien affirmer au sujet du mystère de Ray Gillen et de la disparition de son trésor.

La seule chose que Bony pouvait affirmer, grâce à son intuition, c'était que les hommes et les femmes qui se trouvaient à l'exploitation quand Gillen avait annoncé son intention d'aller nager attendaient maintenant avec anxiété l'assèchement du lac Otway. Que redoutaient-ils, qu'espéraient-ils de la mort du lac ? Est-ce qu'ils se disaient que quand le soleil aurait pompé toute l'eau, le squelette de Ray Gillen prouverait qu'il n'était pas mort à la suite d'une noyade accidentelle ? Qu'il y aurait par conséquent une enquête criminelle ? Si c'était le cas, cinq hommes et deux femmes étaient complices du meurtre, ce qui paraissait hautement improbable. Espéraient-ils qu'avec l'assèchement du lac Otway, l'argent volatilisé serait mis à nu, et était-ce la raison pour laquelle tous les hommes et les deux femmes avaient continué à travailler sur l'exploitation ?

Ils étaient unis par deux liens : leur anxiété au sujet de la mort prochaine du lac, et leur attitude solidaire face à tous ceux qui n'étaient pas présents quand Gillen était allé nager pour la dernière fois. Pour tout le reste, ils s'opposaient tous les uns aux autres.

Parvenu à ce stade de son enquête, Bony n'était pas mécontent de la manière dont il avait progressé et il se dit à nouveau que tout ce qu'il avait à faire, c'était attendre. Les personnes impliquées là-dedans ne manqueraient pas de révéler ce qui était exactement arrivé à Ray Gillen et à ses douze mille livres.

Au Puits de Johnson, il mit pied à terre et attacha son cheval au tronc d'un livistona qui faisait de l'ombre. Le puits se trouvait sur la rive d'un ruisseau, à deux cents mètres d'un banc de sable qui empêchait l'eau de se vider du lac quand le niveau ne dépassait pas cinq mètres quatre-vingts.

La cabane était construite en rondins et elle avait un toit de tôle. Il n'y avait pas de vitres à l'unique fenêtre et la porte avait besoin de nouveaux gonds. A côté de la cabane, il y avait le puits, surmonté d'une éolienne et flanqué de gros réservoirs métalliques à partir desquels l'eau pouvait être canalisée pour abreuver les troupeaux. Il y avait un hangar des moteurs et une réserve de carburant pour faire marcher la pompe auxiliaire quand le vent faisait défaut. Derrière le puits, il y avait les parcs à chevaux, et un réservoir apparemment abandonné se trouvait isolé entre ces parcs et le hangar.

Le décor était familier pour Bony : sable et buis somnolents, rives grises et plates, chaleur estivale et mouches, et, en hiver, vent glacial balayant les dunes basses et chargeant l'air de particules abrasives. Un endroit où seuls pouvaient vivre des hommes qui acceptaient de se passer du confort le plus élémentaire pour gagner un bon petit chèque.

Il y avait des preuves évidentes du travail effectué par MacLennon et Lester. L'éolienne avait été graissée et les réservoirs remplis, mais les robinets avaient été coincés avec du bois pour empêcher l'eau de s'écouler dans les abreuvoirs. Le moteur à essence avait été révisé et on l'avait fait tourner. Il y avait également des signes prouvant que George Barby était venu avec son camion.

On n'avait pas touché à l'intérieur de la cabane. Sur le sol, il y avait des rejets compacts de termites. La longue table était flanquée des bancs habituels. Il y avait un autre banc sous la fenêtre dépourvue de vitres, et des cendres blanches étaient encore amoncelées dans l'âtre. En entrant, Bony dérangea une douzaine de lapins qui se tassèrent dans un coin en regrettant de ne pas avoir d'ailes.

Il avait de l'eau bouillie dans sa bouteille et il se fit du thé. Il sirotait le liquide bouillant quand il entendit un moteur vrombir de plus en plus fort. Il ne fut pas du tout surpris de voir le camion marron de Barby escalader le banc de sable et longer la rivière, tandis que des bidons vides tintaient et que trois chiens aboyaient en voyant le cheval attaché.

Barby s'arrêta à côté des réservoirs, fit un signe de la main à Bony et se mit à remplir ses bidons. Les chiens arrivèrent pour faire fête à Bony puis ils se couchèrent à l'ombre de la cabane. L'un des lapins se précipita dehors mais les chiens ne lui accordèrent pas la moindre attention. Ils acceptaient les lapins avec la résignation ennuyée qu'ils réservaient aux puces qui les piquaient à une vitesse extraordinaire.

Finalement, Barby arriva et il s'accroupit pour bourrer sa pipe.

– Qu'est-ce que tu fais là ? demanda-t-il. Tu abandonnes ?

– Non, j'endurcis un jeune cheval, répondit Bony. Où est-ce que tu campes ?

– A trois ou quatre kilomètres en remontant vers le lac. Il y a des millions de lapins qui arrivent vers l'eau. Je vais clôturer une portion du rivage pour les attraper.

Le cuisinier n'était plus un cuisinier. Il portait un gilet de flanelle gris douteux, un vieux pantalon de tweed rapiécé et des espadrilles à semelles de caoutchouc qui avaient dû un jour être blanches. Le soleil lui avait déjà grillé le visage et les bras, avait plissé ses yeux noisette et avait rendu ses cheveux châtains tout raides.

– Si on me donnait une pièce de monnaie pour tous les lapins qui se trouvent autour de ce lac, je pourrais me payer la moitié de l'Australie ! dit-il lentement, en détachant bien ses mots. J'ai entendu un jour à la radio qu'il y avait cinq millions de lapins en Australie. Eh bien, tous, sauf une dizaine, viennent boire au lac Otway.

– Sauf une dizaine de millions ?

– Sauf une dizaine. Huit, neuf, dix. Ces dix-là, ils sont à Canberra, en train de se payer la tête des savants. Tu crois que la myxotose est efficace pour liquider tous les lapins d'Australie ?

– La myxomatose, rectifia Bony. Non. C'est partiellement efficace, je crois, dans des petites fermes et le long de rivières où les moustiques ne chôment pas.

– Les lapins vont réussir à se foutre de la gueule des savants, tu crois pas ? insista Barby.

– Les lapins se fichent de tous les germes, de tous les hommes, bref, de tout, déclara Bony avec conviction. Ce que les gens des villes n'arrivent pas à imaginer, c'est l'immensité du pays qui s'appelle l'Australie. Et une autre chose qu'ils n'arrivent pas à imaginer, c'est que les lapins australiens ont lutté contre la sécheresse, le soleil, les aigles, les renards, le poison et les George Barby pendant cent ans, et qu'ils continuent à gagner.

– Et ils ont bien raison, approuva Barby très sérieusement. Rien ne va les arrêter. Y a qu'à regarder les petits. Dès qu'ils ont six semaines, ils commencent à avoir des portées de cinq et sept toutes les six semaines. Ce sont les meilleures machines à reproduire qui soient. Et moi, je dis, laissons-les se multiplier.

– Ils mangent l'herbe et boivent l'eau dont les troupeaux auraient besoin, lui opposa doucement Bony.

– Et alors ? fit Barby. Ils font pas vraiment de tort à l'Australie. Le lapin, c'est la nourriture du pauvre, et ça l'a toujours été. Si les savants les exterminent – ce qu'ils ne feront pas – et si les éleveurs ont le double de moutons, est-ce que le prix de la viande de mouton va baisser ? Est-ce que les couvertures et les habits coûteront moins cher ? Est-ce que le prix du tabac et de la gnôle va baisser ? Sûrement pas. Mais les éleveurs et les agriculteurs pourront s'acheter plus de tracteurs et de machines qui vont rouiller dans les prés, parce qu'ils sont bien trop paresseux pour les mettre à l'abri, et ils paieront un peu plus d'impôts pour que nos fichus politiciens aillent se balader dans le monde entier et qu'ils aient des pensions plus importantes quand on les renverra dans le froid et la neige. Et c'est uniquement pour cette raison qu'on paye les savants et qu'on leur demande de liquider les lapins.

— Ne t'en fais pas, dit Bony d'un ton apaisant. Jeannot lapin ne disparaîtra jamais. Comment vas-tu les attraper, ici ?

— Avec des clôtures en grillage. Ça les empêchera d'aller à l'eau. Ou de revenir de l'eau. Parce que de l'eau, il leur en faut. Et de quoi manger aussi. J'aimerais bien que Red puisse se pointer. Lui et moi, on peut en écorcher cinq mille par jour. C'est un champion. Et cinq mille par jour, même pendant cinq ans, ça ne ferait pas trop défaut au lac Otway. Comment ça se passe avec les femmes, à l'exploitation ?

Cette question inattendue déconcerta un instant Bony.

— Assez agréablement, répondit-il avec un air désarmant.

— Elles prennent un peu l'air supérieur, avec toi ?

Cette allusion indirecte à son origine ne lui échappa pas. Et comme il n'y avait nulle intention blessante là-dedans, Bony saisit la perche qu'on lui tendait et joua cette carte.

— Elles me croient peut-être idiot. Un métis qui se fait de l'argent. Soyons gentilles avec lui, et il fera venir de beaux cadeaux de la ville.

– C'est exactement ça, Bony. Elles n'ont jamais essayé avec moi, mais y en a d'autres qui l'ont fait avant elles. Des entôleuses, voilà c'qu'elles sont. Ça fait trop longtemps que j'suis là. Mais toi et moi, on voit tout de suite à quoi elles jouent. T'as entendu parler du type qui s'est noyé dans ce lac ?

– Oui. Red en a parlé à table, un jour.

– Il s'appelait Gillen, Ray Gillen. Il est allé nager dans le lac une nuit et il n'est jamais revenu. C'est c'qu'on dit. Red et moi, c'est pas notre avis. A cette époque, j'étais en train d'attraper des lapins, mais je créchais avec les hommes. Les choses étaient tendues, si tu vois c'que j'veux dire.

– Oh ! Comment ça, tendues ?

Barby avait laissé sa pipe se refroidir et il ramassa une braise dans le feu de Bony, la plaça au-dessus du fourneau et tira bruyamment.

– C'est tout une histoire, dit-il. Ça remonte à l'époque où ces femmes sont venues de Broken Hill. A ce moment-là, tout se passait merveilleusement bien et ça changeait bien des choses, de les avoir là. La plus jeune savait bien monter à cheval. Martyr l'emmenait voir le lac et tout.

« Et puis, d'après Red, y a eu une sorte de prise de bec. Red a fait ses petites déductions et n'a probablement pas eu le fin mot de l'histoire, mais en tout cas, Martyr a soudain cessé de demander à la fille d'aller se promener à cheval. Il semblerait que la mère se soit plainte de devoir faire tout le travail, mais il se peut qu'elle ait été jalouse que sa fille sorte avec Martyr.

« Bref, après ça, tout s'est plus ou moins calmé, jusqu'à ce que Gillen arrive. Il venait de la route d'Ivanhoe et il avait dû traîner sa moto sur le dernier kilomètre parce qu'elle était tombée en panne. Il avait de quoi manger, alors il a campé pendant un jour ou deux et il a essayé de réparer sa moto. En voyant qu'il n'y arrivait pas, il a marché jusqu'à l'exploitation en emmenant la pièce qui devait être réparée. Il se trouvait que tous les hommes étaient absents. Alors il est resté jusqu'à ce que Martyr revienne, Martyr a réparé la pièce et lui a donné du boulot le lendemain matin.

« A partir de ce moment-là, les choses se sont gâtées à l'exploitation. Les deux femmes sont tombées amoureuses de Gillen, et lui, il semblait s'intéresser à la fille. Ensuite, il y a eu une bagarre entre lui et MacLennon, et bien que MacLennon soit déjà monté sur un ring, Gillen l'a battu. Il emmenait la fille sur sa moto. Puis il faisait faire un tour à la mère, et personne ne savait plus après laquelle il courait. Il a failli en venir aux mains avec Carney, qui a campé avec lui, et comme ils étaient du même âge, ils sont devenus copains. Lester lui a dit quelque chose qui lui plaisait pas et il l'a envoyé au tapis, quitte à lui faire des excuses le lendemain. Les femmes se mettaient en boule pour rien, apparemment, mais là-dessous, il y avait Gillen. Et puis un soir, on va tous se coucher, voilà qu'il décide d'aller nager, et on ne l'a plus jamais revu.

– Il y avait eu des problèmes, ce jour-là ? demanda Bony.

– Non. Ça faisait une semaine qu'il n'y avait pas de problèmes. La nuit où il est allé nager, on jouait tous au poker dans la salle commune.

– Pour de l'argent ?

– Non. Des allumettes. Gillen avait une valise, poursuivit Barby. Elle en jetait, cette valise. Il gardait la clé, et un médaillon, au bout d'un cordon qu'il avait autour du cou. Un jour, Red était assis sur le lit de Carney, en train de bavasser avec Gillen, et Gillen voulait se changer de sous-vêtements, alors il a enlevé son cordon pour ouvrir la valise. Et après avoir pris son linge, il a fallu qu'il pèse sur la valise avec son genou pour pouvoir la refermer tant elle était pleine.

« Le lendemain de sa disparition, Martyr nous a demandé à Lester et à moi de regarder pendant qu'il fouillait la valise pour voir s'il ne trouvait pas quelque chose sur ses parents. A ce moment-là, je ne savais pas que Red avait vu Gillen s'agenouiller sur le couvercle, pas quand Martyr l'a ouverte. Elle n'était pas pleine du tout. Elle n'était pleine qu'aux trois quarts. C'est seulement une fois qu'on a parlé tous les deux, Red et moi, qu'on s'est demandé c'qu'était arrivé au contenu d'cette valise entre le moment où Red a vu Gillen l'ouvrir et le moment où moi, j'ai vu Martyr l'ouvrir. Parce que c'était pas les quelques petites choses qu'il y avait sur la table de chevet qui pouvaient expliquer la différence. Ça pouvait pas être ça.

Bony saisit l'occasion qui s'offrait à lui.

— Tu dis que Gillen fermait toujours sa valise. Et que la clé se trouvait au bout d'un cordon qu'il avait autour du cou. Alors comment Martyr a-t-il fait pour l'ouvrir ?

— Comment ? Eh bien, il s'est contenté de pousser les fermoirs. Mince, alors, Bony ! Et voilà ! Je n'y avais pas pensé. Cette valise n'était pas fermée à clé quand Martyr l'a ouverte.

— Martyr n'avait pas le cordon avec la clé et le médaillon ?

— Pas que je me souvienne. Non, il n'aurait pas pu l'avoir. Gillen l'avait autour du cou. Il ne le retirait jamais, ça, je le sais, et Red aussi le sait.

– Et tu penses que quelqu'un a pris quelque chose qui se trouvait dans cette valise ? s'empressa de demander Bony.

Barby fit un signe de tête, lentement, d'un air significatif.

– Ouais, Bony. Quelqu'un a pris de l'argent dans cette valise.

– De l'argent !

– Beaucoup d'argent. Je vais te dire pourquoi je suis sûr que c'était de l'argent. Sept ou huit jours avant que Gillen se noie, j'étais sur la rive, un soir, en train de regarder mes pièges. Il y avait un clair de lune et ça me suffisait pour me permettre de travailler sans lumière. Je reviens du bout de la rangée de pièges... j'avais cent pièges métalliques... quand j'entends des voix, et j'ai juste le temps de me glisser derrière un arbre.

« J'ai vu que c'était Harry Carney avec la jeune Joan Fowler. Ils ne marchaient pas bras dessus bras dessous. Ils se comportaient juste poliment. Joan lui a dit, aussi calmement que possible :

« – Je ne me marierai pas si tu n'as pas plus de quelques centaines de livres, Harry.

« Et Harry lui a dit :

« – Tu sais, les quatre cents et des poussières que j'ai économisées nous permettraient de démarrer.

« Elle lui a répondu :

« – C'est ce que tu crois. De nos jours, on ne va pas loin avec ça. Quand je me marierai, il faudra que tu sois riche. Et tu sais quoi faire.

« Harry lui a dit :

« – Ecoute, Joan, j'ai beau me douter que cet argent a été volé et que Gillen n'osera jamais aller faire un scandale si on le lui vole, je ne pourrai pas faire ça.

84

« Voilà ce que j'ai entendu avant qu'ils s'éloignent. J'ai attendu près de mon arbre et ils sont revenus, toujours en train de se disputer au sujet d'une grosse somme que quelqu'un avait volée et qui pourrait à nouveau être volée. Joan a dit :

« – Je ne vaux pas ça, Harry ? Pense à tous les moments merveilleux qu'on pourrait avoir. Tu sais que je t'aime.

« Harry a répété qu'il ne pouvait pas faire ça, je ne sais pas exactement ce qu'elle voulait qu'il fasse pour voler de l'argent volé. Et elle continuait à essayer de le convaincre quand ils se sont trop éloignés pour que je puisse les entendre.

– Et tu crois que Carney savait qu'il y avait beaucoup d'argent dans la valise de Gillen ? demanda Bony en réussissant à paraître détaché.

– Oui. Je ne savais pas quoi penser sur le moment, mais depuis, j'ai réfléchi à tout ça.

– Mais Joan n'a pas épousé Carney, donc Carney n'a pas pu prendre l'argent dans la valise de Gillen.

– C'est vrai, Bony. Mais Carney savait que l'argent était dans la valise, et il en a parlé à Joan. Je parie qu'il a regardé dans la valise le matin où il s'est réveillé en s'apercevant que Gillen n'était pas rentré. Il a pu prendre l'argent à ce moment-là et l'enterrer quelque part. Ou quelqu'un a pu le faire avant lui. Si c'est bien l'argent qui, en disparaissant, a fait baisser le niveau dans la valise de Gillen, alors y a quelqu'un qui l'a pris et quelle que soit cette personne, elle se trouve toujours à l'exploitation parce que personne n'a quitté les lieux depuis que Gillen s'est noyé.

Bony prit l'air idiot et fronça les sourcils avec perplexité en regardant le cuisinier-trappeur.

– Je ne pige pas, admit-il. Si quelqu'un a pris une

grosse somme dans la valise de Gillen, pourquoi est-ce qu'il n'est pas allé se soûler quelque part ? Et si c'est Carney qui l'a pris, pourquoi est-ce qu'il n'est pas parti avec Joan ?

— Moi aussi, ça me renverse, Bony. Mais aussi sûr que nous sommes assis là, Carney et Joan savaient qu'il y avait beaucoup d'argent dans la valise de Gillen, tellement d'argent que quelqu'un a dû le voler. P't'être que quand Carney a pas voulu l'chiper, Joan a demandé à quelqu'un d'autre, et que ce quelqu'un d'autre a doublé la fille. Si tu veux mon avis, y a pas mal de gens qui se sont fait avoir dans l'histoire. Ils sont tous là, comme des chiens affamés, à se surveiller pour savoir où l'os est enterré. Et j'parie qu'il est bien caché, c't'os-là !

— Tu as peut-être raison, reconnut Bony en faisant semblant d'éprouver de l'admiration devant la perspicacité de Barby.

— Ça, pour avoir raison, j'ai raison, affirma Barby. Et toi et moi, on pourrait conclure un petit marché. Tu gardes les yeux et les oreilles grands ouverts. Et tu me tiens au courant de c'qui s'passe là-bas. On pourra p't'être apprendre où ce fric est planqué, et on se l'partagera moitié moitié. On pourra facilement se tirer avec mon camion, et personne pourra rien dire.

# Effervescence

Une autre semaine fut engloutie par l'année, et rien ne se passa si ce n'est que deux Aborigènes furent envoyés avec des moutons au Puits de Sandy et que Lester retourna à ses tâches d'homme à tout faire. Maintenant le thermomètre marquait tous les jours plus de trente-huit et le lac commençait à avoir l'air gris et fatigué.

Par un matin tranquille, un public attendait à l'ombre épaisse du poivrier, un public qui se composait de neuf chiens attachés à des niches grossières et d'une jeune femme vêtue de blanc. Ses cheveux avaient l'éclat du bronze et ses yeux... eh bien, les chiens, bien entendu, sont daltoniens.

Bony arriva sur un cheval gris et la jeune fille se mit à rire parce que le cheval trottait. Elle n'avait vu qu'une seule fois un cheval trotter avec un cavalier sur le dos, et c'était à l'occasion d'une parade officielle, à Adélaïde. Après avoir dépassé son public d'une centaine de mètres, Bony fit demi-tour et revint au petit galop. La jeune fille ne put alors s'empêcher d'admirer le pas du cheval et le maintien du cavalier. Ils passèrent une troisième fois, au galop, la poussière rouge jaillissant sous les flèches grises des sabots.

Cheval et cavalier revinrent encore pour se montrer à leur public, le cheval aussi immobile qu'une statue. La pose fut brusquement interrompue lorsque Bony tomba de cheval et se retrouva à terre, un pied coincé dans l'étrier. La jeune fille s'inquiéta réellement. Le cheval resta de marbre. Bony tourna sa jambe en s'efforçant de dégager son pied et la jeune fille s'écria :

– Est-ce que je peux vous aider ? Vous voulez que je lui attrape la bride ?

Bony tira sur une courroie et l'étrivière de cuir se détacha de la selle. Il se leva, souriant à la jeune fille étonnée. Il rattacha l'étrivière à la selle, lâcha les rênes, s'éloigna un peu du cheval et s'abrita les yeux, feignant d'admirer le paysage. Le cheval chassa une mouche d'un mouvement de l'oreille. Bony retourna près de lui et s'appuya contre une de ses épaules. Rien ne se passa. Il changea de position et s'appuya encore plus lourdement sur la croupe de l'animal, l'orteil d'un pied reposant négligemment sur le cou-de-pied de l'autre. Il alluma une cigarette, rejeta élégamment la fumée vers le ciel et demanda :

– Vous croyez qu'on va arriver à quelque chose avec celui-là ?

Les yeux de Joan Fowler brillèrent et Bony fut extrêmement satisfait de lui. En effet, il goûtait là l'un des petits succès si crucialement nécessaires pour alimenter la fierté dont il avait besoin dans la guerre éternelle entre les deux races qui se disputaient son âme. Le sentiment de triomphe s'effaça, le laissant revigoré.

– C'est pas l'un des jeunes chevaux, si ? demanda Joan d'un air dubitatif.

– C'était un poulain il y a trois semaines. Il n'est pas encore assez endurci pour vraiment travailler. Ça vous plairait de le monter un jour ?

– J'aimerais beaucoup.

– C'est d'accord. Mais pas de galops prolongés. (Il sourit et elle oublia qu'il avait deux fois son âge.) Vous croyez que j'ai gagné ma pause-thé ?

– Bien sûr. Il doit être l'heure.

– Alors nous allons libérer ce jeune monsieur.

Il retira la selle, fit glisser la bride, et le cheval se trouva un endroit sablonneux pour se rouler par terre.

La jeune fille à ses côtés, Bony ignora le cheval et s'avança vers les parcs, franchissant la barrière. Le cheval se releva, ne sachant que faire, jusqu'au moment où il entendit le sifflet de Bony. Il s'avança alors vers le parc en trottant et donna un petit coup de tête à Bony dans le dos.

– Je suppose qu'il veut son bout de gâteau.

Bony sortit un bon morceau de gâteau friable d'une de ses poches. Abandonnant le cheval dans le parc, Bony et Joan se dirigèrent vers l'annexe pour prendre le thé.

– Et maman qui pensait que les hommes raffolaient de ses pâtisseries depuis quinze jours, fit remarquer Joan.

– Vous n'avez pas idée à quel point elles ont été appréciées, dit-il avec gravité, non sans un éclair de malice dans le regard.

– Maintenant, je le sais.

– N'allez pas dévoiler le secret du dressage... pas avant que j'en aie terminé avec le dernier cheval de Lac Otway.

Mme Fowler était assise à la table des hommes, avec dans ses yeux noirs une colère larvée et sur ses lèvres un sourire. Joan servit du thé à Bony et s'en versa une tasse en disant :

– Le patron devrait bientôt être là. Il est parti à sept heures, d'après ce que m'a dit M. Martyr.

– Tu n'as pas fait des frais de toilette parce que le patron venait, déclara sa mère d'une voix véhémente. Qu'est-ce que tu as derrière la tête ?

Le vernis de la coquetterie refit son apparition chez la jeune fille. Les yeux masqués par un voile d'insolence, elle provoqua délibérément sa mère :

– Ne sois pas jalouse comme ça, maman.

Légèrement affecté par l'expression qu'il lisait sur leur visage, Bony intervint avec affabilité :

– Allons, pas de dispute. Il fait bien trop chaud. Il y a presque quarante-trois à l'ombre.

– Ne vous mêlez pas de ça, lâcha la femme la plus âgée. Et pendant que j'y suis, laissez-moi vous dire autre chose : vous êtes seulement employé temporairement ici, et je ne veux pas que Joan et vous vous éclipsiez pour comploter tous les deux.

– Maman ! Ça suffit.

– C'est ce que tu crois. Je ne suis ni aveugle ni idiote.

– Tu es les deux, ma chère mère, ricana la fille.

– Et toi, tu n'es qu'une stupide gourde. Tu n'arrêtes pas de le prouver. Tu te crois tellement importante que tu t'imagines que personne n'arrive à lire dans ton jeu. (Elle se tourna vers Bony.) Et vous êtes encore plus bête si vous croyez ce qu'elle vous raconte.

La jeune fille essaya de prendre la parole mais elle se fit rabrouer. Bony sirota calmement son thé, espérant en apprendre davantage sur les femmes.

– Elle ne fait que se servir de vous, poursuivit Mme Fowler, élevant la voix, les yeux lançant des éclairs ; sa colère bouillonnante augmenta encore, de

sorte que sa voix trembla et que ses mots se bous-
culèrent. Elle vous aguiche et elle va vous larguer,
comme elle a largué les autres. Jeune et voluptueuse,
hein ? C'qui attire tous les hommes. Mais j'vous pré-
viens, elle est plus venimeuse qu'un flacon de strychnine. Est-ce que vous ne...

– Pourquoi est-ce que tu ne vas pas te jeter dans ce
fichu lac ? demanda la « jeune et voluptueuse ». Tes
beaux jours sont passés, et tu ne le supportes pas,
voilà où est le problème, chez toi. Tais-toi donc !

– Espèce de... (Mme Fowler essaya de se maîtriser
pour pouvoir lâcher ce qu'elle avait à dire.) Espèce
d'imbécile, tu n'arriverais même pas à séduire un
marin.

– Ça suffit, ma mère. Laisse-nous boire une tasse
de thé en paix.

– Je ne suis pas aussi bête que ça, poursuivit la
femme la plus âgée. Et MacLennon non plus. Il va
t'empêcher de faire tes coups fourrés. Et si tu crois
que je ne sais pas ce que tu trafiques, tu te trompes.
Tu ne vas pas continuer à t'en tirer comme ça. Tu ne
vas pas...

Joan attrapa brusquement le pot à lait et en jeta le
contenu à la figure de sa mère. Elle le tenait derrière
son épaule pour le lancer lui aussi et Bony se dépêcha
de le lui retirer des mains avant qu'elle ne puisse
résister. La mère suffoqua et s'essuya les yeux avec le
bord de son tablier. La fille se tourna vers Bony.

– Sortez et laissez-moi la calmer.

Il y a un temps pour la discrétion masculine et ce
moment était arrivé. Bony remplit sa tasse, reprit une
part de gâteau et se retira. La porte claqua derrière
lui. Il s'assit sur une caisse et continua à boire son thé.

Il n'était pas là depuis une minute qu'apparaissait Lester. Ses yeux larmoyants brillèrent d'un intérêt passager et son reniflement confina presque à l'explosion.

– T'as été foutu à la porte ? demanda-t-il.

– On m'a demandé de sortir, rectifia Bony.

– Elles recommencent ?

– Elles recommencent, Bob. Attends un moment pour leur donner le temps de se calmer. Sinon, tu risques de recevoir une théière en pleine figure.

Lester renifla et, avec une admirable souplesse, il s'accroupit sur ses talons munis d'éperons.

– On dirait qu'elles ont des comptes à régler, dit-il.

– Quels comptes ?

– Oh, plusieurs choses. Il se pourrait que chacune croie que l'autre a quelque chose qu'elle n'a pas. (Il se leva.) Bon, je vais tenter ma chance. J'ai le gosier sec.

– Alors prends ma tasse. Tu pourrais avoir besoin de munitions.

Bony eut un petit rire, ce qui lui valut un reniflement en guise de réponse, et il s'éloigna assez rapidement tandis que Lester s'approchait de la porte. En jetant un coup d'œil en arrière, il vit Lester sur le seuil, la main sur le loquet, l'air concentré et rusé.

Exception faite de Bony et de Lester, il n'y eut pas d'autre homme au déjeuner. Un repas froid avait été préparé à leur intention. Aucune des deux femmes n'apparut. Pendant tout le déjeuner, Lester fut pensif et parla peu. Witlow revint de sa journée de travail juste avant le thé de l'après-midi et, tandis qu'ils se dirigeaient vers l'annexe, le Suédois se joignit à eux. Le thé et le gâteau étaient sur la table, mais les femmes restaient absentes.

Lester était encore morose, et Witlow allait le

taquiner quand le Suédois, avec sa verve habituelle, intervint :

— Il a fait chaud, Bony ? Combien, quatre-vingts ?

— Quarante-deux.

— On dirait qu'en mars y aura plus d'eau dans le lac, observa Witlow.

— Les pélicans ils partent bientôt, je parie, dit Helstrom en riant sans expliquer ce qui était drôle. P't'être ce soir. Je parie une livre pas de pélicans ici demain.

— Garde ton argent, dit Witlow.

— Tu as peur de perdre, hein ? (Il se leva et se frappa la poitrine. ) Moi, vrai Australien. Vous tous, nouveaux Australiens. Vous avez pas esprit sportif. Vous êtes depuis pas assez longtemps en Australie pour esprit sportif.

— Parce que toi, je présume, tu es né à Snake Gully, dit Bony en souriant.

— Moi ? Non ! Je suis dans le pays quarante et un ans. Moi un vrai Australien. Combien de temps tu es en Australie ?

— Quarante et une minutes.

Helstrom hurla de rire.

— *Ya !* Je sais maintenant pourquoi tu parles comme Bob Menzies [1]. Quel endroit tu es né, hein ? Londres ?

— Dans le Yorkshire.

— Yorkshire ! (Le Suédois se plongea dans une profonde réflexion. Puis il fit un grand sourire et s'écria :) *Ya !* Tu as du pognon ?

Le Suédois était certainement un grand garçon intelligent, et seul Lester ne l'appréciait pas à sa juste valeur.

---

1. Robert Gordon Menzies, premier Ministre australien de 1939 à 1941 et de 1949 à 1966. *(N.d.T.)*

– Qu'est-ce qu'il a, le renifleur ? demanda Witlow quand ils se retrouvèrent sur la véranda et que l'homme à tout faire avait sellé un cheval pour aller chercher les vaches.

– Il s'inquiète peut-être parce que les femmes se sont disputées ce matin, pendant la pause, avança Bony. Elles m'ont demandé de sortir et j'ai dit à Lester de leur laisser un peu de temps, mais il est entré quand même et a dû en prendre pour son grade.

– Ah ! murmura Witlow en souriant de satisfaction. Ça marche, hein ? Tu vas avoir le champ libre. Kurt et moi on va lever le camp demain matin.

– Oh ! et pour aller où ?

– On emmène les brebis à la rivière. Quatre-vingts kilomètres, c'est trop loin pour pouvoir suivre les événements quand ça arrivera.

– Quand quoi arrivera ? s'empressa de demander Bony.

– Tu as parié avec moi, pour le meurtre.

– Exact, dit Bony d'une voix traînante, et tu vas devoir me donner quatre livres.

– Je te parie une livre que non.

– Voilà que tu t'impliques sérieusement. Explique-toi.

– D'accord. Je te parie à quatre contre un qu'il y aura un meurtre dans le coin avant que la tonte ne commence. Et je te parie une livre que je vais gagner ce pari. C'est comme qui dirait un pari sur un pari.

– C'est pas plus mal pour moi que tu t'en ailles. Quand t'a-t-on prévenu ?

– Ce matin, au moment de donner les instructions de la journée.

– Tu regrettes de partir ?

– Non. C'est mieux à la rivière, à tous points de vue.

– Tu auras ton copain avec toi.

– Ouais. Le Suédois et moi, on y va ensemble. Tu vas te retrouver tout seul.

Bony acquiesça et se dirigea vers les parcs à chevaux. Il y était depuis quelques minutes à peine lorsqu'une grosse voiture américaine toute neuve amena le gros M. Wallace, le propriétaire de Porchester. Wallace avait dû remarquer la poussière soulevée par le cheval dont Bony s'occupait, car il s'éloigna de la voiture d'une démarche guindée et se hissa pour s'asseoir sur la barrière. Bony le rejoignit.

– Comment ça se passe ? demanda Wallace.

– Je ne serais pas contre un temps un peu plus frais, répondit Bony. Je suis content du gris, là. Vous le voulez, m'a dit Martyr.

– Oui. J'ai toujours aimé ce hongre. Ma fille cadette vient à la maison la semaine prochaine. Il sera assez bon pour elle ?

– Il devrait. Laissez-le-moi une semaine de plus.

– D'accord. (L'homme à la taille imposante jeta un regard oblique à Bony.) Et l'autre affaire, comment se présente-t-elle ?

– Mon intérêt ne faiblit pas, répondit Bony, et Wallace fut étonné de ne pas voir de sourire à l'appui de cette déclaration. Combien de temps le lac va-t-il durer ?

– Une semaine tout au plus si la chaleur persiste. C'est important ?

– J'en ai bien l'impression, reconnut Bony. Ne me demandez pas pourquoi. Vous pourriez peut-être régler un petit problème. D'après ce que j'ai compris, Kurt Helstrom et Witlow partent demain pour la rivière. Vous étiez au courant ?

– Je savais que quatre mille quatre cents brebis allaient être déplacées vers la rivière demain matin.

– Mais pas que le Suédois et Witlow allaient les y conduire ?

– Non. Je laisse Martyr mener les hommes de cette exploitation. Martyr est quelqu'un de bien. C'est le meilleur régisseur que j'aie jamais eu. Il est toujours partisan de donner un peu de responsabilité à ceux qui le méritent. Quel est le problème ?

– Je suis confronté à ce qui est peut-être une coïncidence, et il faut que je sache si c'en est une ou non, dit Bony. C'est une affaire que je dois vous demander instamment de traiter confidentiellement. Quand Witlow et le Suédois auront quitté Lac Otway demain, il ne restera que les sept personnes qui étaient là quand Gillen a disparu.

Wallace sortit une pipe et la bourra, en prenant tout son temps, et il l'alluma avant de reprendre la parole.

– C'est une coïncidence.

– Mais... Quand est-ce que MacLennon, Carney et Lester sont partis en congés pour la dernière fois ?

– Il faut que j'y réfléchisse. Le comptable doit le savoir.

– Quand vous le saurez, vous me le direz. Je sais que ces hommes n'ont pas pris de congés depuis que Gillen a disparu, il y a quinze mois. Ça vaut également pour Mme Fowler et sa fille. Et Martyr ? Est-ce qu'il ne prend jamais de congés annuels ?

– Si, bien entendu... Qu'est-ce que vous avez donc à l'esprit, nom de Dieu ? Il doit partir après Noël, et le Noël dernier, il n'a pas pris ses congés. Il a dit qu'il ne pouvait pas se le permettre parce que sa mère devait subir un traitement très cher pour une quelconque maladie, et qu'il était son seul soutien financier.

– Très bien. Nous pouvons laisser Barby de côté,

car il a la réputation d'économiser son argent. On se retrouve donc avec six personnes, qui étaient toutes là quand Gillen a disparu. Aucune n'est partie depuis, ne serait-ce que pour prendre un peu de vacances. Normalement, tout le monde devrait insister pour partir quelque temps de cet endroit isolé. C'est Martyr, selon vous, qui a désigné le Suédois et Witlow pour déplacer les brebis. Pourriez-vous trouver une excuse valable pour suggérer à Martyr d'envoyer quelqu'un d'autre à la place de Witlow ?

– Oui. Pourquoi voulez-vous que je le lui demande ?

– Je voudrais savoir si Martyr a délibérément choisi ces deux hommes ou s'il a proposé cette tâche à un ou deux anciens qui ont refusé. Les conditions de vie doivent être meilleures au bord de la rivière, n'est-ce pas ?

– Oui, bien sûr. Le courrier est régulièrement distribué. C'est pas loin de Menindee. Il y a pas mal de passage. Je vois à quoi vous pensez. Normalement, n'importe qui devrait être content d'aller là-bas.

– Exactement. Et quand les gens ne réagissent pas normalement, moi, j'exulte, dit Bony en faisant un sourire radieux à Wallace.

# Une nouvelle expérience

Bony se détendit au bord de la falaise. Il faisait presque complètement noir et il avait observé la manière dont la nuit avait mouché les couleurs de feu du lac Otway. Le Suédois aurait perdu son pari si quelqu'un l'avait pris au mot. Les pélicans n'étaient pas partis et, tant que la lumière fut suffisante, Bony les vit agglutinés en groupes compacts, comme un attroupement autour d'un accident de la route. Maintenant, il faisait nuit, et les seuls bruits qui arrivaient jusqu'à Bony étaient les conversations des oiseaux du lac et la radio qui marchait dans la maison, derrière lui, car les hommes étaient en train de dîner à l'annexe.

Tous ceux qui se trouvaient à Lac Otway quand Gillen avait disparu étaient là cette nuit, sauf Barby qui campait de l'autre côté du lac. Le seul membre supplémentaire de cette communauté, c'était lui-même, qui se faisait passer pour un dresseur de chevaux itinérant. Avant que Wallace ne retourne au grand domaine, il avait éclairci les choses au sujet du déplacement des brebis. Il s'était assuré que Martyr avait proposé à MacLennon et à Carney d'y aller à la place de Witlow et de Helstrom, puisque ça faisait plus longtemps qu'ils étaient à l'exploitation. Mais les deux hommes avaient préféré rester, le premier parce qu'il n'aimait pas les changements, et le deuxième parce que les bistros de Menindee n'étaient pas assez éloignés.

Cela éclaircit un point de détail concernant Martyr, qu'il aurait fallu prendre en considération si le régisseur n'avait pas donné aux deux hommes la possibilité de changer leur programme. En tout cas, le fait qu'ils n'avaient pas bougé de Lac Otway et qu'ils étaient résolus à y rester était significatif.

Wallace avait accepté de sonder Red Draffin au sujet de la clé de la valise, la clé, en fait, du destin de Ray Gillen. Draffin avait dit que Gillen verrouillait toujours sa valise et que la clé se trouvait accrochée à un cordon qu'il avait autour du cou. Barby le confirma. Quand Martyr, devant Barby et Lester, avait examiné le contenu de la valise, le lendemain de la disparition de Gillen, celle-ci n'était pas verrouillée, et Barby n'avait pas vu la moindre clé. Draffin avait affirmé que la valise était tellement pleine que son propriétaire avait dû peser avec son genou pour refermer le couvercle ; et Barby avait soutenu qu'il restait presque la moitié de la place dans la valise quand ils en avaient examiné le contenu.

Si Draffin et Barby n'avaient pas raconté à la police, ni même à Wallace, qu'ils soupçonnaient que quelque chose de valeur avait été retiré de la valise, c'était dans l'ordre des choses, car ni l'un ni l'autre n'avait été très proche de Gillen et, comme la plupart des gens de la brousse, ils ne voulaient pas être mêlés à une enquête policière. Dans aucun des rapports de police, Carney, le camarade de chambre de Gillen, ne mentionnait la clé que portait le disparu... et personne d'autre n'y faisait référence non plus.

Bony était en train d'envisager les questions que

l'évolution de son enquête avait soulevées quand il entendit un pas léger derrière lui. Il se retourna pour voir une silhouette sombre s'approcher.

– J'espérais que vous étiez encore là, Bony, dit doucement Joan Fowler. Je voudrais vous parler. Vous voulez bien ?

– Oui. Mon envie de solitude est passée, maintenant.

Ensemble, ils s'assirent sur le rebord de la falaise peu élevée, à l'endroit où des marches avaient été taillées. La jeune fille lui dit :

– Il ne faut pas parler trop fort, parce que les voix portent et que je suis partie en douce. Je vous ai vu ici avant la tombée de la nuit. Vous savez, j'ai beaucoup pensé à vous. Vous trouvez que c'était horriblement méchant de jeter ce lait à la figure de maman ?

– Red Draffin, je crois, aurait suggéré des mesures encore plus radicales. On dirait que parfois votre mère n'est vraiment pas commode.

– Elle ne veut pas se rendre compte que je suis une adulte. Vous ne m'aimez pas vraiment, hein ?

– Ne pas vous aimer serait parfaitement idiot, répondit-il prudemment.

– Pas uniquement comme ça. Je veux dire, bon, vous savez bien ce que je veux dire, non ?

– Qu'est-ce que vous voulez dire ?

– Maintenant, c'est vous qui n'êtes pas commode. Quand je vais voir un homme, il a envie de m'embrasser pour me montrer à quel point il m'aime.

– Ah ! mais vous comprenez, Joan, je suis marié, et vous êtes la Tentation personnifiée.

Elle contint son rire... et se rapprocha de lui.

– Etre marié ne change rien, Bony, murmurat-elle. Ah, les hommes ! Vous n'êtes pas tous pareils,

100

malgré ce que maman peut dire. Certains veulent me serrer à m'étouffer et d'autres, comme vous, par exemple, ne font rien si on ne le leur demande pas. Embrassez-moi, s'il vous plaît.

L'inspecteur Bonaparte n'avait encore jamais été exposé au danger de se faire séduire, mais un baiser ne manquerait pas d'être agréable, et puis il ne serait pas très galant de refuser.

– C'était bon, dit Joan en soupirant et en posant la tête contre l'épaule de Bony. Recommencez. Vous m'aimez, maintenant, n'est-ce pas ?

– Oui. Vous êtes très désirable, mais... personne ne peut me séduire.

– Je n'ai pas encore vraiment essayé.

– Que puis-je faire d'autre pour vous ? se hâta de demander Bony.

– Est-ce que vous feriez n'importe quoi pour moi, Bony ?

– Sauf jeter du lait à la figure de votre mère.

– Vous êtes encore mon ami ?

– J'espère que je vous l'ai prouvé.

– Il faut que je rentre. (Elle se retourna pour lui faire face et il vit la lumière des étoiles jouer dans ses yeux.) Sinon, maman va me secouer les puces. Est-ce que vous voulez bien faire quelque chose pour moi, s'il vous plaît ?

– Dites-moi quoi.

– Qu'est-ce que vous diriez d'un homme qui a promis de vous épouser et qui veut se défiler une fois qu'il a de l'argent ?

– Si vous êtes la dame en question, il aurait besoin des services d'un psychiatre.

– D'un quoi ?

– D'un médecin pour malades mentaux.

– Oh oui, c'est bien le cas... Voilà que vous m'avez fait dire que la fille, c'était moi. Ben, c'est la vérité. J'vous dirais que maintenant je n'ai plus envie de me marier avec lui, mais je ne vais pas le laisser s'en tirer comme ça. (Joan se rapprocha.) Quel dommage que vous soyez aussi sage, Bony, mais je suis contente que vous vouliez bien m'aider. Je n'ai personne sur qui je peux compter pour faire en sorte qu'on me traite correctement.

– Je vais m'assurer que vous serez traitée correctement, lui dit-il.

La jeune fille se tut et Bony attendit.

– Il y a longtemps, reprit-elle, Harry Carney m'a fait l'amour. Vous savez comment ça se passe dans les endroits comme ici. Pas de distractions, pas grand-chose à faire, nulle part où aller. Il a promis de m'épouser et je l'ai cru. Et puis il s'est refroidi et il n'a plus voulu. Je l'ai obligé à me dire pourquoi. Il a répondu que ce serait idiot de se marier en ayant seulement le salaire d'un employé d'exploitation et que c'était tout ce qu'il aurait jusqu'à ce que son oncle meure et lui laisse un magot. Quand je lui ai dit que nous pouvions attendre, il m'a dit que son oncle pouvait vivre encore trente ans, même avec son cœur malade.

Joan se tut à nouveau, s'attendant peut-être à ce que Bony se récrie d'indignation et lui témoigne sa compassion. Au lieu de quoi il demanda :

– Ça s'est passé il y a combien de temps ?

– Tout juste un an. Et ces temps-ci, je me suis posé des questions sur Harry. Il est d'humeur changeante, il est instable, et je pense que son oncle est mort. Je crois que Harry a touché son argent et j'ai peur qu'il file en me plantant là. C'est pour ça que je voudrais que vous m'aidiez.

– Comment ?

– En le surveillant, c'est tout. Vous savez, sans qu'il s'en aperçoive. Prévenez-moi simplement quand il se mettra à faire ses bagages pour filer.

– Mais il ne pourrait pas partir sans que vous le voyiez mettre ses affaires dans la voiture du patron ou le camion de Barby.

– Il pourrait très bien s'en aller, Bony. Il y a la moto de Ray Gillen qui est toujours dans le hangar. Harry se débrouille bien avec une moto. Nous l'avons prise un après-midi pendant que M. Martyr et les autres étaient en train de marquer les agneaux. On a fait des kilomètres là-dessus.

– De marquer les agneaux ? C'était en mai dernier ?

– Oui.

– Seulement cette fois-là ?

– Oui.

– Mais tout le monde l'entendrait faire démarrer la moto. Vous aussi.

– Mais il serait trop tard. Harry serait déjà dessus en train de foncer.

Bony ne prit pas la peine de lui faire remarquer qu'avant que Carney ne puisse atteindre, sur la moto volée, Menindee, au sud, Ivanohe, à l'est, ou Wilcannia, au nord, le téléphone pouvait anéantir ses plans. Il ne mentionna pas non plus le fait que Carney était suffisamment intelligent pour imaginer un plan plus subtil. Néanmoins, la moto, dans le hangar, avait bel et bien été préparée pour un voyage.

– Il pourrait persuader George Barby de l'emmener d'ici, Joan.

– Non, sûrement pas, rétorqua-t-elle. Je le sais, parce qu'il a déjà fait le plein d'essence. Je l'ai observé. C'était la veille de votre arrivée, et il était censé être sorti à cheval. Il se trouve que je l'ai vu se glisser dans le hangar, alors j'ai couru et j'ai regardé par une fente du mur. Il était en train de remplir le réservoir. Je l'ai vu dévisser des trucs et les nettoyer. Et puis il a gonflé les pneus et a replacé la bâche en versant du sable dessus pour que ça ait l'air aussi poussiéreux qu'avant.

– Hum ! Ça pourrait être sérieux, lui concéda Bony.

– Je sais ce que je dis.

– C'est bien l'impression que vous donnez. Vous voulez que je le surveille ?

– S'il vous plaît, Bony. (Ses mains lui pressèrent les épaules.) Vous voulez bien... pour moi ?

– Très bien. Et maintenant, allez-y, et vous n'êtes pas obligée d'être « gentille » avec moi.

L'air dégagé, elle inclina le menton, se mit prestement debout et s'enfuit. Il attendit une minute avant de se diriger lentement vers le bâtiment des hommes. Quelqu'un coupa le moteur de la génératrice et cela eut pour effet de soulager l'esprit et de permettre aux oreilles d'enregistrer d'autres bruits. A l'intérieur de la maison, une radio diffusait de la musique. Du lac, les oiseaux lancèrent leurs appels. Dans la salle commune, Carney était en train d'écrire une lettre et Lester lisait un journal à travers des lunettes juchées sur le bout de son long nez.

Au lieu d'entrer, Bony s'assit sur le fauteuil cassé de la véranda et se roula une cigarette. Il se demandait ce qui se cachait derrière la tentative que Joan avait faite pour le persuader de surveiller Carney. Il écarta l'histoire absurde de l'oncle riche et dut admettre que Carney avait effectivement préparé la moto pour s'enfuir.

Une silhouette se détacha sur la lumière de la salle et, quand l'homme posa le pied sur la véranda, Bony reconnut MacLennon. Visiblement, celui-ci avait remarqué le rougeoiement de la cigarette de Bony car il arpenta la véranda, puis s'assit, adossé à un poteau.

– J'ai pris le risque d'arrêter ce fichu moteur cinq minutes avant l'heure, dit-il. Ça me tape sur les nerfs, des soirs comme aujourd'hui. J'ai horreur de ça, quand il n'y a pas de vent.

– Il se pourrait qu'il n'y en ait pas pendant des semaines, à cette époque de l'année, fit remarquer Bony. Le déplacement des brebis tire à sa fin ?

– Oui. On a envoyé le dernier troupeau aux types du Puits de Sandy. Martyr nous donne un jour de repos demain. C'est dur pour les moutons aussi, de bouger par ce temps. Et je suppose que c'est pas terrible non plus pour les chevaux.

– C'est vrai. (Bony jeta son mégot par-dessus la balustrade et se mit à rouler une autre cigarette.) Le Suédois et Witlow ont de la chance d'aller à la rivière.

– Qu'ils y aillent ! dit MacLennon d'un ton un peu trop brusque. Y a trop de discipline, là-bas. A côté du patron, Martyr est facile à vivre. Tu commences à voir le bout de ton contrat ?

– Encore trois semaines, à peu près.

– Tu vas voir le lac s'assécher.

– On dirait, oui, acquiesça Bony. Les pélicans ont l'air de se préparer à partir pour de bon. L'eau était à peine à soixante centimètres ce soir, d'après le poteau.

– A la fin, ça va aller vite.

MacLennon frotta une allumette et l'approcha de sa pipe. La lueur fit apparaître son visage carré et ses épaules puissantes. La moustache noire, toujours soignée et coupée court, compensait partiellement le nez cassé. Il parlait avec la lenteur délibérée d'un sonné du ring, et souvent il lançait un poing en avant pour souligner quelque chose qui n'avait d'importance que pour lui.

— On va retrouver Ray Gillen quand il n'y aura plus d'eau, je suppose, reprit-il.

— Le type qui s'est noyé il y a quelque temps ? s'enquit Bony.

— Oui. Il est allé nager un soir. Il a dû avoir une crampe. Quel imbécile !

— Pourquoi ?

— Il avait fait chaud pendant la journée. La nuit était chaude, elle aussi. C'était la première vague de chaleur de l'été. Gillen se jetait toujours à l'eau d'un coup. C'est la pire chose qui soit pour attraper des crampes. En plus, il me devait quarante livres.

— C'est pas de veine, compatit Bony.

— Oui. J'avais gagné ça aux cartes. Pas en une seule fois. Sur plusieurs semaines. Il disait qu'il me paierait un jour. Il a proposé de me donner un médaillon en gage. Mais j'suis vraiment pas malin. Je lui ai dit que j'attendrais qu'il ait l'argent liquide. J'aurais dû prendre le médaillon. Il l'avait toujours autour du cou, au bout d'un cordon. Il devait le porter quand il est allé nager.

— Alors on le retrouvera sur son squelette. Ou à côté, si tant est que le cordon n'ait pas pourri depuis.

— C'est ce que je me disais, dit MacLennon en parlant à voix basse. Je pensais que tu pourrais me rendre un service si tu tombais sur Gillen.

— Comment ça ?

— Pour l'instant, on ne peut pas savoir où sera le squelette. Il peut se trouver n'importe où au fond du lac. Ça va être un endroit idéal pour entraîner de jeunes chevaux, le lac, une fois qu'il sera à sec. Si tu tombais sur le squelette, est-ce que tu pourrais me faucher le médaillon ? En réalité, il m'appartient.

– Oui, d'accord.

– C'est sympa. Et n'en dis pas un mot aux autres. La suspicion, ça les connaît...

Par-dessus le bruit de la radio, une explosion se fit entendre, les murs de la maison rendant le son sourd et creux.

– Un coup de feu ! s'exclama MacLennon en se relevant.

Bony sauta par-dessus la balustrade et courut vers la maison, grimpant à toute vitesse les larges marches de la véranda. On avait l'impression que toutes les pièces du devant étaient éclairées. Derrière le cadre de la moustiquaire, la porte était fermée.

Bony se rendit compte que les autres étaient derrière lui.

– C'était un coup de feu, hein ? demanda Carney.

– On dirait bien, dit Bony en ouvrant la moustiquaire. Il allait frapper à la porte quand quelque part, dans la maison, une femme poussa un hurlement hystérique. Puis la voix de Joan Fowler s'éleva, très forte :

– Arrête, espèce d'idiote !

Il y eut un bruit mat, puis un bruit de pas précipités. Bony frappa lourdement à la porte, et derrière lui MacLennon grommela :

– Vas-y ! Entre ! On dirait qu'y a d'la bagarre !

Bony se précipita sur la porte qui se rabattit contre le mur d'un petit couloir. Au bout de ce couloir, il y avait Martyr, debout, en pyjama. Dans sa main droite, il avait un fusil calibre 12.

Quelque part, dans un autre couloir, Mme Fowler était en train de crier de façon hystérique, et ils entendirent distinctement les gifles qui la firent momentanément cesser. Une porte claqua, couvrant le gémissement qui menaçait de se transformer en nouveaux hurlements.

– Que s'est-il passé ? demanda Bony.

Il fut soulagé de voir le régisseur déposer l'arme dans un coin et s'avancer vers eux.

– Un accident, dit-il d'un ton égal. Rien qui doive vous inquiéter. Tout va rentrer dans l'ordre quand Joan aura réussi à apaiser Mme Fowler. Je nettoyais mon fusil quand le coup est parti. Je ne savais pas qu'il était chargé, j'aurais pu jurer qu'il ne l'était pas.

– Drôle d'heure pour nettoyer son fusil, grommela MacLennon. Y a des dégâts ?

– Non, je ne crois pas. Le coup est parti dans le plancher. Tout va bien.

L'atmosphère était chargée de poudre. On pouvait entendre Mme Fowler sangloter dans une chambre du fond.

– Tout va bien, Mac. Vous pouvez retourner dans votre bâtiment, leur dit Martyr.

Il était inhabituellement pâle, mais sa voix ne tremblait pas. Il avait la main sur la porte qu'il s'apprêtait à refermer. Lester renifla et cette touche de normalité tua l'irréalité. Et l'irréalité fut enterrée quand Martyr leur dit : « Bonne nuit ! » avant de refermer la porte.

# Un mystère insoluble

Ayant eu toute sa vie l'habitude de se réveiller à l'aube, Bony fut le témoin des premières affres de la mort imminente du lac Otway.

En se réveillant il entreprit, comme d'habitude, de se rouler une cigarette, et ce faisant il se rappela la manière dont les pélicans s'étaient amassés en foule la veille au soir. Il avait dormi sans défaire son lit et il faisait maintenant aussi chaud que quand il s'était endormi.

Pieds nus, il sortit sur la véranda et s'avança lentement du côté qui surplombait le lac.

Les oiseaux étaient toujours rassemblés. Il dénombra onze masses distinctes, plus ou moins alignées au milieu du lac, chaque groupe ressemblant à une île sur laquelle quelqu'un agiterait un drapeau blanc de temps à autre. Le drapeau était le blanc qu'un oiseau exposait aux regards lorsqu'il s'élevait un peu et battait des ailes, tel un chat qui s'étire.

Le ciel répercutait lentement la menace du soleil. La surface du lac contenait la même menace, et quand le cercle du soleil s'éleva au-dessus des arbres, derrière le Puits de Johnson, le premier oiseau s'envola.

Il se détacha de la masse, agita ses grandes ailes, pagaya énergiquement et commença à s'élever. Une fois en l'air, il monta lentement en diagonale, comme si voler l'ennuyait. Un autre oiseau le suivit, puis un troisième, et ainsi de suite, pour former une chaîne attirée vers un ciel que lustrait un soleil magnétique. La même procédure fut suivie par les autres rassemblements de pélicans jusqu'à ce qu'il y ait onze longues chaînes noires au-dessus du lac Otway, chaque maillon agitant en rythme son drapeau blanc.

Une fois à trois cents mètres au-dessus de l'eau, le chef de chaque formation se reposa en déployant ses ailes, et ceux qui le suivaient se rangèrent de part et d'autre de lui et se reposèrent également. Une « escadre » fut ainsi formée. Elle gagna encore de la hauteur, chaque « vaisseau » agitant ses ailes et les déployant parfaitement à l'unisson.

Une fois les chaînes bouclées et les escadres formées, des stries et des courbes apparurent dans le ciel, celles des vaisseaux noir et blanc, chacun avec sa figure de proue dorée. Telles dix mille caraques, les navires voguaient devant le soleil, flottes superposées, décrivant de grands ou de petits cercles, comme si les commandants obéissaient à des ordres de navigation.

Les escadres partirent solennellement, l'une derrière l'autre, chaque unité formant un bel alignement et naviguant vers le nord jusqu'à ce que le ciel les absorbe. Dans quinze ou vingt ans, ce même ciel produirait des formations de caraques similaires qui descendraient s'installer sur un nouveau lac Otway.

– Ils doivent avoir senti le fond avec leurs pagaies, dit Carney.

Bony se retourna vers le jeune homme dont le visage défiait les coups de soleil et dont les grands yeux marron semblaient toujours rire.

110

– Combien peut-il y en avoir ?

– Difficile à dire. Dix mille, peut-être, avança Bony.

– Il se peut qu'il y en ait encore plus. Les cygnes sont partis dans la nuit, on dirait.

– Il reste moins de cinquante-six centimètres d'eau, d'après le poteau. Le fond du lac est uniformément plat ?

– Comme une table de billard, sauf à l'extrémité qui donne sur le Puits de Johnson, répondit Carney. A cet endroit, un ruisseau parcourt une centaine de mètres avant de rejoindre le lac. On l'appelle le Chenal. L'eau va rester là-bas un certain temps, parce que le Chenal a six mètres de profondeur et qu'un banc de sable l'empêche de déborder. Les rives sont escarpées et glissantes, et c'est un piège pour le bétail. C'est pour ça qu'on a dû déplacer les troupeaux qui s'abreuvaient au lac.

– Ça doit te faire mal au cœur de voir mourir le lac, dit Bony.

Carney fit un signe de tête et Bony eut l'impression qu'une vague nostalgie se lisait dans ses yeux.

– Quand il est plein d'eau, le lac Otway rend cet endroit vraiment valable, dit Carney. J'aimerais posséder cette terre si le lac était tout le temps plein. Qu'est-ce que tu dirais d'un petit yacht pour faire de la voile les jours de vent et d'un aquaplane pour se ragaillardir un peu ?

– Tu oublies le bateau de pêche, ajouta Bony pour que le tableau soit complet.

– Il y avait bien un bateau ici, qui avait été amené juste après la formation du lac. On s'en servait pour pêcher et pour plonger. Et puis il y a eu un vent d'est, quelque chose de bien, ce qui a fait des vagues courtes et fortes, et le bateau a été débité en petit bois. Nous aurions dû avoir assez de bon sens pour le remonter assez loin de la rive. Maintenant, il y a à peine assez d'eau pour faire flotter une monnaie.

Carney était en train d'exposer une idée « géniale » pour que le lac reste constamment plein d'eau quand Lester apparut pour émettre son premier reniflement de la journée. Quand on l'avertit du départ des pélicans, il répondit qu'aucun oiseau respectable n'était censé « se traîner devant une assiettée de soupe », et Bony remarqua que le quart d'heure de loquacité de Carney était passé.

Qui avait préparé le petit déjeuner ce matin-là, ce n'était pas facile à dire. Tout était disposé sur la table pour que les hommes se servent eux-mêmes. Personne ne parla de l'incident du coup de feu. Ensuite, les hommes retournèrent lentement vers leur bâtiment et Bony alla rejoindre ses chevaux, parmi lesquels il y avait le gris. Au moment de la pause du matin, tout le monde se rendit à l'annexe et les femmes n'apparurent toujours pas.

— Je me demande comment George s'en sort avec les lapins, dit Carney.

Il essayait visiblement de détendre l'atmosphère. Il fut soutenu par Lester.

— Il devrait très bien s'en sortir. Je n'ai jamais vu autant de lapins autour de ce lac, ni autre part, d'ailleurs. On va n'importe où, il suffit de hurler, et les terriers explosent presque tant ça se presse à l'intérieur. Ça va valoir le coup quand l'eau va s'évaporer et qu'il ne restera que le Chenal. Y aura tellement de lapins qui iront boire au Chenal que George, ses chiens, ses chats et son cacatoès vont crouler sous leur nombre.

Le reniflement devint presque un ronflement et Bony dit :

112

– Comme je vais passer la nuit avec lui, je ferais mieux de le prévenir.

– Tu ferais surtout mieux d'abandonner le dressage et d'aider George, suggéra MacLennon. En une nuit de lapins, on gagne plus que n'importe lequel d'entre nous en un mois. J'serais pas contre le fait d'm'y mettre moi-même.

– Moi non plus, ajouta Lester.

MacLennon fronça les sourcils dans sa tasse.

– On va tous aller avec George. Harry va vouloir venir aussi, je parie. Et Martyr ne voudra pas être en reste. Les femmes pourraient venir elles aussi et faire la cuisine pour tout le monde.

– Ça me va, dit Carney d'une voix traînante. Mais pas de fusils.

– Non, pas de fusils, approuva MacLennon. Les fusils ont tendance à partir tout seuls, le soir. George n'aimerait pas ça. Ça le rendrait nerveux.

Lester se mit à ricaner.

– Un ou deux grammes de strychnine, si vous y tenez, mais pas de fusils.

– On dirait qu'il y a un petit rigolo parmi nous, dit doucement Bony, et MacLennon le regarda de travers.

– Oui. C'est rudement marrant. Arrêtons donc de parler de ça et revenons à nos lapins. Si nous y allons tous, il faudrait peut-être demander à Red Draffin de nous donner un coup de main. Il m'a dit qu'il pouvait écorcher cinq cents lapins à l'heure quand il s'y mettait.

– Ça, c'est quand même un peu exagéré, objecta Carney.

– Tu devrais le voir à l'œuvre, insista Lester. S'il ne peut pas en écorcher cinq cents, je suis sûr qu'il en écorche au moins quatre cent quatre-vingt-dix-neuf.

J'ai essayé un jour, et je suis arrivé à quatre-vingt-dix-neuf.

Bony les laissa à leurs records et retourna à son travail. Une heure plus tard, il fut surpris de voir Joan juchée sur la barrière du parc, en train de l'observer. Aujourd'hui, elle portait un pantalon bleu marine et un chemisier bleu, et le bleu n'était pas sa couleur. Quand il la rejoignit pour se rouler une cigarette, il lui demanda :

– Comment va votre mère ? Elle se remet de sa peur ?

– Elle va bien, maintenant. Elle dort pour récupérer. C'est le choc, vous savez. A l'intérieur de la maison, le bruit était terrible.

– Je veux bien le croire. Qui a fait partir le coup ?

Il la regarda, observant sa bouche pendant qu'elle formait les mots :

– Qui a fait partir le coup ? Eh bien, le coup est parti pendant que M. Martyr nettoyait son fusil. L'idiot ! S'amuser avec un fusil à cette heure-là !

– Où est-ce qu'il nettoyait son arme ?

– Le bruit venait de sa chambre. Il dit que le coup est parti dans le plancher. Quand est-ce que vous allez me laisser monter le gris ?

– Demain après-midi. Ça vous va ?

– Oui. J'arriverai à m'en sortir avec lui ?

– Je resterai à côté de vous.

Il balança ses jambes par-dessus la barrière pour se tourner vers la vue dégagée et vers le lac baigné de lumière.

– Tous les pélicans sont partis ce matin, dit-il. Les cygnes sont partis dans la nuit.

Joan se tourna elle aussi vers le lac. La maison était légèrement à leur gauche. Bony dit :

– Je me demandais ce qui avait bien pu faire ce trou dans le toit de la maison, au-dessus de votre chambre.

Ne notant aucune réaction devant ce changement de conversation, il la regarda en face. Son visage était dépourvu d'expression et ses yeux étaient verts, vert bouteille.

– Vous ne croyez pas M. Martyr quand il dit que le coup est parti pendant qu'il nettoyait son fusil ?

– Le trou dans le toit n'était pas là hier. Martyr pouvait fort bien nettoyer son fusil dans votre chambre, et le fusil pouvait être pointé vers le plafond quand le coup est parti. Le toit de tôle est tout près du plafond, et la balle n'a pas été tirée de très loin, car le toit n'a pas été transformé en passoire, comme vous pouvez le constater.

– Vous étiez dehors, en train d'espionner par la fenêtre ?

– Ça, je n'oserais jamais.

– Alors comment savez-vous où se trouve ma chambre ?

– Parce que le pantalon que vous portez maintenant, et qui est si bien repassé, était posé sur le rebord de la fenêtre. Que s'est-il passé hier soir ?

– Je vous l'ai dit. De toute façon, vous ne pouvez pas le savoir.

Joan sauta à terre, se retourna et le regarda, la tête levée, un sourire insolent lui étirant la bouche. Il lui sourit et l'esprit de Joan fut paralysé par les yeux de Bony, des yeux bleu foncé, qui ne cillaient pas, devenaient de plus en plus grands et menaçaient de déchiffrer ses secrets. Puis il la libéra.

– Vous voulez monter le gris demain ?

– Bien sûr. Est-ce que nous sommes toujours amis ?

– Si vous le permettez.

– Alors ne parlez pas du trou dans le toit.

– Puisque je suis votre ami, pourquoi en parlerais-je ?

Elle se mit à rire, se retourna pour se diriger vers la maison et dit par-dessus son épaule :

– Merci. Vous faites des progrès. A un de ces jours.

Après le déjeuner, servi par une Mme Fowler qui avait repris son attitude habituelle, Bony trouva Martyr en train de travailler dans le bureau. Il tenta le coup et informa le régisseur de son intention d'aller passer la nuit avec George Barby. Les yeux vifs et bleu pâle qui ressortaient dans le visage hâlé le considérèrent avec perplexité avant que leur propriétaire ne donne son accord.

– Comment allez-vous vous y rendre... à cheval ? demanda Martyr.

Quand Bony lui répondit qu'il irait à pied, il lui proposa de se servir du camion de l'exploitation. Avec une feinte timidité, Bony déclina cette offre, disant qu'il préférait parcourir le pays, et Martyr fit un signe de tête montrant qu'il comprenait ce besoin de bouger auquel les Aborigènes ont souvent du mal à résister.

Ainsi donc, en fin d'après-midi, Bony descendit au lac et suivit le court chemin qui conduisait au Puits de Johnson. La chaleur brûlante de ce temps clair lui desséchait la gorge et ses yeux étaient éblouis par les reflets de l'eau, de sorte qu'il tourna le robinet d'un des réservoirs et but une eau qui, par comparaison, lui paraissait fraîche. Ensuite, il s'assit à l'ombre de la cuve et entreprit de se rouler une de ses éternelles cigarettes.

Détendu, il passa en revue les réactions de ceux à

qui il avait parlé de son excursion au camp de Barby, et il arriva à la même conclusion : aucun des hommes n'avait paru anormalement intéressé ni n'avait trahi ne serait-ce qu'un soupçon de soulagement en apprenant son absence. La brève conversation qu'il avait eue avec MacLennon la veille au soir et au cours de laquelle l'ancien boxeur avait laissé paraître son intérêt pour le médaillon en or de Gillen l'occupa pendant cinq minutes.

Puis il se promena autour de ce Puits de Johnson, se hissant sur la pointe des pieds pour regarder l'eau qui remplissait les réservoirs. Des filets étaient tendus au-dessus des cuves pour empêcher des oiseaux de s'y noyer et de contaminer l'eau. Il retira les planches qui recouvraient le puits. Il serait bien descendu par l'échelle fixée à la paroi s'il avait été sûr que l'air était respirable en bas. Le réservoir désaffecté l'attira. Il était plus petit que ceux qui étaient en service. Il évalua sa capacité à cent trente-cinq hectolitres. Sa paroi circulaire semblait en assez bon état, mais c'est toujours le fond d'une cuve métallique qui rouille en premier.

Sans difficulté, il se hissa pour jeter un coup d'œil à l'intérieur et il eut l'une des plus grandes surprises de sa vie.

Il était presque plein jusqu'à ras bord de carcasses de cormorans. Elles étaient là-dedans depuis si longtemps que le soleil les avait momifiées. Il n'y avait pas de relents nauséabonds hormis une légère odeur de moisi. Combien y en avait-il ? Plusieurs milliers d'oiseaux avaient dû s'entasser dans ce réservoir pour y mourir.

# Le camp du trappeur

Bony longea le ruisseau jusqu'à la dune qui lui faisait obstacle, à l'entrée du lac Otway. Tandis qu'il escaladait le rempart de sable accumulé par les vents, le lac lui apparut dans toute sa splendeur.

Il était évident que le Chenal passait sous le banc de sable et ressortait dans le lit du lac, car cette rivière faisait quarante mètres de large et, d'après ce qu'on disait, cent mètres de long.

Les bâtiments de l'exploitation formaient des pâtés rouge et blanc sur la falaise rouge, et beaucoup plus près, sur la rive opposée, il y avait la tache blanche de la tente de Barby plantée à l'ombre parcimonieuse d'un vieil eucalyptus. Partout où il y avait un peu d'eau, sur les deux rives du Chenal, des canards s'activaient, mais les hérons et autres échassiers pêchaient avec une indifférence tellement marquée que Bony en vint à se demander pourquoi ils se mouillaient les pattes. Des nuées de poules des marais couraient sur les endroits secs, et des cacatoès filaient sous les arches du ciel métallique comme s'ils voulaient prouver aux hommes condamnés à rester à terre que rien, dans la nature, n'avait de lignes droites.

Sur la large bande de terre sèche qui se trouvait entre son campement et l'eau du lac en régression, Barby avait érigé une fragile clôture en fil de fer, qui avait la forme d'un très grand V dont la pointe était plantée dans un très haut piège recouvert d'un filet qui faisait trois mètres sur trois. Pour l'instant, la clôture était soulevée du sol et accrochée au sommet des poteaux, de simples bâtons fichés en terre. Les lapins commenceraient bientôt leur trajet du soir, sortant des terriers et de tous les points d'ombre qu'il y avait dans les dunes et sur les plateaux, plus loin, pour venir boire au lac, et après la tombée de la nuit ils seraient en nombre incalculable dans la plaine. Barby abaisserait alors le grillage, s'assurant qu'une large bande reposait au sol. Essayant à tout prix de regagner leurs terriers et les endroits où ils trouvaient de quoi manger, les lapins se dirigeraient vers la pointe du V, ils se faufileraient à travers un trou et se retrouveraient à l'intérieur du grand piège.

Barby était en train de faire la cuisine devant son feu. Près de la tente, il y avait le camion dont l'arrière lui servait de table, tandis qu'une caisse en bois faisait office de chaise. Les trois chiens s'étaient glissés sous le véhicule et, en apercevant Bony, ils accoururent à sa rencontre, tout excités. Les chats noir et blanc apparurent pour venir eux aussi lui faire fête, et le cacatoès, qui était perché sur la tente, perdit tellement la tête qu'il en oublia de voler. Il glissa le long de la toile, tomba lourdement par terre et poussa des hurlements de dignité blessée.

– 'jour, toi là-bas ! s'écria Barby alors que Bony était encore loin. J't'ai vu arriver, alors j'ai mis la bouilloire en train. Comment ça va ?

Comme il n'y avait pas lieu de hurler sans nécessité, Bony attendit, pour répondre à ce salut, d'être à côté du trappeur. Il le vit déposer de la pâte à pain sur un lit de cendres chaudes et blanches.

– Je me suis dit que j'allais rester camper une nuit avec toi, dit-il. Comment ça marche, la fourrure ?

– Tu vas rester une nuit ! Tant mieux. Je suis inondé de fourrures. J'ai fait deux milles peaux la nuit dernière. J'aurais pu arriver à cinq mille si Red avait été là. Tu l'as pas vu ?

– Non.

– Tu pourras m'donner un coup d'main demain matin ? demanda Barby avec anxiété. Le thé est dans la bouilloire. Y a du sucre et des gobelets sur la table.

– Je pourrai t'aider pendant une heure ou deux, dit Bony.

Il remplit un gobelet, ajouta un morceau de sucre. Les chiens se calmèrent. Les chats se frottèrent délicatement contre ses jambes. Le cacatoès se dandina à terre, sur ses pattes maladroites de pigeon, se roula sur le dos et le regarda de ses yeux perçants et luisants.

Barby recouvrit de cendres sa pâte à pain, y ajoutant quelques braises minuscules en veillant à bien répartir la chaleur. A cause de son visage hâlé, ses yeux ne se remarquaient pas tellement, mais ils n'en étaient pas moins vifs et vigilants.

– Demain, il f'ra encore plus chaud, à voir ce soleil, observa-t-il. J'espère que la température va continuer à monter. Plus il fait chaud, et plus les lapins ont soif.

– Tu as vu les oiseaux partir ?

Barby fit un signe de tête affirmatif.

– Ça, on peut pas voir un tel spectacle dans une putain de ville, dit-il avec force. Ni ça.

Bony suivit la direction qu'indiquait sa main tendue et il vit un lapin accourir des dunes sans hésitation, sa timidité habituelle vaincue par la soif qui le tenaillait. Il suivit une ligne droite jusqu'au camion, s'arrêta à l'ombre un instant, reprit sa course et marcha sur la patte avant de l'un des chiens. Le chien découvrit sa gencive supérieure dans un reniflement de mépris et il continua à haleter. Il donna cependant un coup de patte pour chasser une mouche. Le lapin continua à courir vers la plaine, cherchant l'eau qu'il lui fallait boire s'il ne voulait pas périr.

— Pourquoi j'ai ces chiens, ça, j'en sais rien, nom de Dieu. Ils me servent strictement à rien. Bon, je vais improviser un ragoût pour le dîner.

— Qu'est-ce que je peux faire ? demanda Bony.

— Faire ? Rien du tout, juste bavasser. Comment se passent les choses de l'autre côté de la rive ?

— Tout le monde est un peu mal luné.

— Ils se surveillent tous, hein ?

— Et ils surveillent le lac.

Le cacatoès essaya résolument d'arracher leurs tirants aux bottes de Bony... jusqu'à ce qu'un vol de cacatoès décrive un cercle au-dessus d'eux. L'oiseau tourna alors la tête pour les regarder. Barby cria à Bony d'attraper l'oiseau, mais Bony ne réagit pas assez vite. Le cacatoès s'envola, filant rejoindre ses semblables.

— Maintenant, nous allons assister à quelque chose d'intéressant, prédit Barby. Mais un jour, il ne reviendra pas à la maison.

L'oiseau de Barby rejoignit la volée qui entreprit une démonstration acrobatique au bénéfice de l'étranger. Celui-ci ne pouvait pas se distinguer des autres, car sa performance était tout aussi impeccable. Ils volèrent au-dessus de l'arbre du campement, hurlant au profit de leurs congénères et des observateurs. De cette cacophonie générale émergea une voix sépulcrale :

– Fichu imbécile ! Fichu imbécile !

La même réplique fut répétée plusieurs fois et la volée tout entière convergea sur un oiseau particulier. Cette tactique démasqua le paria qui, poussant un hurlement sauvage, se dirigea vers le camp et arriva à toute vitesse, atterrissant sur la cabine du camion. Il décolla alors pour décrire un demi-cercle qui l'amena aux pieds de Barby, glissa au sol puis jura avec son extraordinaire aisance.

– Ça suffit comme ça pour aujourd'hui, mon garçon, dit sévèrement Barby. D'où tu tiens ce langage australien, ça, je l'ignore. En tout cas, c'est pas moi qui te l'ai appris.

Attrapant l'oiseau, il l'enferma dans une cage grillagée et continuant à faire les gros yeux, tel un père pour gronder un enfant qui s'est montré turbulent pendant une réception, il se mit à préparer le ragoût sans dire un mot jusqu'à ce qu'un grande ombre survole le campement. L'oiseau en cage marmonna des menaces, mais elles ne s'adressaient pas à l'aigle qui passait.

– Il y en a plein, dit Barby à Bony. En temps normal, ils restent sur leur territoire. Maintenant, ils viennent ici par milliers.

L'aigle au cou doré et à la queue cunéiforme s'élança au-dessus de la plaine. Le trappeur soutint que l'aigle faisait peut-être plus de bien en tuant les lapins que ne le laissait supposer sa réputation de décimeur de jeunes agneaux.

Le soleil déclina quand la marmite se mit à mijoter. Barby retira des cendres le pain levé et léger comme une plume. Les lapins quittaient les plateaux, traversant les dunes, telles des taches d'encre marron foncé, passant de chaque côté du camp, ne se laissant pas effrayer par les chiens et les chats qui ne les remarquaient même pas. D'innombrables hôtes convergeaient vers le lac Otway.

Barby donna à ses chiens de la viande de kangourou et remplit d'eau leur écuelle. Il distribua aux chats des morceaux de viande plus petits et versa dans une assiette une poignée de graines de tournesol auxquelles il mêla quelques croûtes de galette. Il apporta le tout au cacatoès. L'oiseau s'empressa de renverser son dîner au fond de sa cage et de jeter l'assiette.

La nuit fit son apparition... arrivant du lac. Elle jeta ses voiles sur la plaine, s'abattit sur les dunes rouges, atteignit les pentes des plateaux. Les mouches insupportables retournèrent chez elles et les hommes mangèrent, en paix avec eux-mêmes et avec ce pays qui n'a jamais été et ne sera jamais au service de l'homme.

Barby se mit au travail sur l'un des côtés de la clôture en V et Bony s'occupa de l'autre, abaissant le grillage, s'assurant que le bord reposait bien à plat par terre. Barby examina le trou qui se trouvait à la pointe du V, dans le grand piège. Les étoiles étaient nimbées de brume et le silence était brûlant.

Ensuite, ils s'accroupirent de part et d'autre du feu de camp, Barby tira sur sa pipe, Bony fuma des cigarettes et laissa parler son ascendance maternelle en ramenant sans cesse des bouts de bois incandescents au centre du foyer.

– J'ai jeté un coup d'œil dans ce réservoir désaffecté, au Puits de Johnson. Est-ce que par hasard tu sais ce qu'il y a à l'intérieur ?

– Oui. Des cormorans. Des millions de cormorans.

– Comment ont-ils fait pour mourir là-dedans, à ton avis ? s'empressa de lui demander Bony.

– J'sais pas. Personne ne l'sait. C'est arrivé après les crues, quand le lac était assez plein, de sorte qu'y avait des kilomètres d'eau pour que les oiseaux viennent nager.

– Combien de temps après les crues ? insista Bony, voyant que Barby avait l'air de penser à tout autre chose.

– Combien de temps après ? Ça devait être trois mois après le remplissage du lac. J'me trouvais au Puits de Johnson, les cormorans étaient déjà dans ce réservoir, et ça schlinguait drôlement.

– Même s'il était désaffecté, le réservoir pouvait quand même être plein d'eau de pluie ?

– Ce réservoir n'était pas désaffecté, dit Barby. On l'a amené de la rivière pour en faire un de plus, mais avant qu'on ait eu l'temps d'construire un support, l'eau est arrivée et rien n'a été fait.

« Martyr, Ray Gillen et moi, on a compris un soir c'qu'y avait dû s'passer avec ces cormorans. Juste après les crues qui sont arrivées dans le lac, il est tombé plus de douze centimètres d'eau d'un coup. C'était la première pluie qu'on avait depuis quinze mois, et la dernière bonne pluie qu'on a eue. Ce réservoir a dû se remplir de douze centimètres.

« Bien entendu, y a des cormorans dans l'coin. Tu sais comment ils font, ils se mouillent et puis ils se perchent sur des poteaux ou dans des arbres morts pour faire sécher leurs ailes. Il y a aussi de l'eau dans une sorte de petit lac en bas du ruisseau, et ces oiseaux volaient d'un lac à l'autre. Y en a un qu'a dû se mettre sur le réservoir pour se sécher. Il a peut-être aperçu un têtard dans l'eau de pluie et il est descendu l'attraper. Mais, ensuite, y avait pas assez d'place pour qu'il puisse s'envoler. Pendant qu'il patauge, un d'ses copains le voit et descend lui aussi. Et les autres suivent le mouvement et sont pris au piège eux aussi.

– Ça a pu se passer comme ça, concéda Bony d'un air dubitatif.

– J'ai pas encore entendu d'meilleure explication.

L'un des chats grimpa sur l'épaule de Barby, s'installa là et ronronna comme un moteur. Des renards glapirent, certains tout près, d'autres plus loin. Le léger bruit des lapins qui passaient devant eux s'entendait quand les hommes ne parlaient pas. Bony demanda alors :

– Tu crois que Martyr ne fait pas assez attention avec les fusils ?

– Il a pas besoin d'faire attention, répliqua Barby. Il manie des fusils depuis qu'il a trois ans et des poussières. Pourquoi ?

– Il semble qu'hier soir, pendant qu'il nettoyait un fusil, un coup soit parti accidentellement.

– A quelle heure, hier soir ?

– A dix heures vingt. (Bony lui raconta l'histoire en détail.) Il y a quelque chose qui ne colle pas dans la version de Martyr. Il prétend que le coup est parti vers le bas, dans le plancher, mais il y a un trou dans le toit, et il n'y en avait pas dans l'après-midi. Le truc bizarre, c'est l'endroit où se trouve le trou. Quand le coup est parti, le fusil devait être pointé sur le plafond de la chambre qu'occupe Joan Fowler.

– Il était peut-être pointé sur quelqu'un et une autre personne l'a détourné de la cible juste à temps.

– Si c'est le cas, George, les deux femmes et Martyr forment bloc. Il n'y avait personne d'autre dans la maison.

– Et tu dis que la mère a hurlé tant et plus et qu'on a dû la gifler pour la faire taire ?

– On a entendu les gifles. (Bony lui répéta la conversation qui avait eu lieu dans la salle à manger des hommes pendant la pause du matin et il ajouta :) Il me semble que Lester, lui surtout, pensait que l'une des femmes était peut-être dans la cuisine. Il tenait à ce qu'elle sache que personne ne croyait à cette histoire de coup qui serait parti accidentellement.

– C'est possible, acquiesça Barby. Lester est plus malin que les deux autres réunis. Il est né et il a été élevé dans cette partie du pays. Comme moi. Pas les autres. Où est-ce que tu crois que Harry Carney a pu planquer l'argent qu'il a pris dans la valise de Gillen ?

Ce nouveau tour que prenait la conversation surprit Bony, mais il lui donnait un atout qu'il pouvait utiliser dans un avenir proche.

– Sous ce tas de cormorans, répliqua-t-il en riant tout bas.

– Nom d'un p'tit bonhomme, tu pourrais bien avoir raison, Bony. Imagine un peu, aller farfouiller dans ces oiseaux pour planquer un paquet de fric ! Imagine la puanteur que ça devait dégager pendant c'temps. Bon, faudrait p't'être penser à roupiller un peu, parce qu'il faut qu'on s'lève au premier pépiement d'moineau. J'peux t'prêter un sac de laine pour te coucher dessus.

Bony dormit sur le sac de laine. Une heure avant l'aube, Barby le réveilla en annonçant le petit déjeuner, qui se composait de steak de kangourou, de galette et de café.

Peu après le repas, le lac commença à attirer la nuit qui enveloppait les hauteurs et Bony s'assit avec Barby sur une dune basse qui permettait de bien voir le dispositif de pièges. Un peu de vent arriva du nord et, même après toutes ces heures sans soleil, il était chaud.

Les lapins qui étaient en train de boire quand les deux hommes avaient rabattu le grillage en forme de V étaient, bien sûr, retournés vers les dunes, et, arrêtés par le grillage, ils avaient choisi la moindre difficulté et étaient arrivés à la pointe du V. A l'intérieur du piège, le sol en était couvert, et dans tous les coins des rongeurs vivants cherchaient la liberté en grimpant sur un monticule de lapins étouffés.

A l'extérieur du piège, les animaux cherchaient vainement un passage vers les dunes et, comme de l'eau gouttant d'un robinet, leur flot s'écoulait vers le trou, à la pointe du V, puis dans le piège. Plus loin, dans la plaine, les lapins couraient comme s'ils fuyaient un ennemi, pour être déviés de leur route par les bras de la clôture et s'élancer alors vers la pointe.

– Tu vas assister à un sacré spectacle dans une minute, prédit Barby.

Bony vit les aigles décrire des cercles à basse altitude, au bord de l'eau. L'un descendit à la verticale et rasa le sol, puis remonta comme une flèche. Un autre arriva et attendit, pour fondre sur le sol, d'être en face du camp. Le lapin sauta mais ne réussit pas à échapper aux serres. Une fois à trois cents mètres de hauteur, il hurla. Maintenant, les aigles étaient à l'œuvre sur tout le rivage, atteignant une envergure d'un mètre quatre-vingts à deux mètres dix, leurs ailes aussi rigides que celles d'un avion jusqu'au moment où ils avaient besoin de puissance pour s'élever. Les aigles allaient et venaient, les lapins qui se trouvaient dans la plaine se précipitaient vers les dunes pour se mettre à l'abri et tous ceux qui étaient à l'intérieur des branches du V couraient également vers les dunes et tombaient dans le piège.

Aucun aigle ne manqua son coup. Certains arrachèrent leur victime sans poser une griffe par terre. D'autres trottinèrent comme les pélicans sur un mètre ou deux. D'autres encore lâchèrent leur proie d'une bonne hauteur et fondirent pour la récupérer avant même qu'aient cessé ses convulsions de mort.

– Voilà le boulot qu'ils me font tous les matins, dit Barby. Ils travaillent bien, hein ?

– Ça t'évite pas mal d'allées et venues, approuva Bony.

– Mais ça ne dure pas. Chaque aigle prend son lapin, et il n'y a bientôt plus d'aigles. On ferait mieux d'y aller pour empêcher ces lapins de faire marche arrière.

Les chiens encerclèrent la pointe du V. Plusieurs centaines de lapins réussirent à rebrousser chemin et, quand Barby s'emporta après un chien qui prenait l'air ennuyé, l'animal daigna en attraper un et lui rompre le cou.

Bony aida Barby à les écorcher, portant sa moyenne horaire à quatre-vingt-trois. Au bout de la troisième heure, grâce à l'habileté de Barby, ils parachevèrent leur tâche en s'attaquant à la prise de la nuit, qui s'élevait à près de deux mille lapins. Barby se sentait très reconnaissant envers Bony. Au moment où Bony le quitta, il était en train de tendre les peaux sur des fils de fer en forme de U, qu'il planterait verticalement dans le sable pour faire sécher les fourrures.

# Une nuit dehors

Bony avait une certaine philosophie de l'enquête criminelle. D'après lui, si le malfaiteur faisait le mort tout de suite après avoir commis son acte répréhensible, il avait toutes les chances d'échapper au châtiment. Quand ce cas, assez rare, se présentait au cours d'une enquête qu'il menait, Bony réagissait en poussant le suspect à l'action.

Sur le chemin de Lac Otway, il se décida à provoquer quelque peu les choses. L'occasion s'en présenta pendant la pause de l'après-midi, quand il retrouva les deux femmes, Lester, MacLennon et Carney. Les hommes étaient rentrés tôt, ce jour-là.

— Tu t'es bien amusé ? lui demanda Carney, et MacLennon haussa ses sourcils noirs, semblant attendre la réponse avec un intérêt inhabituel.

— Oui. Ça change vraiment des chevaux, répondit Bony. J'ai aidé George à attraper et à écorcher presque deux mille lapins. Il en avait pris au piège tout autant la nuit précédente.

— Seigneur ! C'est du sérieux, ça ! s'écria Mme Fowler.

Elle avait repris son air animé habituel et son teint mat faisait ressortir les couleurs plus claires de sa fille.

— Vous ne me croiriez pas si je vous disais qu'à

deux pas d'ici ils pullulent, intervint Lester, qui renifla avant d'ajouter : De ce côté du Puits de Johnson, ils sont les uns sur les autres, plus tassés que les troupeaux qu'on emmène aux parcs. Et y a aussi des renards !

Pendant qu'il mâchait son gâteau, Bony sentait le regard de Joan fixé sur lui, mais il résista à l'envie de la regarder, afin de tromper la vigilance de Carney. MacLennon grommela :

— Et encore, après c'que la myxomatose devait leur faire, soi-disant.

— Si les crues et les sécheresses ne peuvent pas exterminer les lapins, les moustiques et les bactéries n'ont pas la moindre chance, dit Lester. Ecoutez, y a quatre ans, il n'y avait pas de lapins dans un rayon de deux cent cinquante kilomètres, et je n'en avais pas vu un seul en dix-huit mois. Et puis un jour, j'en ai vu un sur une crête sablonneuse, et un mois après les lapins creusaient des terriers et se reproduisaient comme des fous. Les gens d'la ville, ils peuvent même pas imaginer à quel point l'Australie est grande. Ils croient que le reste du pays n'est qu'une espèce de banlieue, ou quelque chose comme ça.

— Et ils ne veulent pas croire non plus que les lapins boivent de l'eau, déclara Mme Fowler. Quand je leur ai dit que c'était vrai, ils m'ont traitée de menteuse.

— Bah ! (Lester renifla deux fois.) Les lapins boivent de l'eau, ils grimpent aux arbres, ils arrachent les nouvelles pousses à coups de dents, et puis ils descendent manger les feuilles. Quand il n'y a pas d'herbe, ils grattent les racines. Et les canards sauvages pondent leurs œufs à plus d'un kilomètre de l'eau et ils les montent aussi dans des arbres. Pas vrai, Bony ?

130

– Oui. Et les cormorans remplissent jusqu'à ras bord une citerne de cent trente-cinq hectolitres.

– Ah ! Vous avez jeté un coup d'œil là-dedans ? demanda Joan.

Bony croisa alors son regard, et tandis qu'il faisait un signe de tête affirmatif, il remarqua que ses yeux étaient bleus.

– George m'a raconté comment ça avait dû arriver, dit-il. Mais ce que je ne comprends pas, c'est pourquoi les oiseaux du dessus sont morts alors qu'ils auraient pu avancer jusqu'au bord, grimper par-dessus et s'envoler.

– Mais... commença Carney avant de s'interrompre, et Lester, avec impulsivité, demanda :

– Ils sont à quelle distance du rebord, ces oiseaux, à ton avis ?

– Huit centimètres. Quinze tout au plus.

Les yeux presque décolorés se rétrécirent, puis se mirent à examiner attentivement les autres personnes.

– Ces oiseaux étaient à quarante-cinq centimètres du bord la dernière fois qu'j'les ai vus.

– Quand ?

– Quand ? Y a p't'être un an. Tu l'as dit à George ?

– Qu'ils arrivaient presque jusqu'en haut ? Non.

– Je me demande ce qui les a fait remonter, murmura Joan sans cesser de fixer Bony.

– Un changement chimique quelconque a dû intervenir depuis que Lester a regardé dans le réservoir. Sous l'action de la chaleur, de l'air et de je ne sais quoi, chaque carcasse peut avoir augmenté un peu de volume.

– Ça paraît vraisemblable, reconnut MacLennon. Mais je n'arrive toujours pas à avaler cette histoire de fous sur la manière dont ils sont entrés là-dedans.

– Si vous avez une meilleure explication, donnez-la-nous, Mac, insista Mme Fowler.

Il secoua la tête, fit un grand sourire et se leva brusquement.

– Inventer des mensonges, c'est pas mon fort, dit-il, et il sortit.

Il y eut alors un silence que la jeune fille rompit.

– Vous êtes sûr, Bony, que ces oiseaux arrivent presque jusqu'en haut ?

– Raisonnablement sûr, mais je peux m'être trompé, répondit-il. Je n'ai fait que me hisser au-dessus du rebord pour regarder ce qu'il y avait à l'intérieur. Mon impression, c'est qu'ils arrivaient seulement à quelques centimètres du haut.

– A mon avis, les corbeaux ont pu tomber sur les carcasses et les remuer un peu, proposa Carney. Dis, Bony, t'as déjà vu le soleil assécher complètement un barrage ?

– Une seule fois, dit Bony en rappelant ses souvenirs, conscient de l'effort qui venait d'être fait pour changer de sujet de conversation. C'était un de ces jours où le ciel est rempli de nuages qui semblent poussiéreux et ne passent jamais devant le soleil pour faire un peu d'ombre. Je me dirigeais vers un barrage qui contenait une hauteur de deux mètres d'eau dans une excavation de douze mille mètres. Il faisait plus de quarante-quatre à l'ombre, comme aujourd'hui, et il n'y avait pas de vent. Au début, l'eau a été aspirée et transformée en une fine brume au travers de laquelle on pouvait encore voir. La brume s'est épaissie pour former une barre marron clair, et puis la barre est devenue plus dense et plus foncée, presque noire, et tout d'un coup on aurait dit un jet d'eau à l'envers. En haut, ça formait un nuage blanc, et en deux

132

minutes le bas de la barre a été aspiré vers le haut, comme ces vols de pélicans qu'on a vus. Quand je suis arrivé au barrage, il n'y avait même pas assez d'humidité, et encore moins d'eau, pour embourber une mouche.

– Alors, c'est quelque chose qui n'arrive pas souvent ? demanda Mme Fowler, sincèrement intéressée.

– Tellement rarement que les gens qui ne l'ont pas vu ne veulent pas y croire.

– Moi, j'y crois. Je crois que tout est possible dans ce pays, affirma Mme Fowler.

Lester renifla et raconta l'histoire d'un poisson qui avait remonté les neuf cents mètres d'un forage de puits artésien. Une fois les « invités » dispersés, Bony se sentit satisfait du premier effet que son attitude avait provoqué.

Lorsque l'obscurité s'abattit sur le lac, il était assis sur sa dune favorite, bien à droite de la falaise, et quand la nuit envahit les dunes il aperçut une silhouette qui se faufilait entre elles et tirait parti des broussailles basses et dispersées. Il se dit que ce pouvait être Lester.

Il faisait noir quand il se leva. La lumière était allumée dans la salle commune, mais les chambres étaient vides. Il se dirigea vers la maison. Il y avait de la lumière dans l'annexe, mais personne ne s'y trouvait. Sur la véranda du côté, les deux femmes écoutaient une pièce radiophonique. Il ne vit pas Martyr.

Une fois dans sa chambre, il se déshabilla et enfila des espadrilles. A la lumière de la salle commune, on aurait pu le voir partir. Il enjamba donc le rebord de la fenêtre de sa chambre, qui donnait sur l'arrière, et se dirigea vers le lac. Une fois dans la plaine, il emprunta le chemin du Puits de Johnson.

Quand il était arrivé à Porchester, c'était en tant qu'inspecteur d'un service de police efficace, mais il avait eu vite fait de se glisser dans la peau d'un dresseur de chevaux, un emploi dont le statut était bien plus élevé que celui des occupations habituellement réservées aux métis. Toutefois, au début de la nuit, quand il partit au Puits de Johnson pour se mettre à l'affût, il n'était plus métis mais entièrement aborigène... sauf en ce qui concernait sa capacité à appréhender la psychologie du broussard blanc.

Les hommes de l'exploitation connaissaient parfaitement l'intérieur du continent, une région où des étendues découvertes séparent les espaces plans de la terre et du ciel. Ils connaissaient leurs étoiles et l'importance des silhouettes qu'on voit se détacher sur le ciel... de sorte que les mouvements sont à peine moins visibles pendant une nuit normale que pendant la journée. Comparées à celles des Aborigènes, les capacités de ces hommes étaient limitées, mais il ne fallait pas moins en tenir compte.

Bony suivit la plaine jusqu'au moment où elle fut barrée par un miroitement d'eau qu'il savait être le Chenal. Il le traversa à la nage et continua vers le campement de Barby. Il se dirigea ensuite vers l'intérieur des terres pour atteindre le Puits de Johnson.

Toutes les traces que pouvaient laisser ses espadrilles seraient attribuées au trappeur. Les formes d'arbres dont il se souvenait se détachèrent sur le ciel, suivies par les lignes courtes et droites abhorrées par la nature... les lignes d'une cabane.

Là, il attendit, prospectant avec ses oreilles. Il pouvait détecter la course des lapins, et de temps à autre le signal d'avertissement que lançait l'un d'entre eux en frappant par terre avec une patte de derrière. Il entendait également un martèlement régulier qui faisait penser au choc du bois sur du fer. Ce dernier bruit venait de la direction du réservoir désaffecté, et Bony ne se trompa pas en estimant qu'il était fait par une fourche ou une pelle qu'on utilisait pour vider le réservoir de ses oiseaux morts.

Il fallait qu'il arrive à mettre le réservoir sur sa ligne d'horizon. De plus, comme l'homme qui s'affairait était sûrement surveillé, il fallait également qu'il repère celui ou ceux qui le surveillaient.

Il décrivit un large cercle pour échapper au léger souffle qui lui apportait l'odeur de moisi des cormorans morts, puis il se déplaça contre le vent, avançant à quatre pattes pour limiter le risque d'être aperçu sur une ligne d'horizon ennemie. Finalement, il put voir le niveau du réservoir baisser régulièrement au fur et à mesure que l'homme rejetait les carcasses.

L'air qui arrivait du réservoir empêchait de percevoir des effluves moins forts. Bony se déplaça vers la droite et perçut l'odeur d'un homme blanc. L'homme blanc était allongé sur la rive escarpée du ruisseau, la tête dépassant, ce qui lui permettait de bien voir le réservoir. Bony repéra un second homme blanc, posté près du hangar des moteurs, et celui-ci devait également avoir un bon angle de vision.

Trois hommes... un à l'intérieur du réservoir et deux à l'extérieur... Lester, Carney, MacLennon. Il ne pensait pas que c'était Lester qui remuait les carcasses. En effet, quand il l'avait aperçu au milieu des broussailles, dans les dunes, il ne portait ni fourche ni pelle.

Il modifia à nouveau sa trajectoire pour échapper à l'odeur des oiseaux morts, puis il avança prudemment contre le vent pour se rapprocher autant que possible du réservoir afin d'identifier l'homme quand il en sortirait. Et il était dans la position adéquate depuis moins de trois minutes quand il entendit un son suspect... dans la direction du vent.

Bony approcha le visage du sol pour avoir une ligne d'horizon qui lui permettrait de voir ce qui avait fait ce bruit. Avec le courant d'air qui passait devant lui, son nez ne lui était d'aucun secours. L'endroit foisonnait de lapins. Il vit la silhouette furtive d'un renard. Il se déplaçait rapidement et tellement silencieusement que les lapins ne l'avaient sûrement pas remarqué. Puis il vit une forme qu'il ne put identifier, à trois mètres cinquante de lui. Elle avançait avec une précaution extrême, lentement, en silence, jusqu'au moment où sa respiration prouva à Bony qu'il s'agissait d'un homme. Un quatrième homme.

Comme un iguane, Bony glissa sur le côté, gardant cette silhouette plaquée au sol dans son champ de vision. Elle passa tout près de lui, continua en direction du réservoir, puis elle se fondit dans l'obscurité totale.

Qui était le quatrième homme ? George Barby ou Richard Martyr ?

L'expression « Ça va valoir le coup ! » se manifesta au plus profond de son esprit. Il ordonna à sa mémoire de la faire remonter à la surface tandis qu'il était allongé sans bouger, les yeux en alerte pour enregistrer tout mouvement qui pouvait se détacher sur sa ligne d'horizon. L'outil utilisé pour vider le réservoir était une fourche de jardinage. Il vit une fournée de carcasses s'élever au-dessus du réservoir, il vit la fourche remuer, il entendit le manche cogner contre le fer pour la libérer. L'homme travaillait avec diligence et, pourtant, un bon moment s'écoula avant que Bony n'entende les dents toucher le fond métallique, raclant pour trouver quelque chose.

« Ça va valoir le coup ! » Ah ! un Aborigène lui avait dit ça neuf ans plus tôt quand Bony et lui, perchés dans un arbre, étaient sur le point d'assister à une bagarre entre deux clans d'une tribu.

Une masse sombre grimpa au sommet du réservoir. Avant qu'elle ne devienne reconnaissable, une plus grande masse s'éleva entre elle et Bony... ce quatrième homme... Quand le quatrième homme se déplaça légèrement sur le côté, en avançant, la forme juchée sur le réservoir fit penser à une énorme araignée en train de tisser sa toile. Une fois à terre, elle disparut et le bruit de son saut fut nettement perceptible.

D'autres sons parvinrent à Bony, des sons doux et sinistres, culminant avec un bruit qui faisait penser à un serpent frappé contre une branche d'arbre par un martin-pêcheur géant. Un homme lâcha le mot « Espèce... » puis cette même voix s'exclama « Bon... » A nouveau, le serpent fut frappé contre la branche et l'homme dit doucement, cette fois : « Non ! » comme s'il disait ça en rêvant à moitié.

Il y eut un faible raclement dans le vide noir qui s'étendait devant le réservoir. L'homme qui se détachait sur la rive disparut, faisant rouler des pierres dans le lit asséché du ruisseau. Près de la cabane, quelqu'un marcha dans le tas de boîtes de conserve et d'ordures avec un bruit désastreux. Puis une chose informe s'éleva au-dessus de Bony et il glissa sur le côté pour éviter de marcher sur le quatrième homme. Celui-ci repartit d'où il était venu. Ensuite, il n'y eut que les discrets mouvements des lapins et l'incessante conversation des oiseaux, sur le lac, au loin.

Bony battit en retraite, parcourant une centaine de mètres sans faire suffisamment de bruit pour déranger les lapins qui jouaient tout autour de lui. Il se remit debout et se dirigea vers les parcs de triage des troupeaux. Il décrivit un large cercle autour des parcs à chevaux et de la cabane, et il arriva ainsi au lac, du côté du Chenal sur lequel Barby se trouvait. Il courut jusqu'au Chenal, le traversa à la nage en faisant le moins de bruit possible, et commença, au petit trot, le trajet de six kilomètres et demi qu'il y avait jusqu'à l'exploitation.

Il lui fallait être au lit avant le retour des hommes, mais d'abord il devait savoir qui n'avait pas bougé de sa chambre. Que Mac et Carney aient suivi Lester, ça, Bony en était sûr, mais il se pouvait qu'aucun des deux ne se soit aperçu qu'ils n'étaient pas les seuls. Peut-être Lester avait-il suivi Carney ou MacLennon. Et qui était donc le quatrième homme ? Voilà qui occupa les pensées de Bony pendant qu'il courait silencieusement dans la plaine.

Le lendemain matin, on saurait bien qui était celui qui avait été frappé en quittant le réservoir, soit à cause de son aspect, soit à cause de son absence. Si sa propre absence était découverte, Bony pourrait dire adieu à son personnage de dresseur étranger à toute cette affaire.

# Lester se confie

La maison n'était pas éclairée, mais une ampoule brûlait encore dans le bâtiment des hommes. Les chiens se tenaient tranquilles, l'obscurité pouvait cependant très bien dissimuler quelqu'un à l'affût. Bony décrivit un large cercle pour regagner sa chambre, passa par la fenêtre de derrière et découvrit effectivement un guetteur. Elle était dans l'obscurité plus profonde du hangar des machines, et le très léger vent apportait son parfum à Bony. La présence de Joan Fowler lui fit perdre un peu de temps. Il passa cinq minutes à chercher d'autres guetteurs, n'en trouva pas, et enjamba le rebord de sa fenêtre.

Sans faire de bruit, il retira ses espadrilles et enfila son pyjama. C'était facile. Ce qui l'était moins, en revanche, c'était de s'allonger sur son lit sans le faire grincer, mais il y réussit quand même, car il s'était entraîné.

Le silence était une scène désertée que même les oiseaux du lac avaient fuie. Le silence était un ennemi que savaient vaincre les instincts de Bony, renforcés par un entraînement aborigène, mais il triomphait de l'homme blanc. Bony entendit le léger bruit que fit Carney en pénétrant dans la chambre contiguë. Il avait emprunté le même passage que lui, la fenêtre.

De longues, longues minutes basculèrent dans l'oubli. Puis le lit placé de l'autre côté de la chambre de Carney grinça au moment où MacLennon s'y jeta.

Comme Lester occupait la chambre qui se trouvait de l'autre côté de la salle commune, Bony ne pouvait se reprocher de ne pas avoir entendu son retour.

D'autres longues minutes s'écoulèrent, puis Carney remua et laissa échapper un juron à voix basse. Bony l'entendit quitter sa chambre puis marcher doucement sur la véranda. Il vit sa silhouette sombre se profiler dans le rectangle du seuil.

– Hé, Bony ! appela Carney. T'es réveillé ?

– Hein ? Quesse qu'c'est ? demanda Bony.

– T'as de l'aspirine ? J'ai sacrément mal au crâne.

– D'l'aspirine ? Y en a peut-être dans ma valise. Allume.

Faisant basculer ses jambes par terre, Bony tira sa valise de sous le lit et y fouilla. Il cligna des yeux en direction de Carney. Celui-ci était en pyjama. Ses cheveux blonds étaient ébouriffés. Il n'avait pas l'air d'avoir reçu de coups.

– J'sais pas c'que j'ai mangé pour avoir ça, dit-il. Merci. J'vais chercher de l'eau. Quelle heure est-il ?

– Aucune idée, répondit Bony. En tout cas, c'est l'heure de fumer une petite cigarette. Tu es allé te cuiter ?

– J'ai joué aux cartes avec les femmes. Y avait que du café à boire.

Les yeux marron étaient ronds et circonspects, et Bony fit délibérément preuve de maladresse en tripotant son papier à cigarette et son tabac. Les yeux de Carney ne laissaient rien échapper, observant dans quel état se trouvaient le lit de Bony, ses vêtements, ses bottes. Ils ne purent apercevoir les espadrilles car elles étaient dans la valise.

– Le dernier qui s'est couché a laissé la lumière allumée, Bony. A quelle heure t'es allé au lit ?

– Vers dix heures et demie, il me semble. Il n'y avait personne, alors j'ai laissé allumé.

– Bon, éteins cette foutue lumière et ferme-la, cria MacLennon.

– D'accord ! D'accord ! s'écria Carney avant de faire un clin d'œil à Bony.

Il franchit la porte et s'arrêta, la main sur l'interrupteur. Bony lui fit un signe de tête et il éteignit. Bony l'entendit prendre de l'eau dans l'outre qui pendait au toit de la véranda. Puis la lumière de la salle commune s'éteignit et Carney s'abattit sur son lit, semblant le faire grincer intentionnellement.

Le lendemain matin, il vit Carney revenir des douches et lui demanda comment allait son mal de tête.

– Bien ! Ces comprimés l'ont fait passer en cinq minutes, répondit Carney. A en juger par le soleil qu'il fait, ça va être une fichue journée.

– On dirait, oui.

Bony se doucha et se sécha. Pendant qu'il coiffait ses cheveux noirs et raides, il entendit MacLennon sur la véranda. MacLennon conseillait à Lester de se tirer du pieu s'il ne voulait pas être en retard pour le petit déjeuner. MacLennon avait besoin de se raser, mais par ailleurs il était propre et soigné, et il fit un signe de tête à Bony quand il quitta la chambre de Lester en disant :

– Bob est sûrement sorti très tôt pour aller courir après les chevaux.

Carney acquiesça d'un air insouciant et rejoignit Bony à l'extrémité de la véranda. Ils regardèrent le lac Otway, feuille lisse de métal en fusion qui semblait décourager les mouettes, hésitantes, au bord de l'eau, tandis qu'un cormoran était juché sur le poteau. Le niveau était de trente-trois centimètres. Carney ne dit rien. L'appel du petit déjeuner retentit.

Comme d'habitude, Mme Fowler fit le service. Exception faite des « bonjour » et des questions et réponses concernant Lester, la conversation fut inexistante. Joan n'apparut pas. Carney fut le premier à quitter la table et quand Bony sortit de l'annexe, il trouva Carney en train de scruter les parcs à chevaux.

Lester en sortait. Il était à pied et portait une bride.

– On dirait que Bob s'est fait jeter par terre, observa Carney. Mais il faut dire qu'il le cherche. Il ne met pas de selle au cheval d'écurie alors qu'on n'peut pas se fier à cette jument.

Ils avancèrent ensemble jusqu'à l'extrémité des bâtiments derrière lesquels se trouvaient les poivriers, et ils attendirent Lester, qui traînait la patte. MacLennon le rejoignit et c'est lui qui, sans manifester beaucoup d'inquiétude, demanda à Lester ce qui s'était passé. Sa mâchoire était pleine d'ecchymoses. Il avait la figure de travers. Son œil droit était injecté de sang, mais il n'était pas au beurre noir. Il renifla et essaya d'afficher un air d'autodérision.

– J'me suis retrouvé par terre, dit-il. Traîtresse de jument. Elle m'a surpris à me pencher pour rassembler les bourricots. Sa longe s'est cassée, elle s'est retrouvée libre et elle s'est vengée sur moi.

– T'as pas l'air frais, à t'voir, comme ça, lâcha MacLennon, la lèvre retroussée en un sourire sarcastique. On dirait qu'tu t'es battu ou quelque chose comme ça.

Le regard de Lester se durcit et ses yeux s'étré-
cirent, faisant penser à de petits cailloux mouillés sur
une plage. Il aurait répliqué vertement si la voix
calme du régisseur ne l'en avait empêché.

– Allez vous allonger sur votre lit, Bob, lui
ordonna Martyr. Je viendrai tout à l'heure m'occuper
de vous. Mac, allez au Barrage de Sawyer quand vous
aurez amené les chevaux qu'on va faire travailler
aujourd'hui. Bony ne verra pas d'inconvénient à ce
que vous lui empruntiez son cheval. Jetez un coup
d'œil aux agneaux. Et revenez aussi vite que vous
pourrez. Il va faire réellement chaud, et ce n'est pas la
peine de cuire au soleil. Au fait, les gars, votre lumière
était encore allumée trop tard hier soir.

– Ouais, reconnut Carney, qui, de temps à autre,
n'articulait pas très bien. Le dernier qui s'est couché a
oublié.

Les yeux gris pâle de Martyr se durcirent comme
ceux de Lester un peu plus tôt, et il lança :

– Si ça se reproduit, je retirerai toutes les
ampoules. Certaines batteries sont mal en point. La
génératrice également. Je me tue à vous le répéter.

Ils se dispersèrent, Bony alla lentement vers les
parcs pour attendre que MacLennon revienne avec
les chevaux. Il se roula une cigarette et observa le
régisseur qui se rendait à son bureau. Martyr avait
une légère claudication. Il ressortit, une trousse de
secours à la main, et se dirigea vers la chambre de
Lester. Dix minutes plus tard, il retourna à son
bureau, et cinq minutes après, Mme Fowler se rendait au bâtiment des hommes, un plateau de petit
déjeuner dans les mains.

Pendant la pause de la matinée, Mme Fowler eut
Bony pour elle toute seule. Elle portait une salopette

corail, ce qui lui allait bien, et elle était visiblement contente de la situation.

– Il va faire une chaleur insupportable, aujourd'hui, dit-elle en remplissant les tasses avec du thé bien fort. Je déteste ce temps.

– Le thermomètre qui est sous les poivriers indique quarante-deux. Il doit faire cent deux, dans votre cuisine, supposa Bony, et il n'était pas loin du compte.

– C'est bien possible... avec le pain qui cuit. Votre travail doit être épuisant.

– C'est dur pour les chevaux. J'arrête à midi, aujourd'hui. J'ai emmené une pouliche près du Puits de Johnson pour la calmer un peu. Le lac semble presque mort, pas vrai ?

– Pour moi, ce n'est plus que de la boue jaune.

– Qui a gagné, hier soir ? demanda Bony.

Les sourcils bruns de Mme Fowler se haussèrent d'un air interrogateur.

– Mais nous n'avons pas joué, hier soir. Joan était quelque part, dehors, jusqu'à une heure avancée. Avec vous ?

– Ça fait trois semaines que je suis là, dit Bony avec une feinte sévérité. Franchement, je vous fais l'effet d'un coureur de jupons ?

– Non... non, Bony. (Puis elle sourit.) Vous pourriez vous y exercer, un de ces jours. Ça permet à un homme de rester jeune... et à une femme aussi. Tout le monde est assez lent à la détente, ici, vous savez. Je suppose que vous avez déjà eu des tas de femmes qui vous couraient après. Vous ne pouvez pas me faire croire que vous n'êtes pas expert en la matière.

– Ah ! souffla Bony en lui décernant son grand sourire resplendissant. Jadis, quand j'étais jeune et hardi, j'ai enlevé la fille d'un éleveur de moutons. Lui et ses hommes nous ont poursuivis et ils nous ont bientôt rattrapés parce que mon cheval portait une double charge. Je vais porter une tasse de thé et un morceau de gâteau à Lester, si ça ne vous ennuie pas.

Il se leva et remplit un gobelet.

– Que s'est-il passé quand ils vous ont rattrapés ? demanda Mme Fowler, et Bony se demanda si elle était aussi naïve que ça.

– J'ai jeté la fille sur un buisson et j'ai continué à filer, dit-il. Et je ne suis jamais retourné dans cette exploitation. En fait, il y en a beaucoup dans lesquelles je ne peux pas retourner, si bien qu'il faut que je réfléchisse sérieusement avant de demander du travail quelque part.

Souriant en laissant profondément pénétrer son regard dans les yeux de plus en plus chaleureux de Mme Fowler, il mit un morceau de gâteau dans son assiette et, emportant le thé, alla voir Lester, qui était assis dans le fauteuil cassé de la véranda. Un bandage fait de main experte lui entourait le cou et beaucoup de sparadrap fixait un pansement à la mâchoire.

– Comment va le cou ? demanda Bony.

– C'est pas si terrible. Un peu raide. J'ai dû me faire un torticolis en tombant par terre.

– Ça ne serait pas arrivé si tu n'avais pas oublié de mettre tes éperons.

– T'as p't'être raison, concéda Lester. C'est pas souvent, qu'j'les oublie. J'devais être dans les vapes. J'me suis réveillé à l'aube et j'pouvais pas m'rendormir, alors j'ai décidé d'aller chercher les chevaux avant le petit déjeuner.

– C'est la première fois que tu les oublies. Tes éperons.

Lester le regarda bien en face, puis détourna le regard de ces yeux d'un bleu éclatant. Calmement et avec une lenteur délibérée, il demanda :

– Tu parles par sous-entendus, maintenant ?

– C'est pour te rendre service, Bob.

– Comment ça ?

– Si MacLennon a essayé de retrouver tes traces quand il est allé chercher les chevaux, il a très bien pu ne pas voir l'endroit où le cheval d'écurie t'a fait tomber ce matin. Bien sûr, si jamais tu avais pensé à remuer le sol quelque part et à trafiquer des traces de cheval à l'endroit où la jument t'a fichu par terre, ça donnerait plus de crédit à ton histoire.

– Est-ce que t'es en train de me dire que j'ai pas été fichu par terre ce matin ?

– Exactement. Il y a quelque chose ici que je ne comprends pas. Je suis simplement venu faire un boulot de dresseur, et ça ne me regarde pas, mais je n'ai pas pu m'empêcher de remarquer que Carney et MacLennon ne croyaient absolument pas que tu avais été flanqué par terre. Après tout, tu ne m'as jamais joué de mauvais tour, et je me contente de t'avertir.

Il y eut un autre long silence que Bony rompit.

– Tu comprends, Bob, voilà. MacLennon a pu remarquer que tu avais oublié tes éperons. Tu portes toujours des éperons. Tu les mets le matin quand tu t'habilles aussi sûrement que tu mets ton pantalon. Et il y a encore autre chose. Quelqu'un a enlevé tous ces cormorans du réservoir, au Puits de Johnson. Ça a été fait hier soir. Quand tu es revenu en boitant ce matin et que tu nous as raconté ton histoire, j'ai senti sur toi l'odeur de ces oiseaux desséchés. Ce n'était pas une odeur forte, mais tu étais dans la direction du vent,

146

pour MacLennon et Carney, tout comme pour moi. Ça ne me regarde pas, je ne veux pas savoir pourquoi tu es allé au Puits de Johnson pour vider ce réservoir.

L'inévitable reniflement. Un ricanement dénué d'humour.

— Qu'est-ce que t'as vu d'autre au Puits de Johnson ?

— Rien d'autre.

— Tu dois bien avoir vu des traces de pas.

— Non. Les lapins ont effacé tes traces.

L'adjectif possessif ne passa pas inaperçu.

— T'as pas vu d'autres traces ?

— Comme je te l'ai dit... les lapins...

— Ouais, j'ai entendu.

Lester réfléchit et Bony attendit patiemment. Le toit de la véranda craqua sous la torture du soleil. Au-delà de cette zone d'ombre, les couleurs de la terre était avivées par le soleil. Il y avait du rouge clair au sommet des dunes minuscules, du rouge foncé dans les creux. Des traces de pas les reliaient à la maison, au fond du terrain plat. Les ombres projetées par la maison et par les dépendances, devant les poivriers, étaient noires. Suffoquant de chaleur, les poules formaient des taches blanches au milieu de l'une de ces ombres.

— Tu sais, Bony, dit Lester d'une voix traînante, y a quèque chose qui s'passe entre la mère Fowler et Mac, et entre Harry et Joan, qu'a rien à voir avec une simple amourette. En ce moment même, ces deux femmes doivent être en train de nous surveiller et de se demander c'que nous disons, c'que nous savons et c'que nous n'savons pas. Si je te dis quèque chose, tu l'garderas pour toi ?

— Ne dis rien si t'aimes mieux pas, lui enjoignit

Bony. Comme je te l'ai dit, dans quinze jours, je serai parti avec mon chèque. J'ai parlé de ces oiseaux du Puits de Johnson simplement pour que ça te serve d'avertissement, parce que j'ai vu à quel point Carney et Mac avaient l'air soupçonneux ce matin.

– Je sais, et j't'en veux pas du tout, Bony. C'qu'y a, c'est que comme tu restes pas longtemps ici et que t'as de bons yeux, j'crois qu'tu pourrais me rendre un autre service. Si tu veux.

– Bien sûr.

– Bon, l'histoire commence avec ces deux femmes, dit Lester, prouvant immédiatement qu'il était capable de réfléchir convenablement. Elles sont venues ici et aussitôt tout a changé, dans la maison, là-bas, avec la cuisine et tout. On voyait bien qu'elles essayaient de mettre le grappin sur quelqu'un, mais elles étaient gentilles et elles étaient aguichantes. Tu sais c'que c'est pour des bonshommes dans un endroit comme ça.

« Après l'arrivée de Ray Gillen, la zizanie a commencé. Mac courait après la mère Fowler et Harry courait après Joan. Martyr a vite été hors compétition, parce qu'il se disait, je suppose, qu'il devait faire attention s'il ne voulait pas se faire virer par Wallace. Ray était un type bien sous tous rapports. Les bonnes femmes l'ont aguiché mais il était trop malin pour se laisser vraiment mettre le grappin dessus. Le soir, il en emmenait une, puis l'autre, faire un tour sur sa moto. Il les taquinait et les rendait folles, il les embrassait quand elles ne s'y attendaient pas, et ce genre de trucs. Il sortait toujours des vannes et il pariait constamment qu'il faisait tout mieux que les autres... et il gagnait toujours, d'ailleurs.

« Un jour, on nous a envoyés rafistoler les parcs du

148

Puits de Johnson, Ray et moi, et nous sommes allés là-bas sur sa bécane. Nous avions emmené notre déjeuner, parce que nous devions travailler un bon bout d'temps. Et ce jour-là, Ray m'a dit qu'il soupçonnait que quelqu'un avait ouvert sa valise et avait fouillé dans ses affaires.

« Il a juré qu'il fermait toujours sa valise à clé, et que les serrures n'étaient pas d'un modèle courant facile à crocheter. Il se baladait toujours avec la clé et un médaillon en or suspendus au bout d'un cordon qu'il avait autour du cou. Je l'ai vue, cette clé. Tout le monde l'a vue. Et même quand il est allé nager, il avait cette clé et ce médaillon autour du cou.

« On s'est cassé la tête pour savoir qui pouvait bien avoir fouillé dans sa valise pendant qu'il était dans les champs. Y avait Carney, qui dormait dans la même chambre que lui, et y avait ces deux bonnes femmes, qu'étaient toujours à la maison quand tous les gus étaient en train de travailler dehors. N'importe qui parmi nous aurait pu s'attaquer à la valise de Ray, mais il aurait fallu prendre un drôle de risque, puisqu'une des femmes pouvait le voir entrer ou sortir de sa chambre.

« J'ai demandé à Ray c'qu'y avait d'si important dans sa valise et il a dit qu'y avait deux cents livres qu'il avait économisées. Quand j'lui ai dit qu'il devrait les apporter au domaine pour que le comptable les enferme dans le coffre, il a répondu qu'il était parfaitement capable de surveiller son fric.

« Deux soirs après cette causette, il s'est noyé. Martyr m'a alors demandé d'être là, avec George Barby, quand il a regardé dans sa valise pour voir s'il trouvait quelque chose sur sa famille. La valise n'était pas fermée à clé, c'qui m'a soufflé, mais j'étais encore plus soufflé d'voir qu'y avait pas d'argent dedans.

« J'ai jamais répété que Ray m'avait dit qu'il avait deux cents livres dans sa valise, et depuis, j'me suis demandé s'il avait pas planqué le fric quelque part, ou s'il avait pas été liquidé par quelqu'un qui le lui avait piqué.

# Une proposition d'association

– Deux cents livres, ça fait un beau paquet, dit Lester en reniflant. J'me suis demandé qui avait pu les prendre, et si c'était pas l'cas, où est-ce que Ray avait pu les planquer ? Il avait eu le temps d'les planquer, tu comprends ! Il fallait qu'je pige. Ça aurait pas pu être Mac, parce qu'il aurait couru au bistro le plus proche. Harry, oui. Carney est malin, et il boit pas. Et puis y a George Barby. George fait toujours attention avec son fric. Il aime bien boire un coup, mais pas assez pour claquer deux cents livres en allant se cuiter.

« Et puis y a quèque chose qu'est arrivé qui m'a fait gamberger. C'était à peu près trois semaines après la disparition de Ray. J'étais en train de réparer les clôtures du pré des chevaux quand un fil de fer a claqué et m'a entaillé le bras. Ça saignait beaucoup et je suis rentré chercher quèque chose pour arrêter ça. Tous les hommes étaient partis, alors je suis allé à la cuisine pour demander à la mère Fowler de me faire un bandage. Quand je suis entré dans l'annexe, ces bonnes femmes se disputaient dans la cuisine, à se cracher dessus comme deux chats.

« Joan affirmait qu'elle n'avait pas vu la couleur de cet argent, et que si Carney l'avait trouvé il l'avait gardé pour lui. Elle continue en disant qu'il est plus que probable que Mac l'a planqué quelque part, sinon d'où est-ce qu'il aurait sorti le fric pour acheter à sa mère cette bague avec l'émeraude. La mère Fowler menace de casser la figure à Joan si elle s'aperçoit qu'elle lui a filouté sa part. Joan se met à rire et dit : Si j'avais eu ces douze mille cinq cents livres entre les mains, je serais pas venue te le dire.

« Et elles continuent comme ça, et moi je fais pas de bruit et j'écoute dans l'annexe. Au bout d'un moment, Joan parle du médaillon en or de Ray. Sa mère lui dit de plus y penser parce qu'il faudra des années avant que quelqu'un retrouve Ray Gillen. Joan dit que le lac va mettre à peu près un an à s'assécher et que le premier qui tombera sur le corps piquera le médaillon, et que celui qu'aura ce médaillon aura en prime les douze mille cinq cents livres.

« Là-dessus, Joan sort de la cuisine et, moi, je m'précipite vers les poivriers et je rentre dans la cuisine comme si c'était la première fois. La mère Fowler me soigne le bras. Et elle était d'une douceur pas possible.

De ses yeux larmoyants, Lester fixa Bony qui soutint son regard et lui fit un signe de tête.

– Tout d'un coup, j'ai compris pourquoi ces bonnes femmes, Carney et Mac étaient toujours en train de se surveiller, dit Lester. Je savais que ces quatre-là manigançaient quèque chose et quand j'ai entendu les femmes se disputer, j'ai su c'que c'était. J'ai jamais compris c'que venait faire le médaillon là-dedans, à moins que ce soit une sorte d'indication pour savoir où Ray avait planqué son fric.

« Mais c'qui m'a frappé, c'est le montant que les femmes ont indiqué. J'l'ai écrit en toutes lettres sur un bout de papier. Et puis j'l'ai écrit en chiffres avec

152

le symbole de la livre, et j'étais sûr d'avoir déjà vu ces chiffres dans un journal. J'ai une bonne mémoire pour les chevaux, les sports et les records, et je suis resté à cogiter devant ces chiffres pendant des semaines avant que ça m'revienne tout d'un coup.

« J'peux te dire où j'avais vu ces chiffres et quand. J'pouvais pas y associer de nom, mais j'me suis soudain rappelé l'histoire qu'on avait racontée là-dessus. Y avait deux mecs du Queensland qu'avaient gagné vingt-cinq mille livres à la loterie, et ils avaient partagé l'argent liquide dans une chambre de caboulot. J'ai dû lire ça dans un journal de sports, parce que j'lis pas d'aut' journaux, ou alors juste les pages sportives. (Lester ferma les yeux.) J'revois encore ces chiffres, Bony. Vingt-cinq mille livres, plus des mots qu'j'ai oubliés, et puis douze mille cinq cents livres, aussi nettement que j'te vois.

– Est-ce que tu es en train de me dire, Bob, qu'à ton avis Gillen avait douze mille cinq cents livres dans sa valise ? s'empressa de demander Bony.

– Exactement, Bony. C'est exactement ce que je suis en train de te dire. Ecoute ! Ray a débarqué de nulle part. Il avait une valise qu'il fermait toujours à clé et il gardait la clé autour du cou. Il s'est inquiété en s'apercevant que quelqu'un avait fouillé dans sa valise. Il m'a dit qu'il avait deux cents livres dedans. Deux cents livres, c'est déjà un beau paquet, mais c'est pas assez pour que quelqu'un le liquide. Ni même pour qu'on lui pique sa valise. Mais douze mille cinq cents livres, c'est autre chose, Bony.

– Je suis d'accord, mais...

– Quoi ?

– Un type serait idiot de se trimbaler avec tout cet argent dans une valise.

– Ray Gillen était un idiot, répliqua Lester.

– Bon, d'accord. Mais est-ce qu'il se serait fait embaucher ici s'il avait eu tout cet argent ?

– Ouais. Et j'sais pourquoi. Il me l'a dit. Sa bécane était tombée en panne d'l'aut' côté du Puits de Johnson et le lendemain matin il est venu à pied jusqu'ici pour demander qu'on la lui répare. On était tous partis sauf les femmes. Elles l'ont invité à prendre le thé. Il a vu Joan. Alors, il a demandé du boulot à Martyr. C'est lui qui m'l'a dit.

– Mais quand même, douze mille cinq cents livres ! insista Bony.

Lester renifla.

– Allez ! Sois de ton époque. J'me suis un jour baladé avec un magot de plus de quatre cents livres, plus deux cents livres en chèques, tout ça dans la poche de mon pantalon. Stormy Sam avait une boîte à cigares dans son balluchon quand on a retrouvé son corps près de Wilcannia. Elle était pleine d'opales, de pièces d'or et de billets de banque anglais. Et Sam est simplement mort de mort naturelle. J'crois que Ray Gillen a eu des soupçons et qu'il a planqué son fric pour le récupérer quand il en aurait marre de Joan et qu'il serait prêt à filer.

– Et le médaillon ? Qu'est-ce qu'il vient faire dans l'histoire ?

– Je ne pige pas le truc du médaillon, Bony, j'te jure. Mais ce médaillon est important pour les femmes. Elles croient qu'il les mènera au fric, c'est pour ça qu'elles s'intéressent tellement à l'évaporation du lac, et c'est pour ça que Mac et Carney s'intéressent autant au lac, eux aussi. J'crois qu'il a planqué son argent et qu'il leur a sorti des bobards sur son médaillon. Mais ils n'ont pas trouvé le fric, parce qu'ils sont tous restés là... à attendre que le lac Otway meure pour qu'on retrouve le corps de Ray. Tu m'aides à retrouver cet argent et on se l'partage moitié-moitié.

– Tu pensais que Gillen avait pu planquer son argent sous les oiseaux morts du réservoir ?

– Ouais, répondit Lester. C'était un bon endroit.

– Et tu ne sais pas du tout qui était là en train d'attendre que tu sortes de ce réservoir ?

– Il faisait trop sombre pour voir quoi que ce soit. J'arrive pas à comprendre pourquoi il m'a attendu. J'ai vu personne jusqu'au moment où on m'a flanqué un coup de poing à la mâchoire. Il m'a renversé par terre et il m'a frappé au cou. Il devait être là pendant que j'enlevais ces oiseaux, et il devait savoir que j'avais rien enlevé d'autre. Dommage qu'il se soit pas pris un coup de fourche.

– Il croyait peut-être que tu avais trouvé l'argent et que tu l'avais caché dans ta chemise.

– Possible.

– Est-ce qu'il t'a fouillé quand il t'a fichu par terre ?

– J'en sais rien. J'suis tombé dans les pommes. J'ai dû rester là une ou deux heures avant d'revenir à moi. Le jour commençait tout juste à se lever quand je suis rentré et que j'me suis cassé la tête pour trouver une explication à mon état. J'aimerais bien savoir lequel c'est qui m'a tabassé. Ça, j'l'aurai un jour ou l'autre, même s'il me faut attendre dix ans.

– Concentre-toi sur l'argent, lui recommanda Bony.

– Parce que j'me concentre pas dessus ?

– Gillen sortait souvent en moto ?

– Souvent ? Oh, assez, le soir. Il emmenait l'une ou l'autre des femmes derrière.

– Quelle direction, quelle piste empruntait-il ?

– La plupart du temps, il allait vers le Puits de Johnson.

– Et le reste du temps ?

– J'me rappelle pas qu'il soit allé ailleurs. Des fois, il faisait le tour du lac, en restant au bord de la plaine. (Lester renifla et Bony aurait bien aimé qu'il s'en dispense.) J'crois qu'je sais où tu veux en venir, Bony. J'pensais qu'il aurait pu planquer son fric au Puits de Johnson, parce qu'il était venu d'Ivanhoe et qu'il repartirait probablement par là et prendrait son argent en passant devant le Puits. Y a pas une bûche creuse, y a pas un tronc d'arbre creux où j'ai pas fouillé. J'suis descendu dans l'Puits, en me disant qu'il avait pu y cacher l'argent dans une boîte qu'il aurait accrochée à un fil de fer, ou qu'il aurait pu planquer le fric derrière une planche dans la cabane. J'ai fait tous les arbres des environs du lac en cherchant des trous.

– Et le lac ? La partie la plus profonde est dans le Chenal, n'est-ce pas ?

– Oui, mais...

– Si je voulais planquer de l'argent... des billets... je les fourrerais dans des boîtes de mélasse en fer, avec un couvercle qu'on peut rabattre, dit Bony. Je mettrais les boîtes de mélasse dans une boîte de cinq kilos de cyanure, qui aurait également un couvercle qu'on rabat. Les billets seraient bien à l'abri sous l'eau pendant douze mois.

– Mince, Bony, t'as quèque chose dans la tête. Gillen connaissait le Chenal, bien sûr. Plonger pour récupérer la boîte ne l'aurait pas épuisé. Ce serait marrant si, après s'être noyé, il avait été charrié vers le Chenal et qu'il se soit retrouvé sur son fric, pour le garder, comme qui dirait.

156

– Tu crois que c'est possible ?

– Peut-être. Quand Gillen s'est noyé, il y avait plus de trois mètres cinquante d'eau. On aurait dit la mer quand le vent soufflait fort. On entendait les vagues à plus d'un kilomètre. Le niveau de l'eau baissait du côté d'où le vent soufflait et montait en face. Ça faisait des courants. On voyait les oiseaux les suivre. Et Gillen n'a jamais été ramené sur le rivage.

– Qu'est-ce qui a empêché le corps de revenir sur le rivage, à ton avis ?

– Ben s'il s'est noyé, et c'est pas obligé, Ray était probablement en plein milieu du lac. Mais l'endroit où il était n'a pas vraiment grande importance, comme je vais te le démontrer. En tout cas, il se noie dans trois mètres cinquante d'eau. Au bout de trois jours, il remonte. On attend tous qu'il revienne sur le rivage. Il est comme un petit radeau... le milieu du corps, parce que les jambes et la tête restent en dessous. S'il a été assassiné et que son corps a été jeté dans le lac, il doit flotter à plat ventre. Et s'il s'est noyé, il doit flotter le ventre en l'air. Son ventre est le radeau, tu me suis ?

– Oui, répondit Bony.

– Alors, qu'est-ce qui se passe ? J'vais t'le dire. Sur le radeau, y a des corbeaux qu'atterrissent, et ils s'attaquent au ventre. Ils se précipitent toujours sur le ventre de tout c'qu'y est mort. Les corbeaux lui déchirent le ventre, c'qui fait partir tous les gaz qui faisaient remonter le corps. Une fois les gaz partis, le corps s'enfonce à nouveau.

« Le corps ne repose pas complètement au fond, Bony. Dans l'eau, il pèse pas bien lourd, p't'être même rien du tout, et il touche seulement la boue. Alors les courants le déplacent lentement dans

157

c'coin-là jusqu'à ce qu'il s'emmêle avec la vieille clôture qui traversait la lac, ou avec les branches d'un ou deux eucalyptus qui sont tombés bien avant les crues. Ou il a pu se déplacer un peu partout jusqu'au moment où il est tombé par-dessus bord pour se retrouver au fond du Chenal. Tu sais bien nager ?

– Pas assez bien pour plonger au milieu des ossements d'un mort, répondit Bony avec conviction.

– Moi, c'est pareil, dit Lester. Mais pour douze mille bonnes petites livres, on peut bien avoir un peu la trouille.

– L'eau s'est retirée des deux arbres, dit Bony.

– Oui, je sais. Et le sommet du poteau de l'ancienne clôture a percé il y a plus d'un mois. Du pied, j'ai sondé cette clôture de rive à rive pour essayer de sentir si Ray n'y était pas accroché. Il n'est pas emmêlé là-dedans. Ni dans les arbres. Il est dans le Chenal. Même s'il ne s'est pas noyé et si on l'a jeté à l'eau quand il était déjà mort, il doit être dans le Chenal... à trois mètres ou trois mètres cinquante de profondeur.

Bony se leva en disant :

– Je ferais mieux de retourner à mes chevaux pour les libérer. Il fait trop chaud pour travailler. Je ne suis pas allé au lac depuis une semaine. Quand en as-tu fait le tour pour la dernière fois ?

– Y a plus d'une semaine.

– Et les autres ? Est-ce que tu le sais ?

– Ils ont arrêté d'y aller quand l'eau a baissé et a laissé les arbres à découvert et au sec. J'étais en avance de deux soirs sur Carney pour sonder la clôture. (Lester renifla.) J'les ai tous surveillés. Ils n'ont pas loupé grand-chose, surtout Joan. Alors, on partage ?

Bony se jucha sur la balustrade de la véranda et se roula une autre cigarette. Il tournait le dos à la maison et il « sentait » des yeux verts et des yeux sombres peser sur lui. Il répondit à la question de Lester par un signe de tête.

– Bravo, approuva Lester. On va travailler ensemble. Tu n'as qu'à aller le plus possible autour du lac avec tes jeunes chevaux, juste pour t'assurer que Ray n'est pas là-bas en plein soleil. Moi, je ne quitte pas les autres des yeux. Ils pensent au médaillon. Comment ils espèrent qu'il pourra les mener au fric, ça, ça me dépasse. Mais il faut quand même qu'on ait une longueur d'avance sur eux, même pour c'qui est du médaillon. Et une nuit, quand l'eau aura reculé des deux côtés du Chenal, on draguera un peu.

Bony fit à nouveau un signe de tête.

– Et quand on trouvera l'argent, on s'le partagera, et crois-moi, il faudra faire attention à ce moment-là. Faudra pas le dépenser dans les bistros. Ni se payer de grosses bagnoles, des fringues voyantes ou des femmes. On va l'dépenser sans faire de bruit, lentement, régulièrement, comme ça personne pourra se demander d'où on sort tout ce fric et personne viendra nous poser de questions. Y a des gens que j'connais qui écriraient à ces salauds des impôts, et ils demanderaient des comptes, tu comprends ?

– Oui, je comprends, admit Bony.

Il quitta la balustrade et s'éloigna de quelques pas de Lester. Puis il se retourna et demanda :

– Où est-ce que tu as appris tout ça sur les corps dans l'eau, sur la manière dont ils remontent et ce qui leur arrive, Bob ?

Encore une fois, le reniflement se mêla au ricanement.

– C'est plus ou moins dans la famille, répondit-il. Mon grand-père avait acheté une gargote au bord d'une rivière, près de Bourke. C'était y a longtemps, avant ma naissance. Ensuite, mon vieux a repris le bistro quand le grand-père est tombé à la rivière un soir et s'est noyé. L'époque était assez violente. Y avait beaucoup de types qui tombaient comme qui dirait à la rivière et se noyaient, après avoir bu toute leur paye. Mon grand-père et mon père voyaient souvent des corps. Y avait tout un cimetière qui grossissait autour du bistro, et ils pouvaient faire la différence entre ceux qui s'étaient noyés et les autres.

– Tu as hérité du bistro ? lui demanda Bony en souriant.

– Tu parles. Le vieux l'a perdu à force de boire, en moins de huit ans, et il s'est mis à conduire des bœufs. Un jour, il s'est bagarré avec un autre bouvier. Au fouet, à l'ancienne mode. Sans le faire exprès, l'autre type a enroulé son fouet autour du cou du vieux et, avant qu'il ait pu le dégager, le vieux était cuit. C'était vraiment pas un saint, le vieux.

Ce fut la seule fois où Bony pardonna à Lester son reniflement.

# La mort du lac Otway

A l'heure où le sol, sous les pieds, était encore plus chaud que les rayons du soleil couchant, ils se rendirent tous au lac... tous, y compris les femmes. Quand le régisseur et les deux femmes étaient sortis de la maison, les hommes s'étaient automatiquement joints à eux, comme s'ils étaient inéluctablement attirés par un aimant. Pas un mot ne fut prononcé tandis qu'ils traversaient les étendues plates aussi dures que du fer et atteignaient la surface plus molle qui, le matin encore, avait été couverte d'eau.

La lumière solidifiée jaune pâle qu'avait été le lac Otway le dernier jour de son existence était devenue un terne disque vieil or, lourd, métallique, plat. Très loin du « rivage », des meurtrissures apparaissaient constamment, des taches brunes qui se déplaçaient pour tracer des lignes argentées vite effacées. Les oiseaux plongeurs ne pouvaient plus plonger et ils restaient sur le disque métallique comme des canards en porcelaine ; çà et là, dans un splendide mais terrible isolement, l'ibis, le héron et la grue se tenaient tellement immobiles qu'on aurait dit qu'ils étaient morts.

Loin derrière eux, les canards s'étaient rassemblés, comme les pélicans l'avaient fait, et ils attendaient que leurs chefs s'envolent pour prendre des pistes aériennes qui les conduiraient vers des eaux lointaines. Deux cormorans perchaient au sommet du poteau, laissant pendre leurs ailes pour qu'elles sèchent, semblant se moquer du lac. La seule note de joie de vivre était donnée par les mouettes qui, propres et belles, survolaient le disque doré, très haut dans le ciel.

Des cadavres jonchaient la surface humide, des cadavres affleuraient le bord de l'eau, les innombrables cadavres des poissons. Au-delà des poissons morts, les condamnés cherchaient frénétiquement à échapper à l'inévitable. C'étaient leurs larges dos qui constituaient les taches foncées du disque doré, c'étaient leurs corps qui dessinaient les lignes argentées de sa surface. Le poteau n'indiquait plus aucune profondeur.

Une fois le soleil couché, la couleur du lac Otway changea rapidement, empruntant à la partie ouest du ciel son manteau pourpre, et Mme Fowler s'écria :

– C'est affreux, hein ? On dirait une assiette de soupe à la tomate.

Et MacLennon dit :

– Demain, à la même heure, on pourra traverser sans se crotter les bottes.

La nuit s'éleva à nouveau du sol. Elle transforma l'eau en plomb fondu. Elle gagna les étendues plates, telle une brume, rampant entre les jambes des observateurs, estompant les contours des pattes grises des grues. Elle attira toute chose vers le bas, comme si la terre et tout ce qu'elle comportait était un enfer à qui la gloire du ciel était refusée.

Le ciel était rose saumon à l'ouest, pour passer au vert émeraude et enfin au même bleu que celui des yeux de Bony à l'horizon est. Les observateurs ne purent pas voir le début de la migration des oiseaux,

162

mais dans la nuit qui tombait, ils entendirent le bruissement de leurs ailes, faible, mais décisif. Puis, sous le dais céleste apparurent les formations de canards, qui se déplaçaient rapidement et avec assurance. Les échassiers battirent des ailes pour prendre leur vol, et les cormorans formèrent des entrelacs autour d'eux. Seules les mouettes restaient. Elles planaient au-dessus des observateurs comme les fantômes des disparus.

– Je rentre à la maison, dit Mme Fowler, avec quelque chose d'hystérique dans la voix. J'en ai assez vu.

A travers la nuit qui tombait, elle se dirigea vers la falaise. La face de la falaise et les murs des bâtiments étaient gris tourterelle, mais les fenêtres étaient des rectangles de sang. Lester prit la parole et Mme Fowler pivota, frappée de stupeur.

– Demain, on pourra se mettre à chercher Ray Gillen.

– Pourquoi parler de ça ? demanda Carney d'une voix traînante.

– Pourquoi ne pas en parler ? On attend tous de le trouver, pas vrai ? Ray est quelque part par là... enfin, c'qu'il en reste.

– Je ne suis pas partant, lâcha Carney. Ça ne m'intéresse pas, de trouver Ray Gillen. Ça ne m'a jamais intéressé. J'ai jamais rien eu à voir avec lui... c'qui n'est pas le cas de certaines personnes.

– Eh bien, demain, vous pourrez aller vous promener ailleurs, dit tranquillement Martyr. Il faut retrouver Gillen et l'enterrer décemment. Ensuite, je suppose qu'il y aura moins de zizanie.

Mme Fowler se dépêcha de s'éloigner et les mouettes voletèrent derrière elle, la dépassèrent et se fondirent dans la face sombre de la falaise. Bony sentit une main se poser légèrement sur son avant-bras. Il baissa les yeux sur le visage de Joan.

– Je ne pensais pas que le lac allait mourir comme ça, dit-elle lentement. Il est tout nu et tout raide comme un... comme un vrai cadavre.

– Vous avez déjà vu un vrai cadavre ?

– J'ai lu des romans, imbécile.

Ils se dirigèrent vers les marches de la falaise. Il lui demanda :

– Que voulait dire Lester par tout le monde attend que le lac meure pour trouver le corps de Gillen ?

– Nous y pensons tous depuis longtemps, répondit la jeune fille. Vous comprenez, Gillen était... difficile à oublier. Si Lester ou Mac s'était noyé, on l'aurait déjà oublié. Vous avez entendu ce que Carney a dit ?

– Que ça ne l'intéressait pas de retrouver le corps de Gillen, oui.

– Quand il ira se promener demain, il restera à proximité. Il s'y intéresse bel et bien. Ray portait un médaillon en or autour du cou. Il l'a peut-être toujours. Ray m'avait promis ce bijou, et si Carney le trouve, il ne le donnera à personne. Trouvez-le et donnez-le-moi. Vous voulez bien ?

– S'il vous l'a bien promis, dit Bony avec un air dubitatif.

– Il me l'a promis, je vous assure. N'en parlons plus, maintenant. Mais rappelez-vous, ce médaillon m'appartient.

Une fois arrivée aux marches taillées dans la falaise, elle se dépêcha de monter et elle n'était plus en vue quand Bony arriva en haut. Des lumières jaillirent dans la maison et quelqu'un alluma une lampe dans le bâtiment des hommes.

Bony trouva Carney déjà installé dans la salle commune, sur le point de se plonger dans la lecture d'un magazine. Lester s'affala sur le fauteuil de la véranda et Bony le rejoignit, s'asseyant sur les planches pour se rouler une cigarette.

– Fichue soirée, hein ? gémit Lester, et Bony acquiesça. C'est le genre de soir où le moteur de la génératrice me tape sur les nerfs. Bang, bang, bang, ça me vrille le crâne.

– Je crois que je vais tirer mon lit dehors cette nuit, dit Bony. Il fait trop chaud dans la chambre.

– Bonne idée. Tu pourrais me donner un coup de main avec le mien. On les mettra derrière le bâtiment, pour qu'ils puissent être à l'ombre demain matin. Fichues vagues de chaleur ! J'peux plus les supporter comme avant. T'as vu comme Carney a pris la mouche quand j'ai parlé de chercher Gillen ?

– Qui clame trop haut son innocence n'a pas la conscience tranquille.

– Mince ! T'as dû piquer ça à Martyr. Il connaît un tas de proverbes et de trucs comme ça. Il fait aussi des poèmes.

– Il écrit de la poésie ?

– Il se débrouille bien. Tu t'y connais ?

– En vraie poésie, oui.

– Moi, c'est pas mon truc.

MacLennon surgit de l'obscurité.

– J'ai jeté un coup d'œil au thermomètre, dit-il. Trente-neuf et demi. A l'ombre ! Le soir ! Trente-neuf et demi ! Demain, ça va être l'enfer.

– On va dormir dehors, lui dit Bony. Tu me donnes un coup de main avec les lits ?

A l'aube, les mouches réveillèrent tout le monde, et Carney dit qu'il en avait soupé de la brousse et qu'il allait tout plaquer.

– Il vaut mieux pas, lui conseilla MacLennon. Ça serait risqué.

Ils se fusillèrent du regard et Carney, qui sentait la colère le gagner, dit d'une voix traînante :

– Si je veux laisser tomber, je laisse tomber, Mac. Tu peux bien penser c'que tu veux, ça m'empêchera pas de dormir.

– Ah ouais ? Eh ben vas-y, tu verras bien c'qui va s'passer. Personne s'en va de son côté.

– Ouais, exactement, intervint Lester. Personne s'en va jusqu'à c'qu'on s'mette d'accord sur le partage.

Cette intervention sembla calmer les deux autres. Ils dévisagèrent Lester et Carney dit :

– Alors, vas-y, Bob. Partage.

– Oh, non, c'est pas à moi d'faire ça. C'est à toi ou à Mac.

– Oh, à quoi ça rime tout ça ? lâcha MacLennon. Arrêtez donc de parler comme des gamins. Tu vas faire travailler les chevaux par cette chaleur, Bony ?

– Ce matin, en tout cas, répondit Bony. Il ne faut pas que je lâche la bride à deux chevaux à qui je mène la vie dure. Je vais travailler deux heures avant le petit déjeuner.

Ils sombrèrent dans un silence morose. Bony s'habilla et se dirigea vers les écuries pour aller chercher le cheval qu'on y nourrissait. Il savait qu'il était observé. Le soleil qui se levait lui brûlait déjà la peau quand il partit à cheval pour ramener les jeunes chevaux. Au moment où le gong du petit déjeuner se fit entendre, pas un organisme vivant se serait volontairement aventuré hors de l'ombre.

– Si seulement le vent pouvait se lever, dit Carney qui, comme Bony, s'arrêta en chemin pour regarder en direction du lac.

– Ne serait-ce que pour empêcher les mouches de nous assiéger les yeux, s'empressa d'approuver Bony. Comme toi ce matin, j'ai envie de laisser tomber. Il fait trop chaud pour travailler. Je pourrais aller passer une semaine avec George et les lapins. Il n'y a pas d'eau là-bas. L'eau a disparu.

– Oui. C'est fichtrement révoltant.

Le bouclier luisant recouvrait toujours le lac Otway, mais maintenant, des zones gris marbré le ternissaient, et Bony eut l'impression que sous son regard ces bandes s'étendaient. Après le petit déjeuner, il observa à nouveau le lac. Ces zones grises gagnaient rapidement, au fur et à mesure que le reste d'humidité de la surface était léché par le soleil meurtrier.

Pendant la pause de la matinée, la température, à l'ombre des poivriers, était de quarante-sept degrés, et sur le lac Otway, il n'y avait plus assez d'humidité pour coller un timbre.

Néanmoins la dépression n'était pas encore assez dure pour supporter le poids d'un cheval. Martyr avait envoyé MacLennon en mission à une certaine distance, et il avait emmené Carney dans le camion pour travailler à plusieurs kilomètres. Lester, à qui on avait dit de profiter de la vie, était tapi à l'ombre de la véranda, en train de lire un journal sportif, quand Bony s'en alla rendre visite à George Barby.

Il s'aperçut que le trappeur avait établi son camp au Puits de Johnson et qu'il avait commencé à ériger sa clôture autour du Chenal. Barby était en train de faire la cuisine devant un feu, à l'extérieur de la cabane, quand Bony arriva et attacha son cheval à un arbre qui faisait de l'ombre.

– Comment ça va ? s'écria Barby. Sors du soleil et viens prendre une tasse de thé.

Les chiens aboyèrent sans enthousiasme. Le cacatoès, perché sur une boîte de biscuits, gardait le bec grand ouvert et haletait, les ailes pendantes, et Bony repensa aux cormorans. Les chats observèrent Bony, 'a bouche rose, grande ouverte, les flancs travaillant comme des soufflets. Et Barby, mince et robuste, était nu à l'exception d'une serviette attachée au milieu du corps par une ficelle.

– On cuit, hein ? dit-il en versant du thé dans un gobelet de fer-blanc pour son invité. Le sucre est sur le camion. Y a un peu de gâteau au chocolat dans la boîte.

– Il faisait quarante-sept quand je suis parti, lui dit Bony.

– Faut pas en parler. J'arrête de travailler. Même ces sacrés chats ne supportent pas. Regarde-les. Il faut que je les soigne. Tu vas voir !

Prenant l'outre en toile qui était suspendue à un crochet au-dessus de la véranda de la cabane, il caressa l'un des chats et sans difficulté, il le persuada de s'allonger sur le dos. Lentement, il fit basculer l'outre et versa l'eau relativement fraîche sur le ventre de l'animal. Le chat se tortilla de plaisir et commença à ronronner. Il appliqua le même traitement à l'autre chat et Bony fut amusé de voir le cacatoès quitter la boîte de biscuits et se dandiner vers eux, les ailes traînant par terre, le bec grand ouvert de détresse.

– Si tu crois que je vais faire ça toute la journée, tu te trompes, protesta Barby.

Le cacatoès roula sur la tête pour s'allonger sur le dos, comme les chats. Barby creusa un petit trou avec ses mains et y versa de l'eau. Il tendit un doigt, l'oiseau l'attrapa et se laissa soulever, puis retomber dans le trou, sur le dos. Barby lui versa alors de l'eau dessus et l'oiseau se redressa comme un vieux bonhomme en colère et jura. Puis il s'allongea à nouveau et s'il en avait été capable, il aurait ronronné.

– Ils se défendent, hein ? affirma Barby. Pauvres diables, ils ne supportent pas cette chaleur. (Une sincère compassion lui étreignait la voix et il essaya de cacher son émotion en disant :) Il y a sept ou huit corbeaux dans l'arbre auquel t'as attaché ton cheval. S'il fait encore bien plus chaud, ils vont nous donner du spectacle. Tu sais qui a viré tous ces oiseaux du réservoir ?

– Pourquoi devrais-je le savoir ? lui opposa Bony. Quand est-ce que ça a été fait ?

– Y a deux nuits. Quelqu'un s'est absenté il y a deux nuits ?

– MacLennon, Lester et Carney.

– Et Martyr ?

– Je n'en sais rien, dit Bony en souriant. J'avais dit aux hommes que les oiseaux arrivaient à quelques centimètres du bord du réservoir. Ils en étaient surpris et Lester a dit qu'ils ne parvenaient pas aussi haut quand il avait regardé il y a quelque temps.

– J'me demande c'qu'ils espéraient trouver, dit Barby en gloussant. De l'argent ? Merde ! Gillen ? Peut-être. Tu n'as pas idée de qui ça pouvait être ?

– Lester. Il a été tabassé en sortant du réservoir.

Bony raconta que Lester avait fait semblant d'avoir été renversé par un cheval, et Barby eut un grand sourire.

– Je savais bien que c'était Lester, dit-il d'un ton triomphant. J'étais là-bas au lever du soleil, hier matin, pour aller chercher de l'eau potable, et juste à côté du réservoir, j'ai trouvé son vieux béret. Il ne va jamais nulle part sans son béret une fois la nuit tombée. Donc Bob Lester ne doit pas savoir où est planqué l'argent de Ray Gillen. J'me demande pourquoi ils l'ont tabassé.

– Tu ne sais pas qui l'a tabassé ?

Les yeux noirs de Barby devinrent brusquement durs.

– Non. Je devrais ?

– A mon avis, Carney et Mac ont suivi Lester. Ils ont attendu qu'il vide le réservoir. Quand il a sauté dehors, l'un des deux l'a frappé... assez fort pour qu'il reste dans les pommes pendant plusieurs heures. Il ne t'est pas venu à l'esprit que Carney et MacLennon étaient tous les deux à la recherche de l'argent et qu'ils pensaient peut-être que Lester l'avait trouvé au milieu des oiseaux morts ?

– Ben c'est tout à fait possible.

– Par conséquent, Carney et MacLennon ne peuvent pas savoir non plus où est l'argent de Gillen.

– Hum ! grommela le trappeur. C'est un peu embrouillé, tout ça, hein ?

# De la fumée sur la falaise

– Y a aut'chose qu'a été dit sur le coup de fusil ? demanda Barby pendant qu'ils déjeunaient.

– Pas un mot, répondit Bony. Tu fais du bon curry, George.

Un sac cloué à la fenêtre de la cabane aurait assombri l'intérieur et empêché ainsi les mouches de rentrer, mais la chaleur y était insupportable. Ils luttèrent contre les mouches en faisant fumer un feu à l'ombre de la cabane. Ils étaient accroupis de chaque côté du petit feu pour envelopper de fumée leur tête et leur repas.

– C'est la seule bouffe acceptable par ce temps, dit Barby. J'ai repensé à ce fusil, à l'endroit où le coup est parti et à la raison de tout ça. Quelque chose va craquer dans pas longtemps. T'as aucune idée de l'endroit où cet argent peut être caché ?

– Non, malheureusement. Il n'était pas enterré sous ces carcasses de cormorans.

Si Bony avait pu oublier qu'il était dresseur, Barby le lui aurait constamment rappelé, bien inconsciemment, car au fond de lui, le côté anglais de Barby se sentait supérieur à un indigène. Barby pensait que sa propre intelligence et ses capacités de raisonnement étaient bien plus grandes que celles d'un païen, et cette attitude amusa et arrangea Bony, car elle l'aidait à dissimuler son travail d'enquêteur.

– Je vois que tu vas poser des pièges autour du Chenal, dit-il d'un ton dégagé.

– Ouais. J'ai commencé à clôturer un côté et à poser le piège, et je vais finir ce soir pour pouvoir m'y mettre. Qu'est-ce que tu dirais de venir avec moi ?

– Je veux bien. On dirait que vingt assistants ne te seraient pas de trop.

– Cinquante ne seraient pas de trop. (Barby jeta sa gamelle par terre et attrapa les gobelets à thé.) Toi et moi, on ne suffira pas à régler leur sort à tous les lapins du coin. On ne pourrait pas les attraper et les écorcher même si on allait plus vite que le soleil. Il y en aura des millions autour du lac qui vont venir de ce côté ce soir pour chercher de l'eau. On s'contentera d'écorcher c'qu'on pourra.

– Les kangourous vont malmener ta clôture, lui rappela Bony. Tu as des fusils dans ton attirail ?

– Deux Winchester et un calibre 12. Il faudra veiller presque toute la nuit pour les empêcher de s'approcher du grillage. J'ai des tas de munitions, heureusement. Merde ! Il fait chaud, hein ? J'me rappelle pas avoir eu aussi chaud depuis des années.

Bony lava la vaisselle et Barby alla remplir l'abreuvoir en ouvrant le robinet du réservoir. Les chiens accoururent et plongèrent dans l'abreuvoir. Le trappeur rapporta un seau d'eau à l'ombre de la cabane, il fit un trou, versa le liquide dedans, et les deux chats s'allongèrent dans l'eau et se roulèrent dans le sable humide quand l'eau fut absorbée. Le cacatoès réclamait des soins et on lui fit un trou humide juste pour lui.

Bony s'assit à côté de Barby. Ils étaient adossés à la

cabane et chassaient les mouches de leur visage avec des branches d'eucalyptus. Barby explora les possibilités de l'énergie solaire et assena un argument de poids en disant que les capitalistes ne seraient jamais d'accord.

– Tu crois que les savants arriveront à faire pleuvoir ? demanda-t-il.

– Probablement, répondit Bony.

– S'ils le font, ils ficheront l'Australie en l'air, prédit le trappeur. Qu'est-ce qui empêche les lapins, les renards, les mouches à viande et les kangourous de tout envahir ? Quoi, à ton avis ?

– La sécheresse.

– Bien sûr. Si y avait pas ces foutues sécheresses, aucun homme blanc ne pourrait vivre dans ce pays, et les Noirs qui restent émigreraient en Angleterre. La myxomatose ! Tu parles ! Autant asperger les lapins de lotion pour les cheveux.

– On dirait que ça ne te ferait pas plaisir de voir les lapins disparaître, observa sèchement Bony.

– Tu sais pourquoi ? Y a des centaines de types qui gagnent leur vie avec les lapins et la fourrure, et tant qu'y aura des lapins, personne n'aura d'excuse pour ne pas trouver de travail en Australie. J'connais des trappeurs qui attrapent des lapins vivants pour les envoyer dans des pays où y en a pas, juste pour les laisser se reproduire. Et pourquoi pas ? J'l'ai fait moi-même, mais faut pas l'dire au patron.

Bony se mit à rire.

– Il n'aimerait pas ça ?

– Il en crèverait, affirma Barby.

Il rit tout bas. Sa bonne humeur passa et la note d'indignation réapparut dans sa voix.

– Tu t'imagines, si on éliminait tous les lapins qui

donnent aux femmes riches des fourrures et des manteaux de renard bleu, des visons de Koh-i-Noor et des capes et des trucs de l'Alaska ! Imagine un peu qu'on tue tous les lapins qui peuvent fournir de la viande bon marché à des travailleurs qui doivent allonger quatre shillings pour une livre de malheureuses côtelettes de mouton. Et tout ça, juste pour que les fermiers achètent encore plus de voitures pour eux et de vieilles caisses pour leurs gosses. Et les hommes politiques pourris investissent dans le sud de plus en plus d'argent louche, des liasses tellement grosses qu'on pourrait même pas les soulever du sol.

Bony se dit qu'il faisait assez chaud comme ça sans s'énerver avec de l'économie et de la politique, mais les liasses impossibles à soulever du sol lui excitèrent l'imagination, et celle-ci l'aida à mieux supporter la chaleur. Heureux les hommes politiques !

– Ouais, poursuivit Barby. Y a quelque chose qui va pas quelque part. Les vieux retraités se gèlent tout l'hiver dans leur une-pièce, dans une ville puante, et les hommes politiques parcourent le monde en s'prenant des vacances avec nos sous. Ils appellent ça le Progrès Scientifique. Qu'est-ce qu'elle a fait pour nous, d'abord, la science ? Toi et moi, on sera toujours coincés dans c'te fichue région et des millions de travailleurs devront toujours aller bosser jour et nuit pour gagner moins que rien. L'Australie ! Ecoute, l'Australie serait le plus beau pays du monde si elle était pas gouvernée par des imbéciles.

– D'accord, George, d'accord, murmura Bony. Est-ce que tu vois ce que je vois ?

Bony pointa le doigt vers la dune peu élevée qui séparait le lac du ruisseau. Derrière la dune, une grosse colonne de fumée ressemblait à un arbre carbonisé coiffé par un nuage d'un blanc de neige. Ils se levèrent tous les deux, et sans un mot, avancèrent vers la dune, oubliant le soleil qui brûlait leurs bras nus et la chaleur qui s'élevait du sol à travers leurs bottes.

La base de la colonne de fumée était embrasée.

– Tu t'rappelles pas avoir vu un avertisseur d'incendie, je suppose ? demanda Barby d'une voix étranglée. On ferait mieux de sauter dans le camion et d'allumer nos clopes aux dernières braises.

Ils retirèrent du camion toutes les affaires dont ils n'avaient pas besoin. Les chiens furent attachés, le cacatoès fourré dans sa cage, le cheval laissé à l'ombre du livistona. Sans précipitation excessive, Barby conduisit le véhicule brûlant comme un four sur la piste de sable qui menait à l'exploitation.

– Qui était là quand tu es parti ? demanda-t-il.

Lester et les deux femmes.

– Ça aurait rien changé si y avait eu une centaine d'hommes sur place, dit Barby. Les bâtiments sont tous assez vieux. Il suffit d'une étincelle... boum... et on se retrouve avec des cendres... tout ça en deux minutes... par un jour comme aujourd'hui.

Ils roulèrent sur des buissons bas, passèrent par-dessus des crêtes rocailleuses. Le monde était parfaitement calme et étrangement stéréoscopique, le seul mouvement étant celui de la colonne de fumée qui s'étirait devant eux. Ils virent que le bâtiment des hommes n'avait pas été touché et que les cimes des poivriers tremblaient à cause de l'appel d'air généré par les décombres rouges de la grande maison. Le hangar des machines, l'entrepôt et les autres dépendances avaient souffert, mais ils n'étaient pas la proie des flammes.

Ils trouvèrent Lester penché sur quelqu'un qui était assis dans le fauteuil, sur la véranda du bâtiment des hommes. Il ne remarqua pas l'arrivée du camion ni les deux hommes jusqu'à ce qu'ils grimpent sur la véranda et que Barby dise :

– Tu essayais de faire cramer les mouches, Bob ?

Lester se redressa et ils virent que c'était Joan qui occupait le fauteuil. Les traits de Lester étaient tirés, il avait l'air nettement ébranlé, et il en oublia de renifler.

– Ouais, dit-il. La mère Fowler s'est fait prendre.

La jeune fille fixa les décombres fumants, les mains serrées entre les genoux. Elle dit en pleurnichant :

– J'ai pas pu la sortir. J'ai essayé... j'ai pas pu.

– J'étais assis là à faire la sieste, intervint Lester. J'ai entendu un rugissement et j'me suis dit que c'était un tourbillon de poussière, et puis Joan est venue me réveiller. Ensuite, cette fichue maison a été projetée en l'air, et on a pas pu s'en approcher. Elle a brûlé plus vite que du bois mort en enfer.

– C'est normal, avec une température de quarante-sept degrés, dit Bony, et Lester ricana sans renifler.

– Quarante-sept ! répéta-t-il. Il faisait presque quarante-neuf quand je suis revenu du déjeuner.

– Il n'y a personne d'autre ici ? demanda Bony qui avait inconsciemment pris la situation en main.

Lester secoua la tête. Joan répéta sa déclaration à voix basse, puis elle se redressa et regarda Bony d'un air égaré.

– J'étais en train de lire dans ma chambre, et maman était allongée dans la sienne. Tout d'un coup, j'ai été entourée de fumée et de flammes. J'ai couru dans la chambre de maman, mais elle s'était évanouie ou quelque chose comme ça. Je l'ai tirée de son lit, mais j'ai dû l'abandonner. La maison était en train de s'écrouler... je ne pouvais pas rester avec elle.

Des marques de fumée et de cendres lui striaient le visage et les bras. Alors qu'elle continuait à fixer les décombres, Bony retourna son fauteuil pour qu'elle ne voie pas ce spectacle de désolation. Elle continua à s'étreindre les mains entre les genoux, comme si elle voulait faire cesser leur tremblement, et il la quitta pour aller chercher de l'aspirine et de l'eau.

– Avalez ça, dit-il d'une voix dure pour lutter contre une éventuelle crise d'hystérie. Bob, fais chauffer une bouilloire et prépare du thé. Fais-le bien fort. (La jeune fille avala docilement les comprimés. Bony lui tapota doucement l'épaule.) Pleurez si vous pouvez, Joan. Ça vous soulagera.

Il laissa Barby avec elle. Lester allumait du feu derrière le bâtiment. Il se dirigea vers le hangar des machines et remarqua à quel point le hangar et l'entrepôt avaient frôlé la destruction. La colonne de fumée s'étirait maintenant en spirale, et haut dans le ciel, la fumée s'était solidifiée en un énorme nuage blanc. Où qu'il soit, le régisseur devait voir ce nuage.

De la maison, il ne restait rien sauf le toit de tôle qui gisait maintenant sur la cendre grise. Même les trois cheminées s'étaient effondrées. Il put s'approcher suffisamment pour voir les restes des montants de lit en fer et de leurs matelas à ressorts, les décombres de la cuisine avec plusieurs marmites et bouilloires métalliques, il vit les conduites d'électricité et le coffre d'acier, à l'endroit où s'était trouvé le bureau.

Joan Fowler avait eu de la chance de pouvoir s'échapper, car elle avait dû disposer de quelques secondes à peine pour sortir du brasier.

Il lui vint à l'esprit que la chaleur des décombres

était à peine plus forte que celle du soleil. Il n'y avait aucun doute, la température en début d'après-midi avait était bien anormale et il pouvait sans peine imaginer celle de la maison avant que le feu ne se déclare. Même les chambres devaient être des étuves et rester allongé sur son lit tout habillé se révélait être une rude épreuve. Joan avait dit qu'elle était en train de lire dans sa chambre quand la fumée et les flammes l'avaient entourée, et que sa mère était allongée dans sa chambre.

Cette pensée le préoccupa pendant qu'il déambula au milieu de l'immense rectangle de ruines grises qui avait été une maison.

A l'extrémité du site, les quelques citronniers ne pourraient être sauvés et le jardin était détruit. Au bas du jardin se dressait le poulailler, intact, et à l'intérieur du grillage, il y avait les cadavres de plusieurs poules. Leurs formes blanches attirèrent Bony. Il se demanda si elles avaient été tuées par la chaleur du soleil ou par celle du feu. Sa propre gorge était déjà complètement desséchée.

Plus loin, de l'autre côté de la clôture du jardin, poussait un vieil eucalyptus qui avait pris racine sur la pente de la falaise. En s'approchant de la clôture, Bony s'aperçut qu'on ne pouvait pas le voir de la véranda du bâtiment des hommes. Il y avait une barrière à cette clôture, et il comprit ce qui l'avait attiré. Sur le sol rouge, il y avait une bague en or avec des saphirs. Elle se trouvait dans le creux en demi-lune qu'avait imprimé le talon d'une chaussure de femme, et parce que, comme toujours, il avait observé et mémorisé les empreintes de pas de tous ceux qui vivaient là, il savait que cette marque avait été faite par Joan quand elle était revenue des toilettes, en traversant le jardin.

178

Ces constructions étaient en contrebas. Il y en avait une réservée aux hommes et une autre réservée aux femmes. Elles étaient distantes de cinquante mètres l'une de l'autre. Les empreintes indiquaient clairement laquelle était celle des femmes.

Il ramassa la bague et se souvint de l'avoir vue au doigt de Mme Fowler. Il se rappela que Joan n'était pas habillée pour sortir, mais qu'elle avait une barrette incrustée de pierreries dans les cheveux. Et qu'elle portait la montre-bracelet que lui avait donnée Lester, et un bracelet en opales qui, d'après Witlow, avait pu être offert par Martyr.

Il emprunta le chemin des toilettes des femmes.

Derrière la porte, suspendu à un crochet, il y avait un vieux sac à main informe, et lorsqu'il en examina le contenu, son regard se durcit et sa bouche eut un pli amer. Il y avait un tube de rouge à lèvres dans un étui pailleté ; un poudrier et un étui à cigarettes en plaqué or ; quelques épingles à chapeau ; un livret bancaire au nom de Joan Fowler, qui indiquait un crédit de quatre cent vingt-six livres six shillings ; une liasse de billets de banque attachés avec de la laine à repriser. Il y avait aussi une broche en or incrustée d'opales, une bague avec une émeraude et une montre-bracelet.

Les bijoux appartenaient à la défunte Mme Fowler.

# Après l'incendie

Bony replaça tous les objets dans le sac à main qu'il suspendit à son clou derrière la porte. Il alla dans les toilettes des hommes, ne trouva rien et fit un détour pour déboucher vers les poivriers, derrière les dépendances. Les chiens lui firent fête, sans se rendre compte de leur chance, sans s'apercevoir des effets du feu sur la partie supérieure des arbres. Il leur parla, en caressa plusieurs et s'avança pour examiner avec un intérêt étudié les portes et les murs déformés du hangar des machines et des autres dépendances. Prenant l'air ébranlé par la catastrophe, il poussa jusqu'à l'extrémité des décombres encore fumants, resta là un moment, et rejoignit finalement Lester, Barby et Joan Fowler, sur la véranda du bâtiment des hommes.

Ils le remarquèrent à peine, chacun étant apparemment plongé dans ses problèmes personnels. Lester avait fait du thé et Bony se servit, puis s'accroupit sur ses talons pour se rouler une cigarette et fumer. Barby dit alors :

– Aucun espoir de pouvoir téléphoner au domaine, je suppose ?

– Je ne crois pas, répondit Lester. Il y avait deux téléphones supplémentaires, mais la dernière fois que je les ai vus, il étaient dans le bureau.

– Où est parti Martyr ?

– Au Moulin de Winter avec Carney. Ils ont pris le camion.

– Il leur faudra une heure et demie pour rentrer... une fois qu'ils auront vu la fumée, estima Barby. Autant nous installer confortablement.

– On ne peut pas sortir maman de là ? gémit Joan, et personne ne lui répondit, si bien qu'elle dut répéter.

– Elle ne sent plus rien, lui répondit Lester en pointant le doigt vers les décombres. Merde, on cuit vraiment. Ça ne serait pas pire de conduire un gros troupeau de béliers à travers la plaine. Qu'est-ce que t'en penses, George ? Tu crois que Martyr va tous nous emmener à la maison de la rivière ?

– J'crois pas. Il va emmener Joan, bien sûr.

– A la rivière ? s'exclama la jeune fille. Je ne bougerai pas d'ici.

Cette suggestion eut pour effet de balayer la léthargie qui avait gagné Joan à la suite du choc. La jeune fille fusilla Barby du regard, refusant qu'on lui dicte son avenir. Barby se caressa la moustache avec le fourneau de sa pipe et considéra Joan avec un calme inébranlable.

– Pas la peine de discuter. C'est pas moi l'patron.

– Mais pourquoi est-ce que je devrais partir ? insista la jeune fille. Je serai très bien ici. Je pourrai faire la cuisine quand vous aurez ramené des ustensiles du Puits de Sandy. D'ailleurs, je ne vais pas laisser maman... comme ça.

Barby se leva de sa caisse et s'avança lentement au soleil, vers les cendres fumantes. La jeune fille le surveilla, les yeux mi-clos, la bouche agitée de crispations nerveuses, les mains incapables de rester tranquilles. De temps à autre, la lumière se prenait dans sa barrette incrustée de pierreries et dans son bracelet en opales. Brusquement, elle se leva, et tout aussi brusquement, Lester se leva à son tour.

– Il vaut mieux ne pas y aller, Joan, conseilla-t-il. Il vaut mieux rester ici. De toute façon, y a rien à voir. Les cendres recouvrent tout.

– Je...

Joan se rassit et Bony sut qu'elle était aussi surprise que lui de voir Lester manifester autant de force de caractère en ce moment de crise. Lester remplit les gobelets de thé, et Barby revint alors. La jeune fille attendit un bon moment avant de lâcher :

– Alors, vous avez trouvé les restes de maman ?

– Bouclez-la, Joan, grogna Barby. Y a rien à voir. Vous pouvez pas penser plutôt à quelque chose d'agréable ?

– Non, je ne peux pas, et ne me parlez pas sur ce ton, George.

– Il faut bien, Joan, sinon, vous allez piquer une crise de nerfs et je vais devoir vous gifler pour que ça vous passe. Il fait trop chaud pour se disputer.

– En tout cas, je ne vais pas partir d'ici, quoi que dise Martyr.

Elle les regarda à tour de rôle, comme si elle espérait qu'ils allaient la contredire. Lester renifla et émit un ronflement sonore. Barby semblait s'intéresser à la dernière spirale de fumée qui montait lentement, verticalement, des plaques de tôle déformées étendues à terre, qui faisaient penser à des dos de bêtes assoupies. Bony fit semblant de dormir. Il leur sembla que des heures s'étaient écoulées lorsqu'ils entendirent le camion revenir.

Martyr arrêta le véhicule au niveau du hangar des machines, et avant de descendre, Carney et lui regardèrent les décombres. Sur la véranda, tout le monde attendait et observait. Le régisseur et Carney quittèrent alors le camion et s'avancèrent au bord des cendres. Ils restèrent là pendant plusieurs minutes, puis Martyr s'avança vers la véranda. Ses yeux gris clair ressemblaient à des disques d'acier dans son visage hâlé.

– Comment est-ce arrivé ? demanda-t-il.

– J'en sais rien, répondit Lester. J'étais en train de faire un p'tit somme après le déjeuner. J'ai entendu un bruit que j'ai pris pour un tourbillon de poussière et j'ai pas fait attention jusqu'à ce que Joan me secoue pour me réveiller. C'est alors que je l'ai vue sauter... la maison, je veux dire.

– Et Mme Fowler ?

– Elle n'a pas pu s'échapper.

Les yeux gris clair se tournèrent vers la jeune fille, se concentrant sur elle pendant une seconde, semblèrent glisser vers Barby et revinrent se fixer sur Joan.

– Racontez-moi ça, dit-il.

La jeune fille dit d'une voix peu assurée :

– J'ai couru dans sa chambre. J'ai essayé de l'emmener dehors. Elle était évanouie, ou inconsciente à cause de la fumée. J'ai réussi à la tirer de son lit mais je n'ai pas pu la sortir de la chambre. Il y avait des flammes partout. Elle était trop lourde et je n'arrivais pas à respirer. Je... Il faut la sortir de là.

Martyr s'assit sur la caisse. Carney s'appuya contre l'un des poteaux de la véranda, le visage inexpressif, tandis qu'une certaine nervosité se lisait dans ses yeux marron. Joan se renfonça dans son siège, les yeux fermés, ses doigts agités faisant tourner les opales de son bracelet. Les hommes attendirent la réaction du régisseur qui, apparemment, avait besoin d'un peu de temps pour mettre un plan au point. Et Bony sentit plutôt qu'il ne vit une bouffée d'exaltation le gagner.

– C'est un beau gâchis, dit Martyr de son ton sec. Combien de bouffe est-ce qu'il vous reste, George ?

– Suffisamment pour deux jours, mais la farine ne tiendra que jusqu'à demain, répondit Barby en anticipant sa prochaine question.

– Où est votre camp ?

– Au Puits de Johnson.

– Emmenez les hommes avec vous. Les gars, vous prenez vos balluchons et vous allez camper avec George. (Un léger sourire voltigea sur les lèvres de Martyr.) Vous donnerez un coup de main à George ce soir avec les lapins... pour gagner votre bouffe. Harry, faites le plein du réservoir du camion et vérifiez l'huile. Joan, vous venez avec moi au Puits de Sandy, et ensuite, vous irez à la rivière.

– Mais pourquoi ? dit Joan en se levant d'un bond. Je suis très bien ici. Je peux faire la cuisine à la place de maman.

– Avec quoi ? Dans quels vêtements ? Qu'est-ce que vous cuisinerez ?

Les yeux de la jeune fille s'écarquillèrent et devinrent presque effrayants. Il n'y avait pas la moindre résignation, ni supplication en elle. Carney s'immobilisa contre son poteau de véranda pour la regarder avec admiration. Sa tête était rejetée en arrière, ses seins remontaient et ses yeux verts flamboyaient. Bony pensa à Boadicée.

– Dans quoi ? s'écria-t-elle d'une voix aiguë. Dans un pantalon de Mac et une de vos chemises de soie.

– Mes chemises de soie sont réduites en cendres.

184

– Alors Lester pourra m'en prêter une. Qu'est-ce que ça peut faire ? Vous rapporterez des ustensiles de cuisine du Puits de Sandy. Et puis de la farine et des réserves. Je réussirai à cuisiner sur le fourneau de la salle commune. Je ne vais pas partir, c'est moi qui vous le dis.

– Très bien, dit Martyr, lentement et avec insistance. Mais vous n'allez pas rester là. Vous irez avec les gars au Puits de Johnson, et vous pourrez aussi bien faire la cuisine là-bas. Il n'y a pas de fenêtre à la cabane et la porte ne ferme pas, mais ça ne dérangera personne, j'en suis sûr. Allez, Harry, aidez-moi à faire le plein du camion pour que j'aille téléphoner au Puits de Sandy. Je vous charge de veiller à ce que Joan soit bien emmenée à Johnson. Et ne vous disputez pas à son sujet avant que je revienne avec le patron et la police.

Exception faite de Carney, qui se dirigea alors vers le camion, ils formaient un tableau intéressant. La jeune fille avait un air de défi, les commissures des lèvres retroussées ; le régisseur semblait se moquer d'elle en silence parce qu'elle campait sur ses positions ; Lester et Barby attendaient, tendus et cyniques, pour voir ce qu'elle allait décider.

– Ça me va, dit-elle.

Martyr se retourna pour aller rejoindre Carney.

Dix minutes plus tard, le camion était prêt et le régisseur revint au bâtiment des hommes pour donner ses instructions.

– Personne ne doit aller trafiquer dans les décombres quand on pourra s'en approcher, vous le comprenez bien. Le sergent Mansell va venir de Menindee, et c'est lui qui mènera l'enquête. Voilà ce que je voulais vous dire.

– D'accord, monsieur Martyr, dit Lester qui renifla avant d'ajouter : On fera comme vous dites.

Le régisseur réfléchit, les observant à tour de rôle. Son regard se posa finalement sur Joan Fowler et s'attarda une seconde de plus qu'il n'était nécessaire.

– Attendez Mac pour partir, George, dit-il, et il s'éloigna.

Il remonta dans le camion, claqua la portière et démarra. Ils virent la poussière s'élever derrière les roues. Le camion accéléra dans la longue côte, et personne ne parla jusqu'au moment où le véhicule disparut au-dessus de la crête lointaine déformée par les brumes de chaleur. Carney s'assit sur les marches de la véranda et se roula une cigarette. Lester semblait s'attendre à ce que le camion réapparaisse et redescende la côte à toute vitesse. Bony but encore un peu de thé.

Ce n'était pas une situation facile à supporter pour une jeune fille. Joan se leva d'un bond et Carney se retourna pour la regarder.

– Bon, si vous ne voulez pas parler, tous autant que vous êtes, il faut bien que je fasse quelque chose, dit-elle, presque en criant, et elle voulut passer devant Carney.

– Tu as entendu ce qu'a dit Martyr, lui rappela tranquillement Carney. Pas question d'aller trafiquer dans les cendres.

– Va te faire voir, Harry ! Et les cendres aussi, qu'elles aillent se faire voir. Laisse-moi passer. Tu peux venir avec moi si tu veux... jusqu'à la porte.

Carney était assez jeune pour rougir d'embarras, mais il réussit à ricaner et il répliqua d'un air dégagé qu'il n'avait rien contre une petite promenade. Les autres les suivirent du regard tandis qu'ils contour-

186

naient les ruines de la maison, passaient de l'autre côté de la falaise et se dirigeaient vers la barrière du jardin, en contrebas. Quand seule sa tête fut visible, Carney s'arrêta et la jeune fille continua seule. Lester se mit à rire sous cape et Barby montra MacLennon qui arrivait au niveau des parcs.

MacLennon ne descendit pas de cheval. Il poussa jusqu'au bâtiment des hommes, la surprise se peignant nettement sur son large visage pas rasé.

— Y a quelqu'un qu'a fait un p'tit feu d'camp ? demanda-t-il.

— Ouais, répondit Lester.

— J'me suis dit que les sauvages avaient attaqué la baraque, observa MacLennon avec une fausse indifférence.

Descendant du cheval trempé de sueur, il attacha les rênes à la balustrade de la véranda et faillit buter sur la bouilloire de thé.

— Quelle fichue journée ! ajouta-t-il. Y a quelqu'un sous les tôles ?

— La mère Fowler.

— Sans blague, Bob ! Tu l'as poussée là-dedans une fois qu'ça avait commencé à cramer ?

— Pour c'que j'en sais, elle est jamais sortie pour qu'on puisse la refoutre dedans, dit Lester d'une voix traînante. J'faisais une petite sieste quand Joan m'a réveillé avec la nouvelle.

— Où est-ce qu'elle est, Joan ?

— Là-bas, dans le petit bungalow. Harry a fait la moitié du chemin avec elle.

MacLennon reposa la théière vide, s'essuya la bouche avec son avant-bras et considéra Lester d'un regard morne. Lester s'empressa d'ajouter :

— Martyr a dit que personne ne devait aller fouiller

pour essayer de retrouver la mère Fowler. Harry s'assure que Joan ne fouille pas, tu comprends ?

– Parce que tu crois que tu vas m'empêcher d'aller tout retourner ? demanda MacLennon.

– Merde alors ! explosa Barby. Bouclez-la, les gars. Qu'est-ce que vous avez à prendre la mouche, comme ça, tout le temps ? Quand une femme se fait carboniser dans un incendie, c'est la police qui doit s'en occuper. Vous n'êtes pas complètement idiots, je suppose. Martyr est parti chercher de l'aide, de la bouffe, des tas de trucs... y compris le patron et la police. Et vous allez tous venir camper avec moi.

Bony se glissa dans sa chambre, choisit quelques affaires et roula ses couvertures en un balluchon qu'il fit tomber par la fenêtre, il sortit en enjambant le rebord et porta son paquet au camion de Barby. Il avançait en zigzag vers le hangar des machines quand Carney et Joan revinrent au bâtiment des hommes. Pendant que tout le monde préparait son balluchon, il suivit furtivement la pente de la falaise et se dirigea vers le « petit bungalow ».

Derrière la porte, le sac à main était vide.

Bony réapparut derrière la rangée de poivriers partiellement brûlés au moment où Lester et Carney apportaient leurs affaires au camion et où MacLennon libérait son cheval. Il était sûr qu'aucun d'eux ne l'avait observé.

Carney relâcha les chiens et ils firent la course avec le cheval jusqu'à l'abreuvoir. Bony fut le premier à monter à l'arrière du camion. Il se tint juste derrière la cabine, du côté où Joan allait monter. Il put ainsi la regarder quand elle s'approcha et fut sur le point de grimper à l'intérieur. Elle portait un chemisier de soie plissée crème, qui était souillé par la fumée et les

188

cendres. Comme il l'avait prévu, le décolleté plongeant laissa entrevoir, tout au fond, le livret bancaire bleu qu'il avait trouvé dans le vieux sac à main.

Il était cinq heures moins dix. Les chiens, trempés, bondissaient derrière le camion que Barby conduisait sans hâte. Rien d'autre ne bougeait dans toute la région, la multitude invisible de lapins restait tapie à l'ombre ou dans les terriers. Dans les arbres, et même à terre, les oiseaux invisibles s'agglutinaient à l'ombre. Seuls bougeaient les yeux des kangourous, aux aguets. Le ciel, lui aussi, était déserté, exception faite des aigles qui observaient et attendaient.

Ce fut un soulagement de regagner l'obscurité relative des arbres du Puits de Johnson. Ils furent accueillis par les chiens de Barby et par son cacatoès vociférant. Bony sauta à terre dès que le camion s'arrêta. Il ouvrit la portière à Joan Fowler en faisant un ample geste de la main.

– Bienvenue au repaire de brigands, ma damoiselle ! s'écria-t-il, et il s'inclina.

Les yeux voilés de Joan s'agrandirent, s'éclairèrent. Elle eut un pâle sourire. Lorsqu'elle descendit du camion, il se précipita pour lui tendre la main. Sa prestation fut gâchée car il trébucha, fit une légère embardée et faillit tomber sur elle. Leurs mains se manquèrent et la paume de Bony se retrouva contre la poitrine de la jeune fille.

– Je vous prie d'excuser ma maladresse, suppliat-il gravement. J'espère que je ne vous ai pas fait mal.

La suspicion qui était près de jaillir dans les yeux de Joan céda. Il était tellement troublé, tellement contrit, tellement idiot, comme tous les hommes. Elle lui sourit à nouveau, avec grâce.

Il se demanda si les bijoux qu'il avait sentis à l'intérieur de son chemisier lui avaient fait mal.

# L'énigme du coffre

La tension qui gouvernait ces hommes avait disparu pendant le court trajet et pour la première fois, Bony eut l'impression de se trouver parmi des individus normaux. Lester renifla, gloussa, jura après les chiens qui menaçaient ceux de Barby ; MacLennon se mit même à rire quand Carney proposa de se baigner dans les abreuvoirs et George Barby salua la cabane et invita Joan Fowler à en prendre possession.

Joan se montra sous une facette qui aurait pu étonner tout le monde sauf ces broussards... et ils furent flattés. Elle jeta un coup d'œil dans la cabane, en fit le tour. Elle examina l'endroit que Barby avait choisi pour faire son feu de camp, elle vérifia le contenu de son garde-manger d'un air fortement méprisant, puis regarda le sac à viande incrusté de sel qui pendait à la branche d'un arbre proche, et finalement, elle inspecta les hommes, qui s'étaient immobilisés, semblant attendre ses ordres.

– Vous vous trompez si vous croyez que je vais me laisser abattre, dit-elle. Vous avez cru que j'allais craquer quand Martyr m'a embarquée là-dedans. Vous pensiez vous débarrasser de moi, hein ? Pas de danger ! Tout ce que vous pouvez m'offrir, c'est quelques couvertures et un pyjama propre. Et si tu as un pantalon propre, Harry, je te l'emprunterai. Une jupe et une petite culotte, c'est pas l'idéal ici.

Personne ne discuta. Bony aida Carney à transporter au fond de la cabane le lit qu'ils avaient apporté du bâtiment des hommes. Barby amena le matelas et Carney fournit deux couvertures qui avaient l'air relativement neuves. Lester arracha la housse sale d'un oreiller de plumes et, d'une main experte, il le recouvrit avec l'un des tabliers bien blanc dont Barby se servait pour faire la cuisine. Ils placèrent même un sac de laine par terre, près du lit, pour servir de descente de lit. Avec un consentement mutuel implicite, ils laissèrent Harry conduire la jeune fille dans « sa chambre ».

Il était plus de cinq heures et on avait l'impression qu'il faisait encore plus chaud qu'à midi. En détachant la longe du cheval, Bony leva les yeux dans les branches arquées et ombragées. Il vit des martins et plusieurs corbeaux, tous le bec grand ouvert, les ailes pendantes. On aurait dit qu'ils voulaient laisser un peu d'air frais leur arriver sur le corps. Bony ne dévoila pas son intention de ramener le cheval à l'exploitation et de le lâcher dans son pré.

Il faisait trop chaud pour demander à l'animal de presser le pas, ne serait-ce que pour atteindre un petit galop.

Avec un paisible détachement, il passa en revue la manière dont tout le monde avait réagi à la destruction de la maison. Il était maintenant en train de tenir le rôle du spectateur plutôt que celui du metteur en scène, car il s'était contenté d'observer les réactions et les événements, et il avait évité d'intervenir.

Exception faite de ses tentatives pour sonder les suspects en attirant leur attention sur le réservoir rempli d'oiseaux morts.

Rien ne pouvait davantage aiguillonner des suspects léthargiques que voir la maison détruite par le feu. Ce qui venait d'arriver modifiait à la fois la façon de penser et le mode de vie de tout le monde. Et Bony n'éprouva ni regret ni jalousie de ne pas avoir lui-même changé le cours des choses.

Tandis que le cheval le transportait à un pas vif, désireux de retrouver la liberté et de boire, Bony examina les conséquences de l'incendie sur les personnes concernées au premier chef. Pour commencer, le régisseur. Jusqu'ici, Richard Martyr était apparu taciturne, distant, morose, enclin à l'introspection et trop porté à l'imagination. Puis, confronté à l'incendie, il avait éprouvé non pas du désespoir, ou même de la rage devant une négligence, mais de l'exaltation.

L'effet de l'incendie ne s'était pas manifesté chez les autres avant l'arrivée au Puits de Johnson. Ils avaient alors accueilli favorablement le changement qui intervenait dans leurs conditions de vie. Cette attitude n'allait pas de soi, car généralement, les gardiens de troupeaux ne sont pas ravis lorsqu'ils doivent abandonner la nourriture soignée et le confort d'une exploitation pour un campement précaire où il leur faut dormir par terre et disputer aux mouches le ragoût qui se trouve dans leur gamelle, ou le steak de kangourou servi sur une tranche de pain levé.

La raison de leur satisfaction, d'après Bony, provenait du fait qu'ils seraient libres de s'observer les uns les autres et de se mettre à la recherche des restes de Gillen.

Le désir de ne pas quitter les hommes, manifesté par la jeune fille, était l'un des jalons intéressants de l'évolution de ce drame humain, un drame qui se déroulait parallèlement à celui de la mort du lac Otway. Si elle était en possession non seulement de son livret bancaire et de ses bijoux, mais également des bijoux de sa mère, c'était la preuve qu'elle les avait elle-même placés dans le vieux sac à main, derrière la porte des toilettes, là où aucun homme ne pénétrerait.

Elle avait rassemblé ces objets avant que la maison ne prenne feu et elle les avait récupérés une fois qu'il n'en restait plus que des ruines.

– Tu sais, Starface, dit-il au cheval, malgré cette chaleur accablante, je m'amuse bien. Un joli petit chèque qui viendra s'ajouter à mon salaire pour t'entraîner, toi et tes amis, plus les singeries d'une demi-douzaine d'hommes sous le charme de Zyeux-Verts, plus le phénomène d'évaporation d'un lac pour stimuler mon intérêt pour l'histoire naturelle, tout cela concourt à me faire considérer les enquêtes criminelles comme une cause perdue.

« Je me demande pourquoi je devrais me débattre avec un problème que les autres finiront par résoudre pour moi ? Tout ce que j'ai à faire, pour justifier mon salaire, c'est attendre les événements, parce que le Souffle Dramatique va forcer les acteurs à donner leurs répliques. C'est là une attitude de tout repos et qui ne viole pas le sens du devoir, tu ne crois pas, Starface ?

Ils émergèrent des broussailles des dunes et ils attaquèrent la dernière pente qui menait à la falaise de l'exploitation. La partie supérieure des poivriers gâchait la vue familière, mais seule cette cicatrice était bien visible, car les ruines se trouvaient derrière le bâtiment des hommes. L'éolienne était immobile, elle l'avait été depuis plusieurs jours. Le silence caractéristique de tous les lieux à l'abandon accueillit Bony et rendit le cheval nerveux. C'est à ce moment-là que Bony remarqua le nuage de poussière.

Il formait une sorte de brume marron en haut de la crête sur laquelle était passé le camion pour aller au Puits de Sandy et à la rivière, et il avait certainement été provoqué par le passage d'un véhicule. Le camion de Martyr avait soulevé la poussière à cet endroit une heure plus tôt dans l'après-midi, et la poussière qui était maintenant en suspension au-dessus de la crête ne pouvait pas s'être attardée aussi longtemps.

Bony dessella son cheval et fit glisser la bride, sachant que l'animal trouverait de la nourriture après s'être abreuvé près de l'éolienne. Ayant rangé le harnachement dans la sellerie, il se dirigea vers la véranda du bâtiment des hommes et là, il se remémora les mouvements précis de Richard Martyr depuis le moment où il était arrivé dans son camion jusqu'au moment où il était parti au Puits de Sandy pour téléphoner... une heure plus tôt.

Il entreprit ensuite de vérifier et de prouver que Martyr était bien revenu à l'exploitation une fois tout le monde parti dans le camion de Barby. Il était arrivé au moment où il s'apprêtait lui-même à quitter le Puits de Johnson. La raison du retour de Martyr lui apparut alors clairement.

Le coffre du bureau avait été déplacé. Il avait probablement été redressé, puis remis dans la position où il avait été trouvé. Il gisait à quatre mètres du bord du lit de cendres grises, et Bony se rendit tout de suite compte que le régisseur avait tenté d'effacer ses traces de pas en faisant voler des cendres dessus, probablement à l'aide de son chapeau à large bord, de façon à provoquer un appel d'air.

La chaleur causée par l'incendie devait maintenant être négligeable, mais le coffre était exposé au soleil et ne pourrait être touché à main nue. Bony dut se procurer un sac vide pour se protéger les mains. Il nota dans quelle position se trouvait le coffre avant de le mettre debout. Il s'aperçut que la clé était sur la serrure et, comme le coffre, elle avait souffert des effets de l'incendie. Bony tourna la clé et la porte s'ouvrit facilement. L'état des documents qui se trouvaient à l'intérieur rendait hommage au constructeur. Il y avait un livre des inventaires, un grand livre, un registre de présence et des timbres fiscaux. Dans le second compartiment se trouvait le journal des travaux effectués à l'exploitation.

Bony referma le coffre et laissa la clé sur la serrure. Il n'y avait pas de doute, la clé était bien sur la serrure quand la maison avait brûlé, ce qui indiquait que le coffre ne contenait rien qui ait une grande valeur. Par conséquent, qu'est-ce qui avait amené Martyr à revenir l'ouvrir en se donnant le mal d'effacer ses traces de pas sur le lit de cendres ?

Ayant remis le coffre dans sa position initiale, Bony répartit des cendres sur le dessus et, comme Martyr l'avait fait, recouvrit ses empreintes tout en reculant vers le sol dur. Il passa les dix minutes suivantes à examiner les ruines et décida de ne pas aller y fouiller. Il en fit deux fois le tour, à la recherche d'empreintes qui pourraient avoir une signification quelconque. Il n'en trouva pas, à l'exception de celles du régisseur.

Le fait que Martyr avait examiné le contenu du coffre l'embêtait. Il aurait bien voulu savoir si le régisseur était revenu réparer une quelconque omission dans ses devoirs, pour pouvoir, par exemple, être en mesure de faire son rapport à son employeur, ou s'il avait délibérément attendu que les hommes fussent partis au Puits de Johnson pour ouvrir le coffre.

Un croassement lui rappela que le temps passait et que le soir approchait. Le soleil se dirigeait vers l'ouest et sa chaleur atténuée permettait maintenant aux oiseaux de s'aventurer hors de l'ombre pour étancher la soif de toute une journée. Bony ne devait pas s'attarder davantage s'il ne voulait pas éveiller les soupçons. Tandis qu'il se rendait au bâtiment des hommes pour aller chercher un paquet de tabac dans sa chambre, son esprit essayait de percer ce mystère.

Qu'est-ce qui avait ramené Martyr au coffre de son bureau ? Qu'est-ce qui s'était passé pour rendre les hommes aussi pleins d'entrain, particulièrement Lester ? Pourquoi Joan Fowler s'était-elle férocement rebellée contre l'idée de quitter un lac Otway désormais mort ? Et pourquoi cette attitude intraitable en arrivant au Puits de Johnson ?

Il s'assit sur son lit dépourvu de couvertures pour ouvrir le paquet de tabac et se rouler une cigarette. Il alla fumer sur la véranda, sans grande envie de courir au camp de Barby. Il jeta un long regard sur la côte et sur son sommet, là où il avait vu le léger nuage de poussière après le second départ du régisseur. Rien ne bougeait sur cette piste que l'ombre attaquait maintenant.

Lester ! Lester était en train de consoler la jeune fille quand Barby et lui-même étaient arrivés. Joan était assise dans le fauteuil, elle frottait son visage souillé.

C'était peut-être une mise en scène.

Lester ! Bony entra dans la chambre de Lester. Il déplaça le matelas et trouva, entre le matelas et le

196

sommier à ressorts, un costume de confection enveloppé dans du papier journal et étalé là à des fins de repassage. Sous le lit, il y avait une petite malle métallique dont la serrure était brisée et l'intérieur contenait un fatras de vieux vêtements, de chaussures de ville neuves, une bride de cheval et des livres consacrés aux statistiques de courses. Sous le lit, il y avait aussi de vieilles bottes, et, plaqué contre le mur, un paquet enveloppé de papier. Il défit la ficelle, ouvrit une extrémité et sentit sous ses doigts experts des billets serrés en liasses.

Le paquet était à peu près de la taille de celui que lui avait montré le directeur de la banque de Brisbane. Il n'y avait ni nom ni inscription sur l'emballage. Il pouvait y avoir des empreintes sur le papier. Bony déposa le paquet dans la sacoche de la moto de Gillen.

Après avoir descendu les marches de la falaise pour regagner la plaine, il suivit l'ancien rivage, son esprit s'attaquant aux divers aspects qui découlaient de ces deux éléments concrets : l'incendie et les billets de banque trouvés sous le lit de Lester. D'abord, l'incendie. Le fait que Joan avait rassemblé les objets de valeur qu'elle possédait, ainsi que les bijoux de sa mère, pour les cacher dans un endroit sûr et les soustraire à la destruction, laissait fortement supposer qu'elle savait que la maison allait être détruite, et également que sa mère allait périr dans l'incendie, ou que le corps de sa mère allait être carbonisé.

Après le sinistre, elle était allée récupérer les objets de valeur dans leur cachette. Il y avait là préméditation. Si Joan avait été en possession du paquet de billets, ne l'aurait-elle pas dissimulé dans cet endroit sûr entre tous, les toilettes des femmes ? Mais ensuite, elle n'aurait pas pu fourrer le paquet sous son chemisier. On pouvait donc raisonnablement penser qu'elle avait pris Lester comme complice pour mener à bien une partie de son plan. Elle avait pu dire à Lester qu'elle avait échappé aux flammes avec les billets, sans lui parler des bijoux de sa mère.

Ensuite, il y avait l'argent de Gillen. Si elle avait possédé douze mille livres, ou même davantage, est-ce que Joan Fowler se serait souciée d'emporter les bijoux de sa mère, qui ne devaient pas valoir plus de deux cents livres ? Elle pouvait expliquer le port de tous ses bijoux après le déjeuner, quand l'incendie s'était déclenché, en soutenant qu'elle s'était déjà habillée pour l'après-midi et avait mis tous ses colifichets pour essayer d'oublier la chaleur. On pouvait très bien la croire. Mais, si elle possédait bien douze mille livres, était-elle stupide au point de risquer que quelqu'un fasse la relation entre le fait qu'elle avait emporté les bijoux de sa mère et le fait qu'elle avait échappé à la maison en flammes ?

Voilà quelque chose dont on ne pouvait pas faire abstraction.

Le paquet de billets n'était pas couvert de poussière, comme la malle et les autres objets, ce qui prouvait qu'il n'était pas resté sous le lit plus d'un jour ou deux.

Malgré les mouches horripilantes qui semblaient mourir d'envie de se noyer dans ses yeux et de s'enfoncer dans ses oreilles, un sourire gagna lentement les traits anguleux de Bony et il se dit tout haut :

— On dirait que tu vas devoir te mettre au travail, inspecteur Bonaparte.

# Le piège du Chenal

Le plan de Barby était d'attraper les lapins dans les trous et les retenues d'eau. La construction des grillages et des pièges fut beaucoup plus complexe que celle de la grande clôture en V qu'il avait posée sur l'étendue plate du lac.

Tout le Chenal fut entouré d'un grillage et par endroits, des ouvertures furent pratiquées, en face de l'eau, pour permettre aux lapins de se faufiler à l'intérieur. Les lapins assoiffés pouvaient ainsi atteindre l'eau et se désaltérer, mais ils n'arrivaient pas à repartir par le même chemin, et quand ils cherchaient une issue, ils la trouvaient dans un V qui pointait vers l'extérieur et débouchait dans l'un des deux pièges grillagés.

Bony arriva à temps pour contribuer par son labeur... physique... à la construction du piège du Chenal. Les hommes travaillaient de bon cœur. Qu'est-ce qui leur donnait cette énergie ? Qu'est-ce qui les poussait, malgré la chaleur ? Barby avait proposé de partager équitablement la « prise », et cela eut sans doute son importance, mais l'instinct de la chasse était prédominant. Même Lester, avec ses milliers de livres sous son lit, travailla comme un esclave.

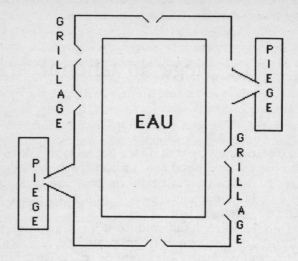

*Plan de la clôture grillagée et des pièges de Barby autour du Chenal.*

Une fois le travail effectué, Barby alla voir comment Joan s'en sortait avec la cuisine, disant qu'il viendrait la chercher pour assister à la fin des opérations. Les autres s'assirent sur le petit tertre qui se trouvait à l'entrée du ruisseau, se roulant des cigarettes et essayant d'échapper à l'éclat aveuglant du soleil qui les frappait par-delà la grande dépression.

— J'maintiens que George devrait s'contenter de grillager un côté de l'eau et d'avoir un seul piège, soutint MacLennon. Si tous les kangourous que j'ai vus ces quinze derniers jours arrivent ici ce soir, cette fichue clôture va s'retrouver tout aplatie.

— T'as qu'à essayer d'les en empêcher, dit Carney

avec son calme habituel. On a des tas de fusils et de munitions.

– Ouais, acquiesça Lester. A minuit, ces pièges seront deux gros tas de fourrures. (Il renifla... Bony était sûr qu'il allait renifler.) Ça va occuper George, de les écorcher. Ça va lui faire au moins une semaine de boulot. Quand est-ce qu'on va se mettre à rechercher Ray Gillen ?

La décontraction s'altéra visiblement. Après un lourd silence, MacLennon demanda :

– T'es pressé ?

– Ouais, répliqua Lester. Comme tout le monde.

Le soleil toucha l'horizon lointain au-dessus duquel les eaux des crues s'étaient précipitées pour créer le lac Otway. Les cacatoès rosalbins et les cacatoès blancs vinrent chercher de l'eau et en trouvèrent, descendant en tourbillonnant pour s'installer sur les étendues plates, de part et d'autre du Chenal.

Les oiseaux qui étaient allés s'abreuver au lac Otway depuis trois ans arrivaient maintenant au Chenal. Ils se posaient de chaque côté du mince ruban d'eau, se méfiant tout d'abord du grillage et des pièges, puis s'amassaient pour former de grandes taches de couleurs. Les perroquets rapprochèrent leurs dos gris et les taches roses de leurs crêtes, et les cacatoès qui portaient le nom de Major Mitchell jetaient des notes blanches et dressaient leurs crêtes, points roses sur fond blanc.

Les oiseaux recouvrirent chaque centimètre de la clôture et des pièges et se précipitèrent au bord de l'eau en baissant et en levant la tête comme des jouets mécaniques. Chaque minute qui passait voyait de nouvelles nuées arriver. Les corbeaux vinrent tourbillonner parmi les oiseaux qui étaient encore en vol. Ils engendrèrent délibérément une profonde méfiance parmi les bruyants perroquets et rendirent encore plus timides les centaines d'émeus qui arpentaient les étendues plates.

– Il vaudrait mieux chercher Gillen le matin, suggéra MacLennon en élevant la voix pour lutter contre la cacophonie des oiseaux. A votre avis, quand est-ce que Martyr devrait être de retour ?

– Ce soir, si le patron lui demande pas de pousser jusqu'à la rivière, répondit Carney. Il vaut mieux aller chercher Gillen le matin, parce que, après, une fois le patron et le reste arrivés, on ne pourra plus. Il s'agit de s'organiser tous ensemble... si on est tous d'accord.

– On aurait dû le chercher aujourd'hui, dit Lester.

– T'as l'air anxieux, Bob, ricana l'ancien boxeur.

– Ouais, acquiesça Lester en ne réussissant pas à feindre la décontraction. Il me semble qu'on s'intéresse tous à Gillen. Même moi, George et Bony.

– Ce qui veut dire ? demanda MacLennon.

– T'as pas besoin qu'on t'fasse un dessin, Mac. Gillen avait beaucoup de fric. Il avait un médaillon. Le médaillon mène au fric, pas vrai ?

– Qu'est-ce que tu racontes ? demanda Carney.

Lester gloussa avant de renifler.

– Y a pas grand-chose qui m'échappe, s'exclamat-il, le triomphe se peignant sur son visage pas rasé. Mince ! Regardez-moi ces oiseaux !

MacLennon gigota de côté, comme un crabe, pour se rapprocher et pouvoir parler sans trop fatiguer ses cordes vocales. Son large visage était déformé par la colère.

– Ce médaillon m'appartient, cria-t-il. Je l'ai gagné, tu piges ? C'qui est à moi est à moi. Alors ne te mêle pas de ça, Bob. Et je ne plaisante pas.

– Y a pas mal d'oiseaux dans le coin, hein ? fit remarquer Carney à Bony.

Il voulait manifestement détendre l'atmosphère. Des trois hommes, c'était lui qui avait le caractère le plus affirmé et il commençait maintenant à le mettre en valeur.

L'apparition de Barby et de Joan Fowler incita peut-être MacLennon à abandonner toute discussion. Le trappeur apportait un pot de café chaud et la jeune fille un plat chargé de biscuits. Masquée par un pantalon de travail clair et une chemise d'homme, sa féminité presque criante était une parodie malgré le visage poudré et les lèvres écarlates.

Le premier lapin apparut à leur droite. Il grimpa le banc de sable, courant vite, droit devant lui, ne s'arrêtant pas pour voir s'il n'y avait pas d'ennemis, aiguillonné par la soif après ces heures de terrible chaleur. Le grillage l'arrêta, le fit reculer. Il se tapit, ne comprenant manifestement pas ce qui lui barrait la route.

L'animal n'était reconnaissable que par sa couleur et sa forme. Tous ses attributs naturels de prudence, de vivacité, de sens en alerte, de douceur et de grâce dans les mouvements s'étant évanouis pendant les heures de torture que le soleil lui avait fait endurer. Il donna des coups de pattes frénétiques à la clôture, dressé sur ses membres postérieurs, n'ayant pas l'idée de grimper comme un chat. Il sonda le fil de fer de ses dents avant de courir le long du grillage pour finir par trouver un V pointant vers l'intérieur, et donc un trou par lequel il put se faufiler. Il écarta des oiseaux indignés pour laper l'eau.

Carney effleura le bras de Bony et lui montra la dépression.

– La clôture ne va pas résister longtemps après la tombée de la nuit, dit-il d'un air inquiet.

Un peu plus loin que les oiseaux, les kangourous se rassemblaient. Les plus proches se tenaient bien droits, les oreilles pointées pour entendre les bruits qui provenaient du piège, les naseaux frémissant pour repérer des odeurs suspectes. Derrière eux, d'autres arrivaient, bondissant sur le lit asséché du lac, et déjà, la poussière s'élevait sur leur passage.

Les oiseaux continuèrent leur vacarme, occupant tout l'espace disponible autour des hommes. Il y avait des oiseaux noyés dans le Chenal, d'autres qui titubaient à l'intérieur de la clôture, les plumes mouillées, poussant des cris de colère et de méfiance, bousculés par leurs congénères et par les lapins.

Il y avait maintenant une douzaine de lapins en train de boire. Dehors, il y en avait une centaine. On aurait dit des gouttes d'eau brune affluant par-dessus les dunes, à travers la plaine, ne s'arrêtant jamais, au mépris de toute prudence, poussées uniquement par le besoin de boire. Ils rejoignirent ceux qui se trouvaient déjà devant le grillage, s'infiltrèrent dans les trous pour gagner l'eau où ils éloignaient les oiseaux pour pouvoir s'abreuver. Les hommes virent le premier lapin gavé d'eau pénétrer dans l'un des pièges.

Un aigle apparut, traversant le nuage d'oiseaux. Il abaissa une aile et glissa dessus pour attraper un lapin qui courait. L'animal était suspendu par la croupe au bec d'acier. Les hommes virent sa bouche rose s'agrandir en un hurlement quand, pour qu'il cesse de se débattre et pour faire partir les petits oiseaux, l'aigle planta ses serres dans les organes vitaux du lapin. Se frayant un chemin au milieu des oiseaux, tel

204

un vaisseau sur la mer, un dingo bondissait dans la plaine, visiblement exténué, sa langue rouge pendante, ses flancs collés à l'échine. Le chien ne prêta aucune attention aux lapins, et ils ne s'inquiétèrent pas non plus de lui. Il buta contre la clôture comme un aveugle, s'assit et fixa les yeux dessus. Sa langue remonta vers sa gencive supérieure découverte, et avec l'énergie du désespoir, l'animal s'attaqua au grillage, se dressant sur ses pattes de derrière pour grimper à la clôture et redescendre de l'autre côté. Il plongea dans l'eau et but tout en nageant.

– J'ferais mieux d'aller chercher les fusils, s'écria Barby.

– Apporte le mien, George ! demanda MacLennon. Et la boîte rouge de cartouches qui se trouve sur mon balluchon. Il faut qu'on tienne ces kangourous à distance, sinon ils vont aplatir la clôture.

Lester partit avec George, et Bony jeta un coup d'œil à la jeune fille qui était assise les mains crispées sur ses genoux. Elle avait les yeux baissés. La lumière du soir avait tendance à adoucir ses traits, à donner à ses cheveux une couleur plus intense. Carney alla s'asseoir près d'elle mais elle ne répondit pas à ses paroles, ne laissa pas cette intrusion l'empêcher d'observer intensément cette terrible lutte pour la survie.

Bony s'approcha de la clôture où les lapins commençaient à s'amasser en un large ruban. Ils affluaient par les ouvertures en V. Ils étaient tassés contre le grillage. Ils le rongeaient, et aucun d'eux ne remarqua les bottes de Bony au moment où il passa au milieu d'eux. Une ouverture était obstruée par un lapin qui était mort en la traversant. Bony la dégagea. Il redressa la clôture à l'endroit où le dingo l'avait malmenée et il vit le chien franchir la clôture opposée et s'éloigner lentement.

L'obscurité s'insinuait dans la dépression mais les oiseaux ne partaient pas. Ils tourbillonnaient autour de Bony comme des flocons de neige multicolores et ils ne quittaient pas la plaine. Tandis qu'il s'éloignait de la clôture, il repensa au soir où il avait pataugé avec Witlow dans le lac Otway et où la formation de canards s'était écartée devant eux pour se reformer après leur passage.

En arrivant à l'extrémité du Chenal, il s'arrêta un moment et s'étonna du nombre des kangourous. Il remarqua qu'eux seuls, parmi tous les animaux, avaient conservé leur comportement habituel. Il était en train de se demander si c'était dû à leur plus grande intelligence quand son attention fut attirée par quelque chose qui pouvait être le corps d'un grand poisson gisant sous un édredon de cacatoès. N'eût été un jeu de lumière, il n'aurait peut-être pas remarqué cette bosse à un endroit où il n'aurait pas dû y en avoir une.

En repensant à la théorie que Lester avait proposée sur ce qui était arrivé au corps de Gillen, il s'avança au milieu des oiseaux qui choisirent ce moment pour s'élever avec un rugissement d'ailes et des cris de méfiance et pour s'envoler vers leurs perchoirs. Même à cinquante mètres de la bosse, il ne pouvait pas voir ce dont il s'agissait, mais finalement, sa curiosité fut amplement récompensée.

Le squelette se trouvait dans un linceul d'herbes minuscules. Ces herbes avaient tapissé le fond du lac Otway et maintenant qu'elles affleuraient à la dépression, elles étaient mortes et cassantes... un camouflage parfait.

Il fit demi-tour et retourna lentement au Chenal.

Les kangourous avançaient derrière lui. Les lapins

accouraient au milieu, suivant Bony, le dépassant pour se ruer vers l'aimant que représentait l'eau. Sans effort, il en attrapa un. L'animal hurla et se débattit. Il le reposa et le vit continuer à courir, comme s'il n'avait pas été entravé dans sa progression.

Bon, il y avait là l'infortuné Gillen, et sur le banc de sable, là-bas, il y avait les hommes et la femme qui avaient attendu pendant longtemps la mort du lac Otway pour pouvoir retrouver ses restes. D'après Lester, ce que voulaient les autres, c'était le médaillon qui se trouvait autour du cou du cadavre, le médaillon qui leur indiquerait où se trouvait l'argent de Gillen. Mais l'argent de Gillen se trouvait sous le lit de Lester. Et Mme Fowler était morte sous les décombres de la maison.

Affluant près du Chenal, les derniers oiseaux continuaient à lutter pour atteindre l'eau. Beaucoup d'entre eux s'étaient noyés, d'autres étaient en train de se noyer. Les cadavres de lapins flottaient sur la surface noire. Il y avait trop de lapins vivants à l'intérieur de la clôture pour qu'ils puissent tous trouver une place au bord de l'eau, et de temps en temps, l'un d'eux était mordu pendant qu'il buvait et il bondissait en avant pour plonger dans l'eau et nager. Ils nageaient comme des chiens. Ils s'éloignaient tous de la rive comme s'ils étaient fermement décidés à atteindre la rive opposée, mais à chaque fois, dès qu'ils avaient parcouru un mètre ou deux, ils étaient pris de panique et repartaient en décrivant des cercles de plus en plus petits jusqu'au moment où ils mettaient la tête sous l'eau, apparemment contraints au suicide.

Les pièges regorgeaient d'animaux. Dans l'un des angles, ils se dressaient sur leurs pattes de derrière, mordillant le fil de fer pour tenter de sortir, et, comme des poussins, ils s'agglutinaient dans un coin et suffoquaient.

Sur le banc de sable, tout le monde se séparait. Barby se hâta d'avancer vers Bony pour lui remettre une Winchester et une boîte de cartouches. La surexcitation qui se lisait dans les yeux du trappeur et le tremblement qui était perceptible dans sa voix n'échappèrent pas à Bony, mais ils ne lui aliénèrent pas pour autant sa sympathie, car Barby ressemblait à quelqu'un qui vient de tomber sur un filon de quartz plein d'or.

– Ça va être formidable, Bony, s'écria-t-il. Je ne pensais jamais qu'il y en aurait autant, et toi ?

– Non, George, pas autant, reconnut Bony. Je vais retourner au bout du Chenal. Assure-toi que les autres sauront où chacun est posté, parce que, quand la lune baissera, il fera très sombre. Un accident est vite arrivé.

– Ouais ! T'as raison. J'vais leur dire. Et puis il faut pas tirer sur la clôture ou le long du grillage. Merci pour ton aide.

Bony se fraya un chemin jusqu'à l'extrémité du Chenal... se fraya un chemin car, effectivement, il dut écarter les lapins à coups de pied. L'obscurité dévorait les dunes rose saumon et les aigles étaient enfin obligés de se chercher un perchoir sur les hautes branches des eucalyptus morts... s'ils cherchaient bien un perchoir, ce dont Bony, comme beaucoup de broussards, doutait.

Il agita sa carabine et cria. Derrière lui, le Chenal avait maintenant une vie propre. Il semblait en effet respirer, palpiter, gémir et s'agiter. Des lapins frôlaient les jambes de Bony. Des lapins lui montaient sur les pieds. Des lapins s'abattaient sur le sol maintenant invisible comme des vagues sur une plage de galets.

Il avait beau détester ça, il devait jouer son rôle dans la défense de la clôture. Il tua un kangourou qui s'était aventuré à deux mètres de lui et ensuite, il en tua beaucoup d'autres, se consolant un peu en se disant que ce massacre fournirait à Barby des peaux pour son commerce.

Tout autour du Chenal, les renards se rassemblaient et glapissaient, sadiques, semblant goûter cet enfer sans flammes.

# La récompense des écorcheurs

Il faisait presque nuit quand les oiseaux finirent par abandonner et par se retirer. Les fusils claquaient spasmodiquement, et le croissant de lune donnait suffisamment de lumière pour voir les kangourous s'avancer furtivement, mais seulement lorsqu'ils arrivaient à quelques mètres des défenseurs. Si la soif n'avait pas annihilé toute prudence chez les animaux, les défenseurs auraient pu perdre la bataille. Mais que faire quand un kangourou plus grand qu'un homme et deux fois plus lourd l'écarte de son chemin comme une femme déterminée à atteindre le rayon des soldes ?

Barby s'approcha de la clôture, chantant une espèce de mélopée pour prévenir de son approche. Bony craqua une allumette et, avant que la flamme n'expire, le trappeur le repéra et vint s'asseoir par terre à côté de lui.

— On va les refouler pendant une heure si on peut, dit-il. Comment ça se passe ?

— Jusqu'ici, très bien, répondit Bony. Il va y avoir pas mal de kangourous ici avant minuit. Regarde-moi ce monsieur.

Bony craqua une autre allumette et ils se retrouvèrent face à face avec un animal d'une taille extraordinaire, qui reposait sur ses courtes pattes antérieures et les considérait du bas de la masse formée par son arrière-train.

– Mince ! marmonna Barby avant de tirer. C'est marrant que le bruit des coups de feu, des cris et des hurlements n'ait pas d'effet, hein ? Tu sais pas, si je racontais ça aux gens que je connais en Angleterre, ils me traiteraient de sacré menteur. Même si j'avais un appareil photo avec un flash, ils ne croiraient pas ce qu'ils verraient sur les photos. Si seulement on avait une caméra ! Les gars vont partir à la recherche de Gillen à l'aube.

– Oh ! Alors on ne va pas dépouiller les lapins ?

– Moi et les lapins, on peut toujours aller se faire foutre. Même la cuisinière va aller chercher Gillen dès qu'il fera jour.

– Joan ?

– Ouais. Carney essayait de mettre au point un plan de recherches, mais on dirait qu'ils vont rester tous ensemble de peur que quelqu'un le trouve et ne dise rien aux autres.

Partout, à proximité et à distance, les renards glapissaient. La lune était maintenant suspendue au-dessus de la dépression et de temps à autre elle était éclipsée par un animal qui passait devant elle.

– Laisse-les donc chercher, George. Je vais te donner un coup de main pour les dépiauter.

– Merci, mon vieux. Ils ne vont pas le retrouver. Gillen est au fond du Chenal, et demain il y aura une tonne ou deux de lapins morts par-dessus. Mais il faudra quand même avoir l'œil sur eux. J'vais repartir pour aller vérifier les ouvertures en V. Il faut pas qu'elles se bouchent. Je braillerai quand il sera temps d'débrayer et d'soulever la clôture pour que tout le monde puisse entrer boire un coup. Ils reviendront demain soir.

Barby partit et peu de temps après, un renard s'approcha. Bony l'entendit haleter, puis sentit son souffle contre son visage. Il jeta sa carabine en avant. La mâchoire du renard se referma sur l'acier du canon. Bony s'empressa de se lever. Il valait mieux se faire mordre la cheville que la figure ou le bras.

Quelques minutes seulement après neuf heures, il entendit Barby crier et les hommes lui répondre. Il se mit alors à soulever le grillage du sol, à le rouler et à l'accrocher aux piquets. A chaque pas qu'il faisait, il marchait sur des lapins. Ils surgissaient entre ses jambes comme les pans d'une couverture agitée par des décharges électriques. Puis, au-dessus de lui, le grillage lui sauta dans la main et il sut, sans pour autant le voir, qu'un kangourou était pris dedans.

Des lumières apparurent en direction du banc de sable, et quelqu'un arriva, une lampe à la main. C'était Carney. Il délesta Bony de sa carabine pour lui permettre de se servir de ses deux mains.

– Martyr devrait être là. Il écrirait un poème là-dessus, fit remarquer Carney. Demain matin, le coin va avoir un drôle d'air.

– Il ressemblera certainement à un gros tas de fourrure en train de pourrir, prédit Bony.

La lampe révéla une scène de lutte pour la survie tellement prodigieuse que les deux hommes en furent atterrés. Un énorme kangourou était ramassé sur lui-même au bord de l'eau et buvait, flanqué d'une masse grouillante de lapins, tel Gulliver au milieu d'une foule de Lilliputiens. Un renard était en train de boire, avec des lapins sous son ventre, l'un d'entre eux tapi entre ses pattes antérieures, en train de laper l'eau. Un autre kangourou apparut. Il se déplaçait comme une araignée, repoussant les lapins qui étaient sur son chemin, le museau en avant, comme si sa tête s'énervait de sentir son corps aussi léthargique. Il prit place à côté du renard, qui continua à boire. Un dingo bâtard apparut dans le faisceau de la lampe. Il semblait faire la course avec les lapins pour atteindre l'eau qu'il but et but, semblant ne jamais vouloir s'arrêter.

Puis les hommes se déplacèrent le long de la clôture, soulevant le grillage. Devant eux, un tapis d'animaux affolés essayait d'arriver jusqu'à l'eau et il s'ensuivit une violente mêlée. Bony vit un kangourou s'éloigner de l'eau et, sans le faire exprès, donner un coup de queue à un renard. Le renard tomba à l'eau et continua à boire, tout en nageant.

– Oh, on n'a qu'à arrêter avec la clôture, s'exclama Carney quand un autre kangourou se retrouva pris dans le grillage qu'ils avaient enroulé sur les piquets. Il n'y aura plus de clôture demain matin et le grillage ne sera plus bon à grand-chose.

– Je crois que tu as raison, acquiesça Bony, mais ils n'en continuèrent pas moins à travailler jusqu'à ce qu'ils soient rejoints par Lester.

– Mince alors ! Vous devriez voir c'qu'y a dans les pièges ! gloussa-t-il. Y a quatre millions de lapins dans chacun.

– Tu les a comptés ? lui demanda Bony avant de regretter sa question, car elle provoqua l'éternel reniflement.

– Non, j'ai abandonné quand j'suis arrivé à dix mille.

Ils s'approchèrent de l'un des pièges. L'intérieur n'était qu'un bloc compact d'animaux. Seuls ceux qui se trouvaient au-dessus de cette masse étaient toujours en vie.

Barby arriva et dit d'un air lugubre :

– Quel fichu gâchis ! Les corbeaux vont plus savoir où donner d'la tête. Les gars, il va falloir me filer un coup de main demain matin. Ça va faire un beau paquet d'fric ! Allez, venez ! On va manger.

Une fois sur le banc de sable, Bony s'immobilisa pour tendre l'oreille. Miséricordieusement cachée par la nuit, la lutte titanesque pour l'eau, et par là même pour la vie, engendrait des sons que quelqu'un d'imaginatif aurait pu comparer au ronflement d'un animal préhistorique. Ces bruits s'affaiblirent lorsque Bony passa de l'autre côté du banc de sable et continuèrent à décroître jusqu'à ce qu'il ne puisse plus les entendre. Il en fut heureux. Mais sa mémoire avait fixé l'image des reflets verts et rouges qu'ils avaient vus tout autour d'eux lorsqu'ils avaient soulevé le grillage... le reflet des lampes dans les yeux des animaux torturés.

Plus tard, une fois qu'ils se furent lavés, qu'ils eurent mangé et bu d'énormes quantités de café sans sucre, Barby évoqua le « dépiautage de sa prise ».

– On s'y mettra plus tard, insista MacLennon.

Lester renifla et dit :

– Ouais. Quand on aura trouvé Gillen et le médaillon.

– Tu t'rappelles c'qui t'est arrivé quand t'as retiré ces oiseaux de malheur du réservoir, lâcha MacLennon. Ce médaillon est à moi. Y a pas à revenir là-dessus.

– Alors là, ça m'étonnerait ! s'exclama Joan.

Comme elle se trouvait à côté de MacLennon, elle se retourna pour lui adresser un sourire méprisant. Bony intervint calmement :

– Où pensez-vous trouver les restes de Gillen ?

Tout le monde se retourna vers lui, tout le monde sauf Barby.

214

– Au lac, quelque part, répondit MacLennon. De toute façon, tu n'as pas à t'en mêler. Ça ne te regarde pas.

– C'est possible, reconnut Bony. Mais d'un autre côté, demain, vous aurez peut-être envie qu'on vous évite des pas inutiles en pleine chaleur.

Ils l'entourèrent. Il les regarda à tour de rôle, chaque visage bien distinct à la lumière dansante du feu.

– Alors, qu'est-ce que ça veut dire ? demanda Carney.

– Simplement que vous pouvez très bien marcher en rond et ne jamais trouver les restes de Ray Gillen. Je vous y conduirai tous demain matin. Après.

– Après ! Qu'est-ce que ça veut dire, ça, après ? demanda Lester.

– Après le dépiautage des lapins qui se trouvent dans les deux pièges de George.

– Alors là, ça me ferait mal ! explosa MacLennon. Tu te fourres le doigt dans l'œil.

– Bravo, Bony, gloussa Barby.

– Donnant, donnant, dit Bony. Vous aidez à écorcher les lapins et je vous mène au corps de Gillen. Vous n'écorchez pas les lapins et vous déambulez dans la bonne petite chaleur de l'ouest de la Nouvelle-Galles du Sud. A vous de choisir, mes chers frères.

La jeune fille fit face à Bony, le menton levé, les yeux bleu-vert ressemblant à des opales.

– Réellement, vous savez où il est ? demanda-t-elle d'un air admiratif.

– Je sais où se trouve le corps, comme je vous l'ai dit. Quand les lapins seront écorchés, je vous y emmènerai tous. C'est simple.

Un sourire s'installa sur les lèvres de la jeune fille.

Lorsqu'elle se tourna vers les hommes, elle avait quelque chose de métallique dans la voix.

– Vous avez entendu ce que Bony a dit, Harry, Mac et Bob. Il n'y a rien à ajouter. Vous allez écorcher ces fichus lapins. On ira tous avec Bony demain... et n'essayez pas de faire les malins.

– Ça me va, acquiesça Carney.

– Moi aussi, ajouta Lester, et Bony l'admira en silence.

Ensuite, une trêve s'installa parmi eux et le sujet de Gillen et de son médaillon ne fut plus évoqué. Pendant un moment, ils restèrent accroupis ou assis à l'intérieur du cercle de lumière projeté par le feu, et ils furent tous d'accord quand Carney dit que Martyr devait être allé au grand domaine après avoir téléphoné de Sandy.

– Personne ne sera là avant onze heures, demain, estima Lester. Ça va nous laisser le temps d'écorcher ces fichus lapins pour aider George, et ensuite Bony fera ce qu'il a promis.

Une demi-heure plus tard, Carney annonça son intention d'aller « roupiller » et la jeune fille se leva, disant qu'elle avait besoin de dormir, elle, si les autres pouvaient s'en passer. Pourtant, ils attendaient Bony.

Bony apporta son balluchon et le déroula à la lumière du feu. Il se contenta de retirer ses bottes. Lester amena également son balluchon et l'étendit par terre, un petit peu plus loin, puis MacLennon et Carney firent de même. Ils n'allaient pas laisser un plus roublard qu'eux leur enlever Bony. Ce dernier eut fortement envie de rire quand la jeune fille avança en titubant du fond de la cabane, portant les couvertures qui avaient été si soigneusement arrangées pour elle.

A les voir se préparer à dormir à quelques centi-mètres du feu de camp, on aurait eu peine à croire que la température de la nuit dépassait les trente-huit degrés.

Quand le ciel proclama l'arrivée du jour, Barby était en train de faire passer du café, de faire frire des grosses crêpes et griller des steaks de kangourou, et avant même qu'on ait pu lire un journal sans s'appro-cher de la lueur du feu, ils franchirent le banc de sable, armés de couteaux à dépiauter et de sacs pour rapporter les peaux de lapins.

On ne pouvait pas distinguer le Chenal. Il était indiqué par les robustes poteaux des deux pièges et par quelques pieux de la clôture. Le grillage enroulé apparaissait çà et là au-dessus de la masse grise qui recouvrait le sol et durcissait la surface de l'eau, invi-sible sous les cadavres des noyés. A l'écart de cette effrayante immobilité, les vivants ressemblaient à des zombis. Les kangourous creusaient parmi les cadavres avec leurs pattes, fouissant du museau pour se frayer un passage jusqu'à l'eau. Ils étaient assis par centaines, à des distances variables, avec des lapins qui se faufilaient parmi eux, et au milieu des lapins les renards avançaient avec une coquetterie ridicule.

Les hommes écorchèrent avec diligence et Bony nota leurs réactions devant cette tâche. La jeune fille le stupéfia car elle observait les écorcheurs et, de temps à autre, considérait le résultat de leur travail avec une joie évidente. MacLennon était morose ; Carney, comme d'habitude, était plein d'entrain ; Lester travaillait vite, comme un automate, car il n'avait pas la tête à ça.

Quelques kangourous revinrent... ceux qui

n'avaient pas pu atteindre l'eau. Les lapins s'agglutinaient autour des cadavres de kangourous. Ils étaient condamnés car ils n'avaient pas absorbé d'eau et leurs instincts étaient ébranlés. De temps à autre, une nuée d'oiseaux tourbillonnait au-dessus du Chenal et repartait très vite, semblant savoir qu'il fallait trouver de l'eau avant que le soleil ne redevienne meurtrier. Les corbeaux attaquaient les rongeurs vivants amassés en tas de plus en plus gros. En effet, quand un lapin mourait, les autres se rassemblaient sur lui, trop pétrifiés pour aller se mettre à l'abri du soleil qui s'était levé.

– C'est bon, les gars, ça suffit, déclara Barby. Le soleil commence déjà à les faire pourrir. On doit avoir fait dans les quatre mille.

La fourrure fut rassemblée dans des sacs. Les peaux seraient ensuite mises à sécher sur des fils de fer. Des milliers de carcasses furent abandonnées dans l'un des pièges. Ils ne touchèrent même pas à l'autre. Maintenant, le soleil détruisait une masse de fourrures qui valait des centaines de livres. MacLennon dit :

– A toi de jouer, Bony. C'est loin ?

– Non. Vous comprenez bien, j'espère, que si vous touchez au corps, la police n'aimera pas ça.

– Ça, j'm'en charge ! lâcha MacLennon.

– Et que le médaillon, s'il est toujours avec le corps, est la propriété de l'Etat.

– C'est bien dommage, ricana Lester. Mince alors, tu causes comme un juge.

Ils se mirent en route, les quatre hommes et la jeune fille ne lâchant pas Bony d'une semelle.

– Je ne comprends pas que vous vous intéressiez autant au médaillon que portait Gillen, selon vous, quand il s'est noyé, dit-il. Je n'ai pas envie d'avoir des ennuis avec vous ou avec la police. Comme je vous l'ai dit, si vous touchez au corps, la police voudra savoir pourquoi. Elle dira que jusqu'à ce que la noyade soit prouvée, on ne peut pas exclure que l'un de vous ait assassiné Gillen. Elle voudra certainement mettre la main sur ce médaillon. Pourquoi est-il donc si important pour vous ? Pourquoi voulez-vous avoir ce médaillon ?

– Juste pour voir ce qu'il y a dedans, répondit Lester.

– T'as pas l'droit... commença MacLennon avant que Carney ne l'arrête.

– Allez, Mac, reconnaissons les faits et conduisons-nous en personnes raisonnables. Ça ne nous servirait à rien de tous nous précipiter dessus comme une meute de dingos. On va laisser Bony trouver le médaillon et nous lui demanderons de l'ouvrir et de nous le montrer à tous.

– D'accord, acquiesça Lester.

Mais MacLennon recommença à discuter et, cette fois, Joan l'arrêta d'une remarque aussi cinglante qu'une gifle, ce qui stupéfia Bony et amena Lester à renifler deux fois.

Ils ne virent pas les restes de Raymond Gillen, dans le linceul d'herbes, jusqu'au moment où Bony s'arrêta et leur désigna le squelette. Il attendit en silence et, un par un, ils levèrent la tête pour croiser ses grands yeux bleu acier.

Carney était grave et maître de lui. Lester se passa la langue sur la lèvre supérieure, ses yeux bleus larmoyants ne trahissant pas grand-chose. La bouche de la jeune fille était pincée pour ne former qu'une mince ligne écarlate. Barby avait les narines exsangues, et le visage de MacLennon était agité de tics nerveux au niveau de la bouche et des maxillaires.

– Allez-y, Bony, prenez-le ! s'écria Joan.

– Très bien ! Alors reculez-vous, tous.

Ils firent un pas en arrière et il leur ordonna de reculer encore plus loin. Ils obéirent. Il s'agenouilla, tout en continuant à les observer. Il fouilla sous le squelette. Le cordon avait disparu. Il tâtonna un peu et trouva la clé. Le médaillon était à moitié enfoui dans la vase. Il se releva, montrant le médaillon à ceux qui le surveillaient, et ils se précipitèrent en avant pour l'entourer. Carney s'exclama :

– Bravo, Bony ! Ouvre-le.

# Le médaillon

Sans se presser, Bony frotta le médaillon contre son pantalon pour en retirer les herbes et la boue séchée. Les quatre hommes observaient ses mains ; curieusement, la jeune fille regardait ses yeux. Il souriait. Même un homme de moindre envergure aurait pu se sentir flatté dans son orgueil, mais pour Bony ce n'était là qu'un simple prélude.

MacLennon frotta ses grandes mains l'une contre l'autre, aussi résolu qu'un aigle prêt à fondre sur sa proie. Carney se tenait les mains sur les hanches, en équilibre sur la pointe des pieds, un sourire avenant sur les lèvres et une lueur d'amusement dans les yeux. Lester s'abstint de renifler. Il avait la bouche entrouverte, et pour une fois son regard ne faiblissait pas. George Barby se mordillait la lèvre supérieure. Il avait un sillon vertical entre les sourcils et la perplexité se lisait clairement dans son attitude. Pendant une longue seconde, le regard de Bony croisa les yeux verts de la jeune fille, qui le scrutaient, soudain grands ouverts.

Le médaillon, en forme de cœur, était de facture moderne et incrusté d'un saphir taillé en carré. Quand Bony l'exhiba dans la paume de sa main, tout le monde se regroupa autour de lui.

Il ne réussit pas à l'ouvrir avec l'ongle de son pouce

et Barby lui tendit un canif. Posément, il pesa sur la charnière du médaillon qui céda en révélant la photo d'une femme d'un côté, et celle d'un homme de l'autre.

Le souffle retenu de MacLennon produisit un sifflement. Lester renifla et on avait envie de lui donner une claque.

– Sors les photos, Bony, demanda Carney. Il peut y avoir quelque chose d'inscrit au dos.

Avec difficulté, Bony réussit à dégager la photo de la femme. Il y avait quelque chose d'inscrit au dos... le mot « maman ». Au dos de la photo de l'homme, il y avait écrit « papa ».

– Il ne semble pas y avoir autre chose, dit lentement Bony.

– Fais voir, dit MacLennon d'une voix rauque.

Carney lui conseilla :

– Doucement, Mac. Regarde encore une fois, Bony. Regarde bien s'il n'y a pas des petites lettres gravées à l'intérieur ou à l'extérieur du médaillon. C'est ce qu'on cherche.

– Il n'y a rien, dit Bony après avoir rapidement examiné le médaillon. Qu'est-ce que vous espériez voir ?

MacLennon jura et tendit la main, mais Bony referma les doigts sur le médaillon et recula pour éviter de recevoir un coup de poing. Joan s'adressa alors à l'ancien boxeur en lui criant :

– Espèce de brute ! Un peu de tenue, voyons, Mac !

– C'est mon médaillon, Joan. Il est à moi.

– Taisez-vous ! s'écria la jeune fille d'un air furieux. Il est bien plus à moi qu'à vous. (Elle pivota pour faire face à Barby.) Regardez le médaillon, George. Bony n'a rien vu. Moi non plus, et Mac non plus. Mais regardez, pour lui faire plaisir.

222

– J'vois vraiment pas pourquoi vous faites autant d'histoires pour ça, dit carrément Barby. Il n'y a rien dans le médaillon, à part les deux photos, et il n'y a rien au dos des photos, à part « maman » et « papa ». A quoi ça rime, tout ce cirque ?

– Gillen avait beaucoup d'argent, voilà, brailla MacLennon en passant brusquement devant Joan.

Joan ouvrit la bouche mais ravala ses mots. Carney grimaça un sourire, et cette formule usée traduit exactement l'expression qui apparut sur son visage. Lester léchait sa moustache tombante, comme un dingo qui regarderait un renard en train de se faire tuer par des aigles. Encore perplexe, le trappeur dit :

– Gillen avait de l'argent, et alors ? Est-ce que l'un de vous l'a assassiné pour ça ?

Ils se turent et cette passivité fut balayée par MacLennon.

– C'est bien possible, George, cria-t-il. J'en sais rien. Il avait plein de fric dans sa valise, des liasses et des liasses. Il avait dû cambrioler une banque ou quelque chose comme ça. Ensuite, il s'est méfié de quelqu'un, il a planqué l'argent et il a mis un indice quelconque dans le médaillon pour pouvoir retrouver l'endroit. On attendait tous que l'eau se retire pour aller chercher ce médaillon... tous.

– Pas moi, s'exclama gaiement Lester. J'savais rien au sujet d'ce médaillon-là.

– A mon avis, tout ça, c'est de la blague, dit Carney d'une voix traînante, en se balançant sur ses talons. Tu ferais mieux de laisser tomber.

– Ça, y a pas de danger ! rugit le gros bonhomme. Quelqu'un a le fric de Gillen. Et j'veux ma part.

– Moi aussi, intervint Lester. Tu trouves quelque chose, George ?

– Rien du tout, répondit Barby avant de remettre les photos en place et de refermer le médaillon.

– Mais y a pourtant quelque chose ! Il doit bien y avoir quelque chose. Gillen l'avait dit, insista MacLennon, exaspéré.

– D'accord, Mac. Regarde toi-même.

MacLennon lui arracha le médaillon des mains et l'ouvrit facilement avec l'ongle de son pouce. Il sortit les photos avec son ongle sale, les examina, les yeux plissés, puis regarda l'intérieur et l'extérieur du médaillon. Les autres attendaient, réagissant différemment, unis seulement dans leur mépris pour ce saint Thomas. Bony se tenait légèrement en retrait. Ses doigts étaient occupés à rouler une cigarette, mais ses yeux ne laissaient rien échapper. Il espérait que MacLennon ne s'arrêterait pas là, et il fut exaucé. Le robuste bonhomme jeta médaillon et portraits à terre et les poings serrés il les fusilla tous du regard.

– L'un de vous est venu ici le premier. C'est toi qui es arrivé avant nous, Bony.

Bony fut sous les feux de la rampe. Il fit un signe de tête.

– Oui, hier soir, juste avant la tombée de la nuit. Tu m'avais demandé de te prendre le médaillon si je trouvais le corps. Joan me l'avait également demandé. Mais le médaillon appartient à l'Etat, qui le remettra à son propriétaire légal. Les autorités vous nous poser beaucoup de questions. Par exemple, comment se fait-il que le médaillon ait été forcé et les photos jetées par terre ? Et qu'est-ce que c'est que cette histoire d'argent dans la valise d'un mort ? En fait, les autorités vont se montrer très embêtantes.

– Je vous avais dit de vous taire, espèce d'idiot, lâcha la jeune fille à MacLennon. Harry, lui aussi, a essayé de vous faire taire. Maintenant, il ne vous reste plus qu'à cracher le reste de l'histoire et à avoir l'air encore plus idiot.

– D'accord, c'est ce que je vais faire, rugit MacLennon. Harry nous a montré une lettre écrite par Gillen dans laquelle il disait qu'il s'était aperçu que quelqu'un avait fouillé dans sa valise. Il avait alors planqué son argent et, dans son médaillon, il avait indiqué comment retrouver l'endroit. Comme ça, si celui qui avait trifouillé dans sa valise voulait vraiment le fric, il savait où chercher, mais il fallait d'abord venir lui prendre son médaillon. Gillen avait plus de douze mille livres, selon vous, Joan. Vous nous avez dit que Gillen vous avait montré ce fric pour se faire bien voir. Et Harry a trouvé la lettre dans la valise, au lieu de l'argent... en tout cas, c'est c'qu'il dit.

– Y a p't'être eu une arnaque quelque part, dit Lester après avoir reniflé.

– Ouais, bien sûr, s'écria MacLennon. L'un de vous est tombé dessus le premier. L'un de vous a ce fric. Et nom de Dieu, je vais avoir ma part. Je vais... vous casser la...

– Vous allez piquer une crise et rester sur le carreau, voilà ce que vous allez faire, ricana la jeune fille.

Elle reçut une gifle qui la fit tomber en arrière. Carney se jeta sur MacLennon en lui décochant un grand coup de poing, qui envoya dinguer l'ancien boxeur. Puis ils passèrent aux choses sérieuses et Carney prouva rapidement qu'il n'était pas un gentleman quand il s'agissait d'une vraie bagarre à l'australienne... il y alla même à coups de botte.

La jeune fille se releva péniblement. Lester dansait, reniflait et criait :

– Quatre à un, Carney ! Fous-lui en un bon, Harry. Quatre à un, p'tit gars. Fichez-leur la paix, Joan ! Poussez-vous de là ! Mince ! L'écart se réduit, maintenant. Deux à un, Carney. Bon sang ! Fichez-leur donc la paix !

Joan s'accrochait à la chemise du grand gaillard et elle lui donnait des coups de pied dans les chevilles. Carney reçut un bon coup qui l'envoya au tapis et Lester commença à compter. Calmement, sans l'ombre d'un sourire, George Barby fit remarquer à Bony :

– Quand les voleurs en viennent à se bagarrer, c'est aux honnêtes gens, comme toi et moi, d'en profiter.

Bony se rappela un tableau de chiens en train de déchiqueter un cerf. Il ramassa le médaillon et les portraits qu'il remit en place, et il fourra le tout dans sa poche. Puis il sourit à Barby.

– Il doit être l'heure du thé, George.

– Ouais. Les discussions arides, ça donne soif, Bony.

Carney était agenouillé et agitait les bras comme s'il jurait obéissance au dieu Soleil. Joan était derrière MacLennon et faisait son possible pour le scalper. MacLennon hurlait et Lester exhortait Joan à lui « arracher les oreilles ». Puis Carney se releva, sauta sur son adversaire, et les combattants s'emmêlèrent. Bony se détourna et Barby lui emboîta le pas en disant :

– T'entends ? Ray Gillen n'arrête pas de rigoler.

– Oui, j'entends, répondit Bony d'un air grave. Il faut bien que les fantômes s'amusent un peu.

Ils arrivèrent au Chenal, invisible sous la couche d'animaux noyés. Les corbeaux constituaient maintenant les flocons d'une tempête de neige noire, et les aigles se rassasiaient, formant des taches sur la plaine. Çà et là, un peu plus loin, les émeus avançaient délicatement, les plumes de leur queue se soulevant comme les jupes d'une ballerine. Les kangourous étaient partis, mais quelques cacatoès s'attardaient encore près des dunes.

– C'est marrant, cette histoire de lettre que Carney aurait trouvée dans la valise de Gillen, d'après MacLennon, dit Barby d'une voix traînante. Qu'est-ce que t'en penses ?

– J'aurais bien aimé que MacLennon soit un peu plus explicite, George. Apparemment, Carney a trouvé cette lettre dans la valise de Gillen, et nous avons tout lieu de supposer qu'il l'a trouvée une fois que Gillen est allé nager. Carney devait penser sans arrêt à cet argent. Joan lui avait dit combien il y avait car elle l'avait appris par Gillen. Ce qui confirme la discussion que tu as surprise un soir entre Joan et Carney. Nous savons maintenant pourquoi personne n'a quitté Lac Otway après la noyade de Gillen. Et pourquoi tout le monde s'intéressait tellement à la mort inévitable du lac Otway. Est-ce que tu as déjà vu Gillen écrire des lettres ?

– Non, ça, j'peux pas dire, répondit Barby en soulevant l'un des sacs qui contenaient les peaux de lapins. Il n'a jamais parlé de sa mère, de son père ou de ses copains.

Bony chargea un sac sur ses épaules, et ensemble ils se remirent en route. Près du banc de sable, Bony se retourna pour jeter un coup d'œil aux trois combattants et à l'arbitre. Leur groupe s'était mis à les suivre lentement. Ils avançaient à bonne distance les uns des autres et, visiblement, ils n'étaient pas engagés dans une conversation amicale.

– Il va faire une chaleur exceptionnelle, aujourd'hui, dit-il à Barby. Je me demande ce qui est arrivé à Martyr. Quelqu'un aurait déjà dû arriver. Il doit être plus de neuf heures.

– Quelqu'un devrait arriver d'un moment à l'autre. Je vais commencer à tendre ces peaux. Ça ne sera plus possible une fois que tout le monde sera là. J'te parie que le sergent va s'mettre à poser des tas de questions. Qu'est-ce qu'on lui dit au sujet du médaillon ?

– Je n'ai pas encore décidé. Je crois que la police sera bien trop intéressée par l'incendie et par la mort de Mme Fowler pour se préoccuper dans l'immédiat du corps de Gillen. Tu as assez de fil de fer pour tendre toutes ces peaux ?

– Non, et de loin.

– Je t'en couperai après le thé.

Ils se délestèrent de leurs lourdes charges à l'ombre d'un arbre. Les chiens les accueillirent d'un air abattu. Les chats bâillèrent et se rendormirent. Le cacatoès apprivoisé hurla. Barby ouvrit la porte de sa cage et l'oiseau trébucha et tomba, tellement il avait hâte d'être libre. Un lapin avait trouvé une croûte de pain au coin des cendres qui marquaient l'emplacement du feu de camp... et il continua à manger.

Bony emporta des seaux vides au réservoir et il vit des lapins tapis sous l'abreuvoir rectangulaire. Il était vide. Bony retira la cale qui était sous le robinet et laissa l'eau couler à flots. Immédiatement, les corbeaux apparurent, avec leurs croassements rauques, et les cacatoès vinrent se percher sur le rebord de l'abreuvoir. Les chiens de Barby sautèrent dans l'eau qu'ils lapèrent au fur et à mesure qu'elle leur coulait sur le ventre. Dessous, les lapins attendaient que l'eau ruisselle par les jointures métalliques.

Les belligérants revinrent au campement. Carney portait le troisième sac de peaux. Ils étaient silencieux et maussades. Les hommes se dénudèrent jusqu'à la taille et emportèrent des serviettes à l'abreuvoir pour laver contusions et écorchures. En revenant avec ses seaux pleins, Bony croisa Joan, dont la joue gauche était encore enflammée par la gifle de MacLennon. Elle lui fit un sourire qui n'eut aucun effet sur lui.

Le repas fut consommé dans un silence morose. Ensuite, Bony, une cisaille à la main, s'approcha d'un tas de vieux grillage et il coupa du fil de fer pour en faire des U. Lester aida Barby à tendre les peaux sur ces arcs et les planta verticalement dans le sol en enfonçant les deux pointes. Les peaux furent sèches et dures comme du bois en moins de vingt minutes. Après quoi elles furent placées dans un sac à laine.

A dix heures, la chaleur était presque celle d'un four. Lester estima qu'il devait faire à peu près quarante-quatre et Carney quarante-six. Les chats réclamèrent qu'on leur mouille le ventre et le cacatoès chercha à obtenir la même faveur du prévenant Barby. La théière fut tout de suite vidée et une autre fut mise à chauffer sur un feu sans fumée et presque invisible à cause du soleil aveuglant.

Les hommes et la jeune fille restèrent collés à l'ombre de la cabane. A chaque fois qu'ils buvaient, la transpiration leur coulait sur le visage et le corps au bout de quelques minutes. Joan avait une bassine d'eau. Elle y trempa une chemise qu'elle se drapa autour de la tête. Carney regrettait de ne pas avoir de jeu de cartes.

Il était presque onze heures et Lester était en train de se dire que Martyr n'avait pas pu atteindre le téléphone du Puits de Sandy quand un corbeau tomba du livistona auquel Bony avait attaché son cheval. Il émit un long « cro-a-h » en piquant sur le sol sans même agiter les ailes.

– La dernière fois que j'ai vu ça, la température était de cinquante degrés à l'ombre, dit Lester.

– C'est bien ce qu'il fait en ce moment, affirma Carney avec conviction.

– A supposer que son camion soit tombé en panne entre Lac Otway et le Puits de Sandy, qu'est-ce que Martyr a fait, à votre avis ? demanda Bony.

– Il a dû essayer de réparer tout seul, répondit Carney. Il avait une gourde de près de cinq litres pour lui et un bidon plein pour le radiateur. Et à mi-parcours, à un kilomètre et demi de la piste, il y a un puits. S'il n'a pas pu réussir à faire démarrer le vieux débris, il a dû attendre la nuit pour aller à pied au Puits de Sandy.

– Et s'il n'est pas arrivé au Puits de Sandy avant neuf heures hier soir, il n'a probablement trouvé personne au bureau de la rivière pour répondre au téléphone, compléta Barby. Ce qui veut dire qu'il a dû camper là-bas en attendant que le patron appelle à sept heures et demie ce matin.

– Qu'est-ce que vous croyez que Wallace va faire en apprenant qu'il y a eu un incendie ? insista Bony, surtout pour rompre le morne silence.

– Il va dire à Martyr qu'il arrivera dès qu'il pourra. Il saura qu'on va bien et que Martyr va bien, lui aussi, répondit Barby. Il va prévenir la police de Menindee, et le sergent devra contacter un médecin ; d'après mes informations, le plus proche, c'est celui de Broken

Hill, à cent dix kilomètres. Ou alors, il viendra sans médecin. A mon avis, Wallace pourrait bien arriver sans attendre le sergent.

– A quoi servirait un docteur, vous pouvez nous le dire ? demanda Joan d'une voix cinglante.

– Il faut établir la cause du décès de votre mère, dit Bony avant d'ajouter : Et aussi celle du décès de Gillen.

# Pour faire quelque chose

Après des jours et des nuits sans un souffle d'air, le vent se leva. Il n'était pas fort et ne soufflait pas par rafales. C'était un vent faible mais insupportable parce qu'il apportait la chaleur. Il arriva de la dépression, franchit le banc de sable et suivit le lit du ruisseau pour balayer la fraîcheur, même imaginaire, des coins ombragés. Il n'avait pas assez de force pour inquiéter les mouches.

Ils auraient pu échapper aux insectes en entrant dans la cabane, mais on ne pouvait pas y tenir plus de quelques secondes. Deux d'entre eux auraient pu descendre au puits pour se mettre sur la plate-forme qui supportait la pompe, à une vingtaine de mètres sous terre. Là, la température n'atteignait qu'une quinzaine de degrés, mais rester coincé sans bouger aurait été trop pénible et la descente et la montée par l'échelle fixée à la paroi auraient été difficiles à entreprendre pour celle qui était censée être la plus faible du groupe, Joan Fowler.

Barby plongea un vieux tablier de cuisine dans un seau d'eau et se l'enroula autour de la tête et des épaules. Puis il alla remplir le seau. Il n'y avait pas d'oiseaux qui essayaient de s'abreuver, pas un seul en train de voler. Dans l'abreuvoir, l'eau était chaude.

En remplissant son seau au réservoir, Barby entendit les corbeaux dans l'arbre dont un de leurs congénères était tombé, et il jeta une vieille boîte de confi-
ture dans les branches. Plusieurs corbeaux
s'envolèrent du feuillage serré, se plaignant bruyamment, et avant d'avoir parcouru une douzaine de
mètres, ils firent demi-tour et regagnèrent leur abri en
s'écroulant presque.

– Y a de l'eau chaude au robinet, dit Barby en revenant à l'ombre de la cabane. Vous avez vu les corbeaux ? Ils vont bientôt bouger, c'est moi qui vous le
dis.

Seul Bony parut s'y intéresser.

Barby reposa le seau et le cacatoès se glissa dans le
trou creusé pour lui avant même que l'eau ne soit ver-
sée dedans. Les chats ne bougèrent pas et Barby les
arrosa. Ils se retinrent de lécher l'eau de leur fourrure.
L'un des chiens avait l'air mourant, et le trappeur alla
chercher une tondeuse à cheveux et il se mit à le
tondre, pour faire quelque chose.

– Ça fait un sacré moment qu'il avait pas fait aussi
chaud, dit Lester. En tout cas, il doit bien faire près de
trente-neuf à l'ombre. Le paternel nous parlait toujours d'une vague de chaleur qu'ils avaient eue quand
il tenait le troquet. Il faisait tellement chaud que tout
ce que vous aviez à faire pour allumer une allumette,
c'était la mettre une seconde au soleil.

Carney sortit une allumette-bougie d'une boîte et il
l'exposa au soleil. Il resta allongé quelque temps à
l'observer avant de dire :

– Il fait pas aussi chaud que dans le troquet de ton
paternel, Bob. Dis donc, George, si on allait au
domaine en camion ? Ça nous ferait toujours passer
le temps.

– Il fait trop chaud pour bouger le camion, objecta Barby. D'ailleurs, on n'aurait pas fait un kilomètre que l'essence se transformerait en gaz et que le camion tomberait en panne. Moi, je ne bouge pas. Hé, regarde ! Ton allumette a brûlé.

– Tu dois avoir raison... pour l'essence qui s'transforme en gaz, approuva Carney. C'est pour ça ! C'est pour ça que personne n'est encore venu de la rivière. La voiture est en carafe quelque part sur la piste. Mince, qu'est-ce qu'ils vont avoir chaud si c'est le cas !

Il mit une autre allumette au soleil et attendit qu'elle s'enflamme. Un deuxième corbeau tomba de l'arbre, mais Carney ne quitta pas l'allumette des yeux.

Le besoin de faire quelque chose se faisait fortement sentir, même chez Bony. Rester là à attendre revenait, sur le plan psychologique, à ajouter une douzaine de degrés à la température ambiante. Il se drapa sa chemise autour de la tête et des épaules et alla chercher un seau d'eau. C'était toujours ça, et il se sentit mieux même si le bref trajet du retour, avec le seau plein, lui avait donné un léger vertige.

Le faible vent, qui avait l'air de sortir tout droit d'un four, continua. Il faisait doucement bruire les feuilles du livistona. Il envoyait la sève de toutes les branches vers le tronc et les racines, et les branches affaiblies par les termites ou atteintes de pourriture sèche commencèrent à craquer et à tomber par terre. Bony vit une branche tomber et il en entendit d'autres, au loin, dans les arbres qui bordaient le ruisseau. Il dit à Carney :

– A supposer que le camion de Martyr ait tenu et qu'il ait pu arriver au Puits de Sandy, qu'est-ce qui a pu se passer au domaine de la rivière ?

– Ben, le patron a dû essayer d'appeler l'exploitation à sept heures, comme d'habitude, répondit Carney qui avait attendu que le soleil enflamme sa deuxième allumette. Comme il ne pouvait joindre personne, il a pu demander au cuisinier du Puits de Sandy d'aller faire un tour. Et il a dû se dire que le téléphone de l'exploitation ne marchait pas. Il savait que Martyr en avait un de rechange et qu'il l'appellerait à un moment ou à un autre. Ce matin, quand le patron a téléphoné à sept heures et demie et n'a eu personne, il a dû se dire que la ligne était coupée entre l'exploitation et le Puits de Sandy.

– Et comme il ignorait qu'il y avait eu un incendie et qu'il n'avait rien d'important à dire, le patron a attendu patiemment ?

– Ouais. Il a attendu sur la véranda bien fraîche du domaine, pendant qu'une de ses filles lui apportait des *gin sling* glacés.

– Est-ce que le cuisinier ou quelqu'un d'autre a un véhicule, au Puits de Sandy ?

– Non. Si Martyr ne le contacte pas avant ce soir, le patron demandera peut-être à quelqu'un du Puits de suivre ses traces à cheval, depuis l'exploitation. Et si personne n'est là à neuf heures ce soir, à mon avis, c'est qu'il est arrivé quelque chose de sérieux à Martyr.

– Je commence à le croire, reconnut Bony.

Il jeta un coup d'œil à MacLennon, qui était allongé sur le dos et n'avait pas dit un mot depuis plus d'une heure. La jeune fille était adossée à la cabane, les yeux fermés, des branches feuillues d'eucalyptus lui servant de chasse-mouches. Barby prit la parole :

– Tout ce qu'il nous faut, par un jour aussi chaud, c'est un bon curry bigrement relevé. J'vais vous en faire un qui va vous arracher la gueule.

Lester trouva épatante l'idée d'un curry de viande en conserve. Barby y mit certainement tout son cœur mais rien ne put convaincre MacLennon de se lever pour venir manger.

– Laissez-le mourir de faim, ce gros lard, dit Joan.

Lester s'apprêtait à se moquer de lui et Barby le retint.

Bony vit le perroquet blanc tomber d'un buis, non loin de là, et il se dit que malgré les soins de Barby le cacatoès apprivoisé ne passerait peut-être pas la journée. Le vent chaud cessa lentement mais sa disparition n'apporta aucun soulagement. Ce qui apporta un soulagement, quoique de courte durée, ce fut la déclaration de MacLennon. Il hurla qu'il voulait « rentrer à la maison ».

– Allez vous faire foutre, tous autant que vous êtes, leur dit-il une fois debout. Je rentre à la maison.

– Oh, parfait, amuse-toi bien, dit Carney d'une voix traînante.

Le grand gaillard s'avança au soleil et Bony l'appela pour lui dire qu'il avait oublié son chapeau. MacLennon n'entendit sans doute pas, car il continua à marcher. Ses cheveux trop longs étaient collés par la transpiration et la poussière.

– Reviens prendre ton chapeau, Mac, lui cria Barby.

Mais il ne se retourna pas, ne s'arrêta pas. Ils le virent franchir le banc de sable et comprirent qu'il avait l'intention de suivre les étendues plates.

– Fichu imbécile, lâcha Barby avant de verser de l'eau sur ses chats.

Bony trempa une chemise et se la drapa sur la tête. Il prit le chapeau de MacLennon et une gourde qui pendait à un crochet en fer.

– Laissez donc cet idiot partir s'il en a envie, Bony, lui conseilla Joan.

– Ouais, renchérit Lester. Il va pas aller loin. La soif va le faire revenir ici.

– Ça m'occupera, leur dit Bony avant de se mettre en route sur les traces de MacLennon.

Le soleil lui brûlait les bras et lui faisait voler de la terre rouge dans les yeux, mais ces désagréments étaient peu de chose comparé à ce qu'il dut affronter quand il franchit le banc de sable et marcha dans la dépression.

L'eau nauséabonde du Chenal, ses rives, les pièges et le grillage abîmé formaient un horrible tableau qu'il essaya de chasser de son esprit. De l'autre côté du Chenal, MacLennon avançait dans la dépression, vers l'exploitation lointaine, et le mirage agrandissait sa stature massive et faisait de lui un géant progressant au milieu de l'océan.

Bony l'appela, sans succès. Courir après lui, ou même presser le pas, ce serait tomber à son tour victime de la chaleur, ce qu'il voulait précisément éviter à MacLennon. En plus de la chaleur brûlante, il y avait une lumière aveuglante, parfaitement incolore mais chargée d'une espèce de densité capable de paralyser tout mouvement. Bony plissait les yeux, à l'ombre du vêtement qui lui protégeait la tête, et pendant un long moment il fut forcé de garder les paupières bien fermées.

Il ne vit pas MacLennon tomber, frappé par le soleil, il ne le vit pas jusqu'au moment où il allait le dépasser. MacLennon avançait à quatre pattes, il était aveuglé et il babillait.

– Lève-toi et reviens avec moi, lui ordonna Bony.

MacLennon ne l'entendit pas. Il décrivait un petit cercle et Bony repensa avec horreur aux lapins en train de se noyer. Quand il lui versa de l'eau sur la nuque, le cou et les épaules, il n'eut aucune réaction et continua son babillage inintelligible.

Bony appliqua une claque sur son épaule nue et hurla pour le contraindre à se relever. Le bon sens lui disait de limiter au maximum ses efforts, car la fatigue physique pouvait entraîner l'effondrement. Il ne pensait pas qu'il allait réussir quand MacLennon se releva brusquement. Il fit cinq grands pas, levant haut les genoux et écartant les bras comme s'il s'en servait pour garder l'équilibre. Puis il s'écroula, tomba à plat ventre et ne bougea plus.

Bony s'agenouilla près de lui et l'abrita de son ombre. Il reçut lui-même un avertissement évident : autour de l'homme allongé par terre, le sol était grossi d'une manière tellement fantastique que les taches de terre rouge d'un éclat de roche, grosses comme des pointes d'épingle, les cheveux sur la nuque de MacLennon, et même les grains de poussière sur son dos avaient l'air de grosses protubérances.

Malgré cet avertissement, Bony réussit à retourner MacLennon sur le dos... pour constater une mort évidente.

Pendant un long moment, Bony lutta pour se maîtriser. Ce mauvais moment passa et ses ancêtres maternels l'entourèrent avec force murmures et cajoleries. Ils le supplièrent de rester sans bouger, ne serait-ce qu'une minute. Ils lui racontèrent leur bataille avec le soleil homicide, lui apportèrent leur savoir et leur sagesse. Ils l'implorèrent de boire et de se verser le reste de l'eau sur la tête.

Mais la gourde était vide.

Bony se sentit alors un peu mieux, même si le vertige continuait de le menacer. Abrité par la chemise, il scruta le paysage qui s'étendait devant lui pour évaluer la distance qu'il y avait jusqu'au banc de sable. Il constata que les dunes du rivage étaient plus proches et il distingua un bosquet d'arbres à thé entre deux dunes. Il paraissait noir sur le sable rouge. Le noir, ça voulait dire de l'ombre.

En se levant, il pensa aux corbeaux. Il ne pouvait pas leur abandonner MacLennon. Il retira donc son pantalon et il se l'entoura autour de la tête. Puis il étendit sa chemise sur le visage du mort.

Tandis qu'il s'éloignait de MacLennon, il avait l'impression que le sol se soulevait. Il refoulait l'envie de courir vers l'ombre de l'arbre à thé. Lentement, il vit la taille du bosquet augmenter, et lentement son ombre vint à sa rencontre et devint assez grande pour l'admettre.

Il se rappela avoir vu une fois un thermomètre marquer plus de cinquante degrés, mais ce jour-là le vent soufflait très fort. Aujourd'hui, il n'y avait pas de vent, pas le moindre souffle d'air sur la peau. Un jour sans vent est une trop belle occasion pour le soleil.

Il réfléchissait aux coups de chaleur, et à leur corollaire, la transpiration, ou l'absence de transpiration, quand il se rendit compte qu'il ne pouvait pas rester là, à l'ombre, sans eau. Déjà la salive de plus en plus dense lui faisait enfler la langue et lui collait les lèvres.

Il avisa l'ombre la plus proche, à cinquante mètres en direction du ruisseau, ruban noir projeté sur le sol par le tronc d'un casuarina. Tapi à l'endroit où l'ombre rejoignait le pied de l'arbre, un lapin ne le vit pas arriver, jusqu'au moment où Bony lui donna un coup de pied. L'animal détala alors vers la lumière du soleil. Il le vit courir jusqu'à une dune escarpée, grimper péniblement et provoquer une petite avalanche. La bête était près du sommet quand elle fit un bond convulsif, roula au bas de la pente et ne bougea plus.

– Ça a été encore plus vite que pour MacLennon, dit Bony, et il savait qu'il n'avait pas pu parler tout haut.

Ainsi, d'ombre en ombre, il parvint jusqu'aux arbres du ruisseau, et, se rappelant qu'ils avaient une invitée au Puits de Johnson, il remit son pantalon et traversa le ruisseau, la gourde vide posée sur la tête pour se protéger du soleil.

Ils remarquèrent qu'il n'avait plus sa chemise ni le chapeau de MacLennon.

– Tu as rattrapé cet idiot, énonça Lester d'un ton neutre.

Bony fit un signe de tête affirmatif et s'assit parmi eux à l'ombre de la cabane, maintenant plus étendue. Il y avait un gobelet de thé chaud à côté de Lester et il s'en aspergea la bouche car il ne réussissait pas à ouvrir les lèvres.

– Généreux de ta part, ça, de lui donner ta chemise, lâcha Barby.

A nouveau, Bony fit un signe de tête, parvenant maintenant à faire couler le liquide entre ses lèvres et autour de sa langue enflée. Il était poussé par la fierté. Il ne tenait pas à ce que ces hommes et cette fille se rendent compte de sa faiblesse et sachent à quel point il avait frôlé les foudres du dieu Soleil. Ils l'observaient attentivement. Avec une désinvolture bien imitée, il vida le gobelet et emprunta le tabac et le papier à cigarettes de Lester. Après s'être roulé une cigarette et avoir refoulé le désir d'une autre tasse de thé, il accepta l'allumette que lui tendit Carney.

— MacLennon n'est pas allé bien loin, dit-il, et il se félicita intérieurement d'avoir parlé distinctement. Il était à huit cents mètres du Chenal.

— Qu'est-ce que ça veut dire ? demanda la jeune fille avec impatience.

— Ça veut bien dire c'que ça veut dire, lui répondit Carney. Sans chapeau et sans chemise sur le dos, il ne pouvait pas aller loin.

— Eh bien, j'espère qu'il est mort, dit Joan d'un ton cassant.

Sans la regarder, Bony relata son aventure.

— Et tu lui as laissé ta chemise, dit Barby.

— J'ai pensé aux corbeaux, leur dit Bony.

La jeune fille ricana.

— Décidément, vous êtes encore plus idiot que lui, Bony, persifla-t-elle avant de se mettre à rire.

# La vie continue

Plusieurs heures plus tard, alors que les ombres s'étaient considérablement allongées, Bony suggéra que quelqu'un accompagne Barby à l'exploitation et, s'il n'y avait personne là-bas, qu'ils prennent la piste du Puits de Sandy pour essayer de retrouver Martyr et les gens du grand domaine. Cette suggestion fut bien accueillie et tout le monde voulut aller avec Barby.

– D'accord ! On y va tous. Ça vaut mieux que de rester le cul par terre. Qu'est-ce qu'on fait au sujet de MacLennon ?

La question s'adressait à Bony, et les autres, en attendant sa réponse, ne remarquèrent pas à quel point son ego était flatté. Lester renifla.

– On aurait bien besoin d'une morgue, dit-il. Y a des cadavres un peu partout, dans l'coin.

Carney lui dit de la fermer et Bony déclara :

– On devrait mettre le corps dans la cabane, à cause des oiseaux et des dingos. On pourrait aller le chercher maintenant. Pendant ce temps, quelqu'un pourrait peut-être préparer quelque chose pour accompagner les conserves de bœuf de Barby. Il faut emporter beaucoup d'eau au cas où on aurait une panne en partant à la recherche de Martyr.

Il fut convenu que Lester ferait cuire des biscuits,

que la jeune fille préparerait un autre curry, et que Bony remplirait d'eau des bidons à essence. Carney alla aider Barby à s'occuper du camion. Finalement, une fois les chiens nourris, les chats soignés et le cacatoès apprivoisé emprisonné dans sa cage, tout le monde quitta le Puits de Johnson.

Le soleil était alors un disque d'un violent cramoisi, suspendu assez bas au-dessus de la dépression, et il se couchait quand ils arrivèrent à l'exploitation. Personne ne les héla, et Lester insista pour descendre du véhicule et aller regarder le thermomètre sous les poivriers.

– Et puis quoi encore ? grommela Barby, mais il s'arrêta quand même. Le soleil se couche, il fait un peu plus frais, et il veut voir si c'est bien vrai.

Lester sauta à terre et se traîna jusqu'au thermomètre. Ils le virent le scruter, se redresser, le scruter encore une fois. Puis il cria :

– Presque quarante-sept. Mince alors ! J'me demande comment il a pas pété !

Oubliant de renifler, il grimpa à l'arrière du camion.

– T'es sûr ? demanda Carney.

– Va donc vérifier, lâcha Carney. Presque quarante-sept maintenant. Qu'est-ce que ça a dû être cet après-midi ! Un sacré record, je parie.

Ils quittèrent l'exploitation désertée, grimpèrent la longue pente et passèrent sur la crête, là où Bony avait observé la poussière soulevée par le camion de Martyr. Personne ne regarda en arrière. Ceux qui se trouvaient sur le plateau du camion se levèrent pour regarder par-dessus la cabine. Ils pouvaient voir la piste serpenter sur plusieurs kilomètres. Elle était déserte.

Le paysage, normalement rouge, couvert de zones d'herbes sèches parsemées de bosquets de casuarinas et de mulgas, virait à l'abricot et à l'argenté dans la lumière crépusculaire. Ils savouraient la brise créée par la vitesse du camion et la victoire du vent sur les mouches.

De temps en temps, Lester, qui s'accrochait avec Bony et Carney au toit de la cabine, émettait reniflements et ronflements.

– Presque quarante-sept à six heures !

Il faisait noir quand ils arrivèrent au sommet d'une autre hauteur et, là, Barby freina et arrêta son camion car au loin on apercevait les phares de plusieurs véhicules qui venaient en sens inverse. Comme il était inutile d'aller plus loin, Barby fit demi-tour, coupa le moteur et descendit de la cabine.

– Il y en a trois, dit-il. Martyr dans son camion, le patron dans sa caisse chromée, et Red au volant de son poids lourd.

– Ça peut pas être Red, George. Il n'arriverait pas à suivre, fit remarquer Carney.

– En tout cas, y a trois véhicules qui arrivent.

– Le troisième est probablement une voiture de police, suggéra Bony.

Ensuite, personne ne dit plus rien. Les phares les éclairèrent alors, et enfin le premier véhicule s'arrêta à quelques mètres d'eux. De la fenêtre du chauffeur, le régisseur s'écria :

– OK, George ! On y retourne. J'ai encore de la place, ici.

La jeune fille monta à côté de Martyr. Carney s'installa à côté de Barby, Lester semblait indécis, mais il suivit Carney. Bony s'éclipsa. Il réapparut à côté du sergent Mansell, qui conduisait le troisième véhicule.

– Il a fait chaud, hein, sergent ! remarqua-t-il en grimpant à l'arrière de la voiture.

– Une chaleur terrible, répondit le gros bonhomme habillé en civil, et, comme il ne savait pas sous quelle identité Bony souhaitait se faire connaître de la personne qui voyageait avec eux, il ajouta : Il a fait cinquante et un à Menindee. Un demi-degré de moins au domaine de Porchester.

– C'est sûrement un record de chaleur.

– Facilement. La radio de Broken Hill vient d'annoncer qu'il avait fait quarante-sept à Sydney. Des dizaines de personnes se sont trouvées mal. J'ai failli m'effondrer moi-même. Les incendies font rage à Victoria. Le médecin, là, n'a pas pu partir avant quatre heures.

– Il faisait bougrement trop chaud pour bouger, déclara le toubib.

– Vous pourriez nous présenter, sergent.

– Bien sûr. Inspecteur Bonaparte... Docteur Clive. (Ils se firent un signe de tête.) Comment ça avance, inspecteur ?

– Pour l'instant, rien de changé, répliqua Bony. Je vous suis reconnaissant d'avoir pu venir, docteur. Il y a trois corps dont il faut s'occuper : décès à la suite d'un incendie, et c'est là une simple conjecture, décès par noyade, encore une fois il s'agit d'une simple conjecture, et décès pour cause de chaleur. Cette dernière cause pourra être facilement établie.

– En voilà du travail en perspective ! murmura le médecin, et il aurait posé une question si le sergent Mansell ne s'était interposé.

– Le noyé, c'est pas Gillen, par hasard ?

– Si. J'ai retrouvé ses restes hier, à l'emplacement du lac Otway, qui est maintenant à sec. Un type du

nom de MacLennon – vous le connaissez peut-être –
a été terrassé par un coup de chaleur. On campait à
l'ombre d'une cabane et je crois que la canicule l'avait
ébranlé avant même qu'il ne décide de partir à pied
pour l'exploitation, sans chapeau ni chemise. Vous
pouvez régler ce cas tout de suite, mais pour les deux
autres, il faudra faire appel à un médecin légiste.

– Ha ! ha ! s'exclama le sergent. Les circonstances
de la mort ne sont pas claires ?

– Non.

– Comme vous vous en souvenez, inspecteur, je
n'ai jamais été convaincu par la disparition de Gillen,
même avant que la question d'argent ne surgisse.
Est-ce que cette histoire d'incendie est liée à l'affaire
Gillen ?

– Peut-être, répondit prudemment Bony, en se
souvenant que le premier rapport de Mansell sur l'affaire Gillen ne mettait nullement en doute un décès
accidentel. Est-ce que Draffin nous suit ?

– Oui. Il est chargé de provisions, d'équipement,
de matériel, et même d'un cercueil.

– Avez-vous amené un gendarme ?

– En effet, inspecteur. Il voyage avec M. Wallace.

– Bien. Jusqu'à demain matin, faites comme si
tout ça n'était que du travail de routine. Ne laissez
personne se douter que vous trouvez quelque chose
de bizarre au décès de Mme Fowler. Demain, je
commencerai à procéder à des interrogatoires sur les
décès de Mme Fowler et de Raymond Gillen, à la
suite de quoi, docteur, vous pourrez décider avec le
sergent Mansell des mesures qui s'imposent.

– C'est par la victime de l'incendie que nous
devrons commencer, inspecteur ?

– Oui. A notre arrivée, la confusion régnera jusqu'à ce que Wallace et ses hommes remettent un peu d'ordre. Personne ne devra toucher aux restes de Mme Fowler, ou au coffre, avant le jour.

**
*

La confusion régnait en effet, et pourtant Wallace finit par rétablir l'ordre. Barby fut envoyé au Puits de Johnson pour lever le camp et ramener les affaires des hommes. Alors que tout le monde était présent, le docteur Clive déclara qu'il voulait examiner le corps de MacLennon le plus vite possible, et que les restes de Mme Fowler seraient retirés des décombres à l'aube. Ce qui fit éclater Joan en sanglots. Wallace la fit asseoir sur le vieux fauteuil de la véranda.

Martyr s'en alla au Puits de Johnson avec le médecin. Lester et Carney firent un feu de camp et placèrent au-dessus une poutre à laquelle Barby put suspendre ses bouilloires et marmites. Le feu illumina le devant du bâtiment des hommes et les contours des dépendances. Quand Draffin arriva, il aida à décharger les provisions, le matériel... et le cercueil, qui fut emporté discrètement, de manière que Joan ne le voie pas.

Avec les ustensiles que Draffin avait apportés du grand domaine, Lester fit du café, ouvrit des boîtes de biscuits, de viande et de fromage. Des lampes à huile furent allumées, et Wallace emporta une grande valise dans une chambre vide et dit à Joan que sa femme avait préparé des vêtements à son intention. Cette chambre se trouvait à côté de celle de Lester.

Barby revint avec son chargement et, sans plus attendre, il se lava et s'occupa du feu et de la cuisine. Tous les chiens furent lâchés et les deux chats firent leur toilette aux pieds de Barby, tandis que dans sa cage le cacatoès apprivoisé se réveillait pour prononcer des mots qui faisaient honte à son propriétaire. S'il n'y avait pas eu de tragédie, on aurait pu penser qu'une réception se préparait.

Un genre de buffet fut disposé sur des tréteaux à une certaine distance du feu, assez loin pour que personne ne soit incommodé, mais pas trop pour que chacun puisse profiter de sa lumière. Tout le monde se rassembla pour manger et parla tout doucement, à cause de la morte et par égard pour Joan Fowler. Elle portait maintenant une robe en soie vert clair qu'elle avait trouvée dans la valise.

Rien, dans son aspect, ne trahissait la tension à laquelle elle était soumise depuis un bon moment. La lueur du feu avivait ses cheveux blond-roux et la robe en soie luisait d'un reflet vert identique à celui de ses yeux.

– Qu'est-ce qui vous est arrivé, monsieur Martyr ? demanda Carney dès que l'occasion se présenta.

– J'ai eu des ennuis avec la courroie de ventilateur à un peu plus d'un kilomètre du puits, dit le régisseur. J'ai passé deux heures à essayer de l'arranger. Je n'ai pas pu arriver au Puits de Sandy avant onze heures, hier soir, et à ce moment-là il n'y avait plus personne au bureau.

– Personne n'est resté à attendre des nouvelles désastreuses au téléphone, déclara Wallace. On a appris tout ça ce matin, bien sûr. M. Martyr voulait revenir ici, armé d'un bout de ficelle en guise de courroie de ventilateur, et d'une prière. Il a eu raison d'y renoncer, avec la chaleur qui a fait grimper le mercure dans tous les Etats du pays. Il aurait facilement pu y laisser sa peau. Quant à nous... nous sommes partis à cinq heures, cet après-midi, et même à cette heure-là l'essence a failli exploser une douzaine de fois avant qu'on ait pu atteindre le Puits de Sandy.

Lester renifla et annonça que le thermomètre marquait encore plus de trente-huit. Quand le sergent Mansell lui apprit le record de chaleur de Menindee, il fut aussi content que quelqu'un qui aurait parié sur le cheval gagnant, à la Melbourne Cup. Visiblement, il essayait d'être gai... et les autres aussi... Joan ne sembla pas ignorer leurs efforts.

– Ce n'est pas notre faute, monsieur Wallace, lui dit-elle d'un air implorant. Maman faisait toujours tellement attention avec le fourneau et le frigo. Tout ça s'est passé si vite, si brusquement.

– Essayez de ne pas trop y penser, Joan, lui conseilla le gros bonhomme. Nous allons débrouiller tout ça demain. La maison était vieille et la chaleur avait dû la rendre très inflammable. Vous avez fait de votre mieux et nous pouvons tous très bien imaginer la vitesse avec laquelle tout cela est arrivé.

Le contrecoup des événements la fit éclater en sanglots. Martyr fixa résolument le feu de Barby. Carney lui tourna le dos et sirota son café. Ce fut Lester qui lui tapota gentiment l'épaule. Wallace jeta un regard significatif au médecin et Clive lui fit un signe de tête. Mais Joan insista pour aider Barby à tout ranger.

Il n'était pas inhabituel que les autorités campent à l'écart des hommes. Red Draffin installa des lits de camp pour Wallace, le médecin, le sergent et Martyr devant l'entrepôt, qui était l'endroit le plus proche des décombres. Les hommes se rassemblèrent à la lumière du feu et Red Draffin vint les rejoindre.

Il était pieds nus, comme d'habitude, son pantalon et sa chemise étaient graisseux et tachés, comme d'habitude. Et comme d'habitude, ses traits étaient illuminés par son sourire et ses yeux brillants. Joan avait regagné sa chambre.

– Comment ça a marché avec les lapins, George ? fut la première question de Draffin.

Barby eut l'air furieux.

– C'est pas fini, répondit-il en enjambant un chat avec précaution. J'ai grillagé le Chenal hier. Ce matin, il est sous plusieurs mètres de cadavres de lapins, de kangourous et d'oiseaux.

– J'aurais dû venir avec toi.

– Ça n'aurait servi à rien. Les kangourous ont arraché la clôture et le soleil a fait le reste. Au moment où je te parle, il doit y avoir des millions de lapins qui rampent sous les cadavres pour atteindre l'eau. (La mauvaise humeur passa et les yeux sombres brillèrent. Le triomphe s'insinua dans la voix de Barby.) Mais c'est pas la peine de s'inquiéter pour les lapins. Une petite vague de chaleur ne peut pas les anéantir. Il y en aura des millions qui passeront l'été et, avec les pluies, ils vont se reproduire comme des fous. T'as déjà vu le dessin de la souris en train de lécher des gouttes de vin qui fuient d'un tonneau, pendant que le chat est assis sur la dernière marche de la cave ? La souris dit : « Mais où est donc passé ce fichu chat ? » Et tous les lapins, voilà ce qu'ils vont se dire, Red : « Mais où est donc passée cette fichue myxotose ? »

# L'inspecteur Bonaparte
# se met au travail

Après le petit déjeuner, pris avant le lever de soleil, tout le monde se mit au travail, décidé à abattre le plus d'ouvrage possible avant que la chaleur intense n'étreigne la terre et les hommes. A neuf heures, il faisait déjà très chaud, mais à haute altitude, une brume enfumait le ciel et annonçait un changement de temps accompagné de vent.

Le sergent Mansell et son gendarme parurent s'intéresser beaucoup à l'intérieur du hangar des machines, tandis que les autres, y compris le propriétaire et le régisseur, se détendaient sur la véranda du bâtiment des hommes.

Puis le gendarme se dirigea vers le groupe qui se trouvait sur la véranda pour s'adresser à Bony.

— Le sergent voudrait vous dire un mot.

La conversation retomba tandis que Bony accompagnait le gendarme au hangar des machines. Les portes étaient grandes, le toit élevé, et la température n'y était pas encore insupportable. Des caisses d'emballage avaient été disposées de manière à servir de bureau et de sièges, et, de son porte-documents, le sergent sortait papier, stylo et encre.

— Ça va aller, comme ça, inspecteur ? demanda-t-il, un peu guindé.

— Oui. Nous allons nous asseoir. Chaque personne

que nous interrogerons devra rester ici et n'aura pas le droit d'aller et venir. Nous commencerons par Carney. Bien, gendarme. Faites comparaître Harry Carney.

Comme ceux qui allaient lui succéder, Carney n'était pas au bout de ses surprises. Il s'étonna d'abord de voir Bony assis avec Mansell derrière le « bureau », s'étonna qu'on l'invite à s'asseoir devant eux, sur une caisse à thé. On avait dit à Carney que le sergent voulait échanger quelques mots avec lui, par conséquent, la plus grande surprise de toutes, ce fut lorsque Mansell lui dit :

— Voici l'inspecteur Bonaparte, Harry. Il veut vous poser quelques questions.

— A propos de Raymond Gillen, monsieur Carney, dit Bony d'un ton égal. Ne perdons pas de temps avec ce que tout le monde sait déjà, venons-en à l'essentiel.

Carney écarquilla les yeux, tout en étant parfaitement conscient qu'il écarquillait les yeux. Le dresseur de chevaux aimable, qui s'exprimait avec douceur, avait subi une remarquable métamorphose. Son attitude était décidée, il avait les yeux d'un bleu profond, et on ne décelait plus du tout en lui la réserve qui lui venait de ses ancêtres aborigènes. Son ton était tranchant et autoritaire.

— Monsieur Carney, avez-vous jamais eu de sérieuse dispute avec Raymond Gillen ?

— Non, jamais, répondit Carney, et c'est tout juste s'il n'ajouta pas « monsieur l'inspecteur ».

— Quels étaient vos sentiments à l'égard de Gillen ?

— Assez amicaux. Nous nous entendions bien. Il partageait ma chambre. La plupart des gens l'aimaient bien. Moi, je l'aimais bien, en tout cas.

— Malgré le fait que vous étiez tous deux amoureux de la même fille ?

– Ce n'est pas tout à fait exact. Ray n'était pas amoureux de Joan. Il se disait qu'il avait des chances avec elle, c'est tout.

– Et vous, vous étiez amoureux d'elle, n'est-ce pas ?

– Oui. A l'époque, je l'étais.

– Ce qui sous-entend que vous ne l'êtes plus actuellement. Voudriez-vous me dire ce qui a provoqué ce changement dans vos sentiments ?

– Ça n'a rien à voir avec Gillen, répondit Carney en esquivant la question. Gillen était quelqu'un de bien. Il n'avait peur de rien, il voulait tout essayer. Il a tenté sa chance avec Joan et ça ne m'a rien fait parce que je pensais qu'il n'arriverait à rien. Je la connais. Oui, je l'aimais, et j'espérais qu'elle allait m'épouser. Je savais que Gillen voulait l'acheter, je le savais parce qu'il me l'avait dit et m'avait montré assez d'argent pour acheter une douzaine de femmes. L'argent était dans sa valise... il y en avait des liasses et des liasses.

– Vous avait-il dit où il s'était procuré cet argent ?

– Il avait inventé une histoire rocambolesque comme quoi il l'aurait gagné à la loterie.

– Savez-vous où est passé cet argent ?

– Non.

– Vous vous rappelez sans doute que quand MacLennon a examiné le médaillon qui appartenait à Gillen, il est devenu fou furieux et il a parlé d'une lettre que Gillen aurait laissée dans sa valise et que vous auriez trouvée. Est-ce que c'était la vérité ?

– Oui, répondit Carney. Je vais vous dire ce qui s'est passé au bout d'un mois que Ray était là. On était devenus bons copains et il savait que j'avais envie d'épouser Joan. Il m'a posé la question et je lui

253

ai répondu franchement. Il m'a demandé si je croyais avoir de bonnes chances d'y arriver et je lui ai dit que je le pensais... jusqu'à son arrivée. Il m'a dit :

« – Ecoute, Harry, ne fais pas l'andouille. Tu n'as pas d'argent, et c'est après ça qu'elle court. Ce n'est qu'une allumeuse.

La bouche de Carney était dure et ses yeux marron étaient dépourvus de cette gaieté que Bony y avait vue si souvent.

– Je savais que c'était vrai, poursuivit-il. Il m'a alors dit que si j'abandonnais l'idée d'épouser Joan, il me donnerait cent livres pour m'aider à me la faire sortir de la tête. Quand je me suis mis à rire, il a ouvert sa valise et il m'a dit de me servir. Il m'a répété qu'il avait gagné cet argent à la loterie, mais je ne pouvais pas le croire. En tout cas, il m'a bien offert cent livres pour que je ne pense plus à Joan. Je n'ai pas accepté. Mais je pensais le plus grand bien de Ray Gillen.

« Et puis un soir, Joan m'a dit qu'elle voulait se promener avec moi. Elle m'a dit que Gillen avait une valise pleine de billets, qu'il avait dû les faucher et qu'elle ne voulait pas être mêlée à cette histoire. Elle m'a dit qu'elle se marierait avec moi si je les volais à Gillen. Gillen ne pourrait pas faire d'histoire parce qu'il les avait lui-même volés. C'est alors que je l'ai découverte sous son vrai jour. Je ne lui en voulais pas vraiment. Je l'aimais toujours, ou j'aimais ce que je croyais qu'elle pouvait être. Je l'aime toujours de cette manière. Je regrette si je n'arrive pas à vous faire comprendre ce que je ressens.

– Je comprends, dit lentement Bony. Continuez.

– Il s'est trouvé que Gillen s'est mis à lui tourner autour et lui a offert mille livres pour partir avec lui sur sa moto. Elle n'a pas cédé. Alors il a augmenté la mise... naturellement. Elle lui a dit qu'elle ne croyait pas à ses bobards, alors il l'a emmenée dans sa chambre et il a ouvert sa valise pour qu'elle juge par elle-même.

« Et tu sais pas, Bony ? Joan s'est dit qu'elle allait avoir tout cet argent pour rien. Elle en a parlé à sa mère et alors, la mère a entrepris MacLennon et lui a demandé de le voler. Mac a dû y réfléchir et il a dû essayer d'ouvrir la valise de Gillen parce que Ray a trouvé des marques sur les serrures.

« Quatre jours plus tard, ou quatre nuits plus tard, Ray est allé nager pour la dernière fois. En tout cas, c'est comme ça que ça a tourné. Quand il n'a pas été de retour, le lendemain matin, j'ai regardé sa valise. Elle n'était pas fermée. A la place de l'argent, il y avait une lettre. Et la lettre disait : « Ce que vous cherchez est bien caché. Il y a une piste dans le médaillon que je porte autour du cou. Essayez de venir me le prendre si vous l'osez. Ray G. »

« Je me suis dit que l'un des gars avait assassiné Gillen pour prendre l'argent. Maintenant, je ne le crois plus, pas après vous avoir vu ouvrir le médaillon devant tout le monde.

– Est-ce que Gillen vous avait dit qu'il allait cacher l'argent ?

– Non. Absolument pas.

– Qu'est-ce que vous avez fait de la lettre ?

– J'en ai fait cadeau à Joan pour son anniversaire, dit Carney en faisant la grimace. Elle ne m'a même pas dit merci.

– Est-ce que Gillen avait l'habitude d'écrire des lettres ?

– Non. Il m'avait dit que ses parents étaient morts.

– Est-ce qu'il semblait se faire du souci... juste avant le soir où il a disparu ?

– Non. J'ai essayé de vous faire comprendre comment était Gillen. C'était un type qui n'avait peur de rien ni de personne. Il ne se mettait jamais en colère.

– Il s'est pourtant battu avec Mac. Pourquoi ?

– A propos de ce qu'il avait dit sur la mère Fowler. Mais il ne s'est pas mis en colère. C'est Mac qui s'est énervé et qui a eu droit à une belle raclée. Gillen riait pendant tout le temps qu'il s'occupait de lui.

– Revenons-en à la valise. Les chambres sont petites et dans chacune, il y a deux lits. Vous avez partagé la chambre de Gillen. Est-ce que vous pouviez voir la valise de Gillen sous son lit quand vous étiez sur le vôtre ?

– Des fois. Ça dépendait si elle était poussée jusqu'au fond ou non.

– Parfait. Quand vous pouviez voir la valise, était-elle invariablement fermée à clé ?

– Les fermoirs étaient rabattus. En regardant la valise, je ne pouvais pas savoir si la clé avait été tournée.

– Quand avez-vous trouvé la valise ouverte pour la première fois ?

– Le matin où Gillen a disparu. Je me suis assis dans mon lit et je me suis aperçu que Ray n'était pas dans le sien. Je voyais sa valise sous le lit. Les fermoirs n'étaient pas rabattus. En fait, le couvercle n'était pas bien fermé. C'est pour ça que j'ai tiré la valise. J'ai cherché l'argent et à la place, j'ai trouvé la lettre.

– Dans une enveloppe ?

– Non. Juste pliée en trois. Elle était sur une pile de vêtements.

Bony alluma une cigarette.

– Vous vous êtes montré naïf, monsieur Carney. Maintenant, dites-moi pourquoi vous n'avez pas remis cette lettre à M. Martyr ou au sergent Mansell.

– Je pensais que ça pouvait être un faux, placé là par celui qui avait pris l'argent et qui avait peut-être assassiné Gillen. J'ai décidé d'attendre pour voir qui partirait et alors, j'aurais eu la satisfaction d'aller tout raconter à la police. Mais personne n'est parti d'ici.

Bony ramassa le paquet de billets sur le sol, à ses pieds, caché par les caisses.

A en juger par sa réaction, Carney ne savait pas quel était le contenu du paquet. Bony en fut satisfait mais il lui demanda quand même :

– Est-ce que vous avez déjà vu ce paquet ?

Carney secoua la tête. On lui dit d'aller se reposer sur une des caisses alignées le long du mur du hangar.

– Faites comparaître Robert Lester.

Le gendarme disparut. Le sergent alluma sa pipe. Il était responsable de tout un secteur, mais il se retint de poser la moindre question à un homme qui pouvait formuler de tels ordres.

Lester renifla avant d'entrer. En voyant Bony, il renifla une deuxième fois, puis une troisième quand on lui dit de s'asseoir sur la caisse à thé. Lorsqu'il apprit que l'inspecteur Bonaparte souhaitait lui poser quelques questions, ses yeux larmoyants s'asséchèrent. Le regard bleu vif qu'il croisa était plein d'espoir. Lester sut qu'il y avait un piège tendu à son intention et il regretta de ne pas se trouver à plusieurs lieues de là.

Nonchalamment, Bony saisit le piège... en l'occurrence, le paquet de billets... et le plaça par terre, à ses pieds. Il prit stylo et papier et fit un dessin de la façade du bâtiment des hommes. Pendant ce temps, Lester le regardait attentivement, il regardait le sergent étonné, et le seul représentant du public, Carney. Puis une voix bien différente de la voix traînante et décontractée du dresseur lui demanda :

– Dites-moi, monsieur Lester, est-ce que vous dormez bien la nuit ?

– Assez bien, j'crois, répondit Lester.

– Et pendant la journée, vous dormez bien ?

– Mince ! Dans la journée, faudrait s'lever tôt, pour dormir ! Ça, j'peux pas t'répondre, Bony.

Le sergent toussa d'un air réprobateur devant une telle manifestation de lèse-majesté.

– Vous vous rappelez cet après-midi où vous vous êtes senti un peu faiblard après avoir fait un cauchemar au cours duquel vous aviez grimpé dans un réservoir ? Vous avez été réveillé par Mlle Fowler qui vous a dit que la maison était en feu. Vous étiez en train de faire la sieste sur la véranda, vous vous souvenez ? Est-ce que vous dormiez profondément, à ce moment-là ?

– J'devais dormir. J'ai pas entendu l'incendie. En tout cas, j'croyais qu'c'était un tourbillon de poussière qui passait.

– Vous avez déjeuné à l'heure habituelle... midi et demi. Après le déjeuner, vous êtes retourné dans le bâtiment des hommes. Qui a servi le déjeuner ?

– Joan.

– Avez-vous vu Mme Fowler ?

– Non.

– Est-ce que vous avez entendu Mme Fowler parler dans la cuisine, ou aller et venir ?

Lester eut l'air plongé dans ses pensées.

– Je ne l'ai ni vue ni entendue.

– Après le déjeuner, est-ce que vous vous êtes attardé à table pour parler avec Mlle Fowler ?

– Non. Elle avait l'air d'assez mauvais poil.

– Après qui ? Vous ? Sa mère ?

– J'ai pas cherché à savoir.

– Donc, vous avez dû quitter la cuisine après le déjeuner, vers une heure ?

– Ouais. Ça doit être ça.

– Qu'est-ce que vous avez fait en quittant l'annexe ?

– J'suis allé au bâtiment. J'ai fumé, j'ai cherché un journal à lire, mais y en avait pas, alors j'me suis installé confortablement et j'ai fait un p'tit somme.

– D'après vous, vous dormiez déjà avant une heure et demie ?

– Oui, répondit Lester qui ajouta d'un ton assuré : Et à voir les ombres qu'y avait, j'dirais qu'il était pas loin de deux heures quand Joan m'a réveillé et que j'ai vu la maison partir en fumée.

– Merci ! Maintenant, regardez bien ce dessin du bâtiment des hommes qui montre les portes des chambres et les marches de la véranda. (Bony se leva et fit le tour pour venir se placer derrière Lester.) Est-ce que le vieux fauteuil était par là ?

– Ouais. Ouais, c'est bien là qu'il était. Il y est toujours, tu t'souviens pas ?

– Oui, je devrais m'en souvenir, monsieur Lester. Est-ce que le fauteuil tournait le dos aux marches de la véranda ?

– Ouais.

– Est-ce que la porte de la salle commune était, disons, à trois mètres du fauteuil ?

– A peu près, il me semble.

– Donc, le dos du fauteuil se trouvait à cinq ou six mètres de la porte de votre chambre ?

– Ouais. Ça doit être ça.

– Et même si vous aviez été éveillé, vous n'auriez pas remarqué quelqu'un qui aurait grimpé ces marches pour traverser la véranda et entrer dans votre chambre ?

– J'aurais p't'être entendu.

– Mais vous dormiez.

– C'est vrai qu'j'dormais bien.

– Exact ! lâcha Bony. Vous voyez ce paquet entouré de papier kraft ?

– Ouais, acquiesça Lester en fixant le « piège » ramassé sur le sol.

– Qu'est-ce qu'il faisait sous votre lit après l'incendie ?

– Alors là, c'est pas à moi qu'il faut demander ça !

Lester avait l'air visiblement étonné et Bony fut convaincu.

– Merci, monsieur Lester. Je vous en prie, allez rejoindre M. Carney.

Lester s'en alla en traînant les pieds et s'assit près de Carney. Il renifla avant de mordre machinalement dans une carotte de tabac. Il renifla à nouveau quand Bony dit :

– Faites comparaître Richard Martyr.

# Le temps des récits

Martyr était assis sur la caisse à thé. Il regarda le sergent Mansell. Les yeux gris clair du régisseur, formant un contraste saisissant avec son teint, étaient presque inexpressifs, jusqu'au moment où le sergent lui dit que l'inspecteur Bonaparte voulait lui poser quelques questions. Quand Bony leva la tête de ses notes, les yeux gris pâle étaient plissés, la bouche ferme et décidée était pincée et les narines étroites étaient un peu pâles.

– Monsieur Martyr, à quelle heure avez-vous quitté l'exploitation le matin de l'incendie ?

– A huit heures dix.

– Vous n'y êtes pas retourné jusqu'au moment où vous êtes arrivé avec Carney, après l'incendie ?

– Non. Nous avons vu un panache de fumée au-dessus du Puits de Winters... à vingt-cinq kilomètres.

– J'étais là, ainsi que Barby, Lester et Mlle Fowler, quand vous êtes revenu avec Carney, après l'incendie. Vous nous avez donné l'ordre d'accompagner Barby au Puits de Johnson et d'y rester jusqu'à votre retour. Vous deviez aller faire votre rapport à M. Wallace. Vous êtes parti avant nous. Quand vous avez dépassé la première côte, vous avez arrêté le camion, vous nous avez surveillés pour voir si nous partions bien pour le Puits de Johnson, et puis vous êtes revenu à l'exploitation. Pourquoi ?

– Je ne suis pas revenu après avoir passé la première côte.

– Si. Vos traces le prouvent.

– Bon, d'accord ! Je me suis rappelé que le patron allait me demander si j'avais regardé dans le coffre pour vérifier l'état des livres. J'aurais dû le faire avant de partir. Les livres d'inventaires et les rapports sont importants. Le patron allait sûrement me poser la question.

– Vous avez ouvert le coffre et trouvé les livres... dans quel état ?

– En assez bon état, à mon grand soulagement.

– Qu'est-ce que vous avez fait, à ce moment-là ?

– J'ai refermé le coffre et je suis reparti.

– En laissant la clé sur la serrure ?

– Je... (Martyr porta machinalement la main à la poche de son pantalon d'équitation.) C'est ce que j'ai dû faire ! Mince !

– Qu'y avait-il dans le coffre, en plus des livres ?

– Oh, des timbres fiscaux, un peu d'argent liquide en petite monnaie.

– Est-ce que vous emportez généralement la clé dans votre poche quand vous quittez l'exploitation ?

Martyr ne fut pas trahi par ses yeux gris pâle.

– Non. En général, je l'accroche au mur, à un petit clou, derrière le bureau.

– Et pourtant, tout à l'heure, quand j'ai parlé de la clé, vous avez tâté votre poche, sans vous en apercevoir.

– Et alors ? Je me suis rappelé que j'avais pris la clé sur le coffre ce matin-là et que je l'avais mise dans ma poche parce que j'étais pressé.

– Bien sûr, monsieur Martyr. Manifestement, le contenu du coffre ne justifiait pas que vous emportiez la clé dans votre poche quand vous quittiez l'exploitation. Les livres n'étant pas sérieusement abîmés, il est compréhensible que vous ayez oublié de verrouiller le coffre et de retirer la clé de la serrure. En revanche, le fait d'avoir remis le coffre en place et de l'avoir recouvert de cendres est curieux. Bien, je ne vois rien d'autre.

Martyr se leva et se dirigea vers la porte ouverte. Bony le rappela.

– Oh, juste un instant, monsieur Martyr. Je ne vous retiendrai pas longtemps.

Martyr se retourna et s'avança vers le bureau. Là, il resta debout, les yeux fixés sur le paquet enveloppé de papier kraft que Bony avait dans les mains. Ses yeux cillèrent et quittèrent le paquet pour croiser les yeux bleus qui ne laissaient rien échapper. En fait, Bony fut un peu surpris quand Martyr se rassit.

– Où avez-vous trouvé ça ? demanda-t-il d'une voix fluette.

– Dans la chambre de Lester.

– Dans la chambre de Lester ! répéta le régisseur. Quand ? ajouta-t-il plus fort.

– Après l'incendie... oui, après.

Martyr plaça ses coudes sur le bureau et reposa le menton dans ses mains. Il s'adressa au sergent :

– Est-ce que je dois tolérer cette inquisition ?

– Non, vous n'y êtes nullement obligé, monsieur Martyr, répondit Mansell. Bien sûr, ça ferait mauvaise impression si vous refusiez.

– Oui, je suppose.

Le regard de Martyr passa des yeux gris aux yeux bleu vif, et les yeux bleus ne décelèrent en lui ni peur ni désespoir, mais de la détermination.

– Je n'aime pas qu'on me pose des questions, dit sèchement Martyr. D'habitude, c'est moi qui en pose. Savez-vous ce qu'il y a dans ce paquet ?

– De l'argent. Dois-je raconter l'histoire ou voulez-vous vous en charger ?

– Je vais le faire. Je peux la raconter mieux que vous. Deux jours avant sa disparition, Gillen est venu dans mon bureau, à la nuit tombée, et il m'a demandé de garder un paquet qui, d'après lui, contenait des effets personnels auxquels il tenait beaucoup. J'ai accepté en lui disant que j'allais le mettre dans le coffre de l'exploitation. Je lui ai dit que j'allais lui donner un reçu pour son paquet. Il s'est mis à rire et il m'a dit que ce n'était pas la peine. J'ai scellé la ficelle et à un endroit, je lui ai fait apposer le pouce.

« Je n'ai plus pensé à ce paquet jusqu'au moment où, par téléphone, M. Wallace m'a demandé de regarder dans les affaires de Gillen pour voir s'il y avait l'adresse de sa famille. Quand j'ai ouvert le paquet, j'ai été étonné d'y trouver une somme aussi importante.

« N'ayant rien découvert dans ses affaires qui permette de remonter à ses parents ou amis, ni de savoir d'où il était originaire, et étant persuadé qu'il n'avait pas pu gagner honnêtement cet argent, j'ai décidé de laisser le paquet dormir un peu dans le coffre. Je me suis rendu compte que ça ne marcherait pas si je donnais tout de suite ma démission et si je m'en allais. Il fallait être patient et attendre ici, peut-être plusieurs années. Ma mère est presque impotente, et je suis son seul soutien. Jusqu'ici, j'ai pu lui envoyer quelques billets par-ci, par-là, avec un chèque prélevé sur mon salaire.

« Naturellement, quand la maison a brûlé, je me

264

suis posé des questions sur le paquet. Vous savez que quand je suis arrivé, le coffre aurait été trop chaud pour qu'on puisse le toucher. Et puis je ne voulais pas que les hommes me voient manifester un trop grand intérêt. C'est pourquoi je leur ai demandé d'aller camper avec Barby. Je suis donc revenu, comme vous l'avez dit, j'ai ouvert le coffre, j'ai placé le paquet dans la chambre de Lester, dans l'intention de le retirer en revenant, avant d'aller chercher les hommes au Puits de Johnson. Je voulais voler cet argent. Je pensais que Gillen avait lui-même volé cet argent, de sorte que ce que je faisais me paraissait être un peu moins condamnable.

– Hum ! fit Bony en ajoutant des notes sur sa feuille de papier. Après avoir pris le paquet dans le coffre, vous avez oublié d'enlever la clé. Vous avez jeté des cendres sur le coffre et sur vos traces de pas quand vous avez quitté les décombres. Et puis vous avez apporté le paquet dans la chambre de Lester et vous l'avez caché sous le matelas de Lester. Pourquoi ? Pourquoi n'avez-vous pas emporté le paquet avec vous ? Vous ne couriez pas le risque d'être fouillé.

– Je ne pouvais pas être sûr de ne pas devoir prendre un autre camion, ou de ne pas devoir conduire la voiture de M. Wallace. Et comme j'avais tout perdu dans l'incendie, sauf ce que j'avais sur moi, un paquet se serait peut-être remarqué.

– Vous ne pensiez pas que Lester pourrait revenir du Puits de Johnson et trouver le paquet sous son matelas ?

– Non. De toute façon, c'était un risque qu'il me fallait bien courir.

– Oui, bien sûr. (Bony considéra le régisseur pendant un long moment.) Monsieur Martyr, je crois que vous pouvez mieux faire. Où avez-vous caché le paquet, dans la chambre de Lester ?

– Où ? Sous le matelas, comme je vous l'ai dit.

– Réfléchissez ! Réfléchissez un peu, mon ami !

Martyr rougit de colère.

– Si vous ne l'avez pas trouvé sous le matelas, c'est que quelqu'un l'a trouvé avant vous. Moi, c'est là que je l'avais mis.

– Je suis revenu du Puits de Johnson et j'ai vu la poussière soulevée par votre camion après votre second départ, poursuivit Bony. Entre le moment où vous êtes parti et celui où je suis arrivé, il n'y a certainement eu personne en vue. Par conséquent, personne n'a pu retirer le paquet de sous le matelas, parce qu'il n'a jamais été sous le matelas.

– Très bien ! Alors où était-il ?

– Vous ne le savez pas, monsieur Martyr ?

– Je l'ai mis sous le matelas.

– Je vous le répète, monsieur Martyr : vous ne savez pas où j'ai trouvé le paquet parce que vous n'avez pas caché le paquet dans la chambre de Lester.

– Je vous dis que si. Et ma parole vaut bien la vôtre.

Bony se pencha et montra les livres de l'exploitation.

– Vous voyez les légers dommages que la chaleur du coffre, provoquée par la haute température extérieure, a causés à ces livres. Leurs couvertures sont cassantes. Voici les timbres fiscaux, réduits à des copeaux tout cornés. Maintenant, regardez le paquet de billets. L'emballage ne semble pas avoir souffert de la chaleur. Donc, monsieur Martyr, le paquet a été retiré du coffre avant l'incendie... quand vous étiez à des kilomètres, en train de travailler avec Carney.

Martyr ne dit rien. Il regarda Bony en essayant d'éviter les yeux d'un bleu d'acier, se sentant pourtant rivé à eux.

– Vous avez fait demi-tour après la première côte, continua Bony. Vous avez ouvert le coffre parce que vous vouliez retirer le paquet, mais quelqu'un l'avait déjà pris. Vous avez alors commencé à vous poser des questions sur l'incendie et vous avez compris qui avait retiré le paquet du coffre avant que le feu ne se déclenche. Et toutes ces questions que vous vous êtes posées, et auxquelles vous n'aviez pas envie de répondre, parce que vous n'aimez pas répondre à des questions, sont des questions que je me suis moi-même posées, et j'ai trouvé les réponses. Rien de ce que vous pourrez dire ne changera quoi que ce soit pour la personne qui a retiré ces billets du coffre. Je vous suggère donc de vous concentrer sur Gillen.

Le seul bruit qu'on entendait dans le hangar était le craquement périodique du toit de tôle torturé par le soleil. Martyr se mordit la lèvre, puis se rongea les ongles. Bony se roula une cigarette. Le sergent Mansell fixa le régisseur et fut bien content de ne pas subir lui-même cet interrogatoire trop courtois. Martyr soupira, se mit à se rouler une cigarette, comme s'il voulait occuper ses doigts nerveux. Sa voix était neutre.

– J'étais assis sur la véranda de la maison. La lune était pleine. Il était tard, plus de onze heures. J'ai vu Gillen descendre vers l'eau. Il ne portait que son pantalon de pyjama et à un moment donné, le médaillon en or qu'il portait au cou a étincelé au clair de lune.

« Il a couru dans l'eau et puis il s'est aspergé en continuant à courir, s'enfonçant de plus en plus, jusqu'au moment où il a plongé en avant et s'est mis à nager. Pendant quelque temps, j'ai vu sa tête sombre sur l'eau argentée et j'ai observé les cercles qui s'élargissaient sous la lune. Ensuite, il est sorti de mon champ de vision et il a nagé vers la rive opposée.

« J'étais assis sur la véranda et je réfléchissais. Et puis j'ai entendu un cri. C'était au bout du lac. Au début, je me suis dit que c'était Gillen qui faisait l'imbécile. Et puis j'ai entendu ses appels à l'aide, faibles mais distincts. Il y avait le mot « crampe ». Je ne me suis pas levé. Je savais que Gillen ne faisait pas l'imbécile, mais je ne me suis pas levé de mon fauteuil. Je suis resté assis et j'ai écouté Gillen se noyer.

« Il faut que vous compreniez pourquoi je détestais Gillen et pourquoi je l'ai laissé se noyer.

« Les conditions de vie, ici, étaient très rudes avant le recrutement de Mme Fowler et de sa fille. Mais la vie coulait tranquillement pour nous tous. J'avais mon premier boulot important. Les hommes étaient faciles à vivre. Il n'y avait pas de disputes, pas d'embêtements. Les femmes ont changé tout ça. Elles ont apporté l'ordre, la propreté et des conditions de vie plus décentes, mais elles ont également apporté la haine et la souffrance.

« C'était il y a trois ans. Je pensais que Joan était aussi innocente et douce qu'elle était belle. Je lui ai demandé de m'épouser. Elle m'a dit qu'elle allait y réfléchir. Je l'emmenais faire des promenades à cheval, je lui faisais des petits cadeaux. Elle m'a demandé quelle était ma situation financière. Je lui ai dit que je n'avais pas pu faire d'économies parce que j'avais ma mère à ma charge. Je lui ai proposé de devenir mon associée ici, en lui disant que j'espérais un jour devenir directeur d'une exploitation. Elle m'a dit qu'elle n'épouserait pas quelqu'un qui avait ma situation et mes perspectives d'avenir. L'homme qu'elle épouserait devrait être riche. Quand j'ai insisté, elle m'a dit que de toute façon, j'étais trop rasoir et trop vieux.

« C'était avant l'arrivée de Gillen. Carney était en train de tenter sa chance quand Gillen a demandé du boulot. Je me suis mis à observer le manège. L'un ou l'autre des hommes me demandait un chèque sur son salaire, signé par le patron, et quand je triais le courrier, je voyais une lettre adressée à un bijoutier de Sydney ou d'Adélaïde. Je me suis contenté d'attendre, et je me demandais lequel d'entre eux finirait pas la tuer.

« Gillen est arrivé, il a trouvé Joan à son goût et elle a paru tomber amoureuse de lui. Gillen devait avoir quinze ans de moins que moi. Pour employer une expression familière, c'était un type gonflé. Joan avait joué avec moi, elle avait joué avec Carney, mais avec Gillen, elle ne plaisantait pas... jusqu'au soir où elle est venue me voir, tout sucre et tout miel. Elle m'a dit que Gillen avait beaucoup d'argent dans sa valise. Elle m'a suggéré de le prendre, en disant que Gillen avait dû lui-même le voler, et que ce ne serait pas vraiment un vol de le prendre à mon tour. Quand Gillen s'apercevrait que son argent avait disparu, il n'oserait pas faire un scandale. Nous pourrions alors nous en aller, nous marier et démarrer avec beaucoup d'argent. Fichue garce blonde ! Je lui ai dit de se servir de quelqu'un d'autre.

« Le lendemain soir, Gillen est venu me remettre l'argent dans un paquet, et après son départ, j'ai ouvert le paquet, je me suis assuré qu'il contenait bien une fortune en billets de banque, j'ai remis la ficelle, je l'ai scellé à nouveau et puis je l'ai placé dans le coffre.

« Je suis bien resté sur la véranda deux heures après avoir entendu Gillen crier à l'aide au milieu du lac, et à ce moment-là, j'étais sûr qu'il s'était noyé. Comme pendant tout le temps où il était resté là, il n'avait jamais écrit une seule lettre mais qu'il avait signé le registre d'embauche, j'ai imité son écriture et j'ai rédigé le mot qui disait qu'il avait planqué son argent, que l'endroit où il se trouvait était indiqué dans son médaillon et qu'il défiait n'importe qui de venir le lui prendre. Je savais que quelqu'un cherchait son argent parce que Gillen m'avait dit qu'on avait fouillé dans sa valise.

« A quatre heures du matin, la façade du bâtiment des hommes était plongée dans l'ombre. J'ai pris le message, je me suis faufilé dans la chambre de Gillen et je l'ai mis dans sa valise. Si quelqu'un voulait son argent et trouvait le mot à la place, il serait prêt à se jeter sur le médaillon quand le corps serait ramené sur le rivage. Et si, par chance, le corps n'était pas rejeté sur la grève, il faudrait attendre que le lac s'assèche. Si personne n'ouvrait la valise, je voulais donner ce message à Joan pour avoir le plaisir de voir sa réaction. Mais quand j'ai fait l'inventaire du contenu de la valise, le petit mot avait disparu, et comme le corps ne réapparaissait pas, je me suis mis en retrait et j'ai observé le jeu.

– Qui savait à quel endroit vous mettiez habituellement la clé du coffre ? demanda Bony.

– Personne d'autre que M. Wallace et moi-même.

– Et le matin de l'incendie, vous avez laissé la clé sur la serrure, par inadvertance ?

– Oui. Ce matin-là, M. Wallace a appelé pour me demander des chiffres concernant les troupeaux et j'ai dû consulter le livre. J'ai oublié de refermer le coffre à clé. Voilà l'histoire, inspecteur. Je n'ai rien à ajouter. Je vais continuer à rester en retrait et à observer le spectacle, parce que maintenant, je sais que vous connaissez la fin de la pièce.

# Qui a gagné ?

Joan apparut, escortée par le gendarme, et derrière eux venait M. Wallace, à qui Bony avait demandé de ne pas laisser la pauvre fille seule à broyer du noir.

Elle avait l'air fraîche et sûre d'elle dans une robe lilas et des sandales à lanières. Ses cheveux étaient pleins de vie et magnifiquement brillants, et son maquillage était léger, comme d'habitude. Elle adressa à Bony un tendre sourire, puis se concentra sur le sergent Mansell, qui lui avait fait dire qu'il désirait lui poser quelques questions. Ce fut quand Bony lui fut présenté comme l'inspecteur Bonaparte qu'elle se figea.

– Vous, inspecteur ?

– Oui, quand je ne suis pas dresseur. Détendez-vous donc, mademoiselle Fowler. Je voudrais simplement que vous nous racontiez l'incendie, pour que les circonstances de la fin tragique de votre mère puissent être éclaircies. Voudriez-vous dire au sergent Mansell ce qui s'est exactement passé ?

– Quoi, encore ?

Joan rejeta ses cheveux en arrière, s'installa sur la caisse à thé peu confortable, et répéta le récit qu'elle avait fait devant Bony et les autres hommes.

– Merci, murmura Bony. Soyons bien clairs. Votre

mère était allongée sur son lit. Elle ne se trouvait pas dans la même chambre que vous ?

– Non. Quand j'ai couru vers elle, elle était allongée sur son lit. J'ai essayé de la réveiller et je n'ai pas pu. Alors je l'ai tirée du lit, j'ai essayé de la faire sortir de la pièce mais je n'ai pas supporté les flammes et la fumée et j'ai seulement pu m'échapper moi-même. Comme je vous l'ai dit.

– Quand vous vous êtes rendu compte qu'il y avait le feu, vous étiez allongée sur votre propre lit ?

– Oui.

– Vous étiez tout habillée, bien sûr ?

– Oh, oui. J'avais pris une douche et je m'étais habillée pour l'après-midi. J'étais en train de lire quand j'ai vu de la fumée arriver dans ma chambre et ensuite, j'ai entendu le crépitement des flammes.

– Il faisait très chaud, si je me souviens bien, mademoiselle Fowler. Vous auriez eu bien plus frais à l'ombre des arbres du jardin. Le matin, vous aviez balayé le bureau, d'après ce que j'ai compris.

– Non. Pas moi. Je crois que maman l'avait fait.

– Et si vous nous parliez de l'argent qu'il y avait dans le coffre qui n'était pas fermé à clé.

– De l'argent dans le coffre ! répéta Joan. Qu'est-ce que vous me racontez ?

– Cet argent, répliqua Bony en posant le paquet sur le bureau. L'argent de Gillen. Il était dans le coffre avant l'incendie. Une fois que la maison a été réduite en cendres, ce paquet s'est retrouvé dans la chambre de Lester... sous le lit, tout au fond. Pouvez-vous nous dire quelque chose au sujet de ce fait étrange ?

– Je ne vois toujours pas de quoi vous voulez parler ! persista la jeune fille, les yeux furieux mais la voix calme.

– Vous saviez, bien entendu, que Gillen possédait beaucoup d'argent, et que tout le monde pensait qu'il l'avait volé.

– C'est la première fois que j'en entends parler. Et si vous croyez toutes les histoires que Harry et M. Martyr racontent sur moi, vous êtes un idiot. Ce sont des menteurs et des mauvaises langues. Ils m'en ont toujours voulu parce que je ne leur ai pas cédé. Cet endroit n'a jamais été sûr pour une fille honnête mais il fallait bien qu'on vive, maman et moi, et on pouvait économiser un peu sur ce qu'on touchait.

– Il faut bien vérifier les histoires qu'on raconte sur vous, vous le comprenez sûrement, dit Bony d'un ton apaisant. C'est mon boulot. Revenons-en à l'incendie. Bien entendu, vous savez qu'il y aura une enquête et il vaut mieux qu'on facilite la tâche au coroner. Est-ce que vous préférez signer une déclaration pour relater vos faits et gestes à partir du moment où vous vous êtes aperçue que la maison était en feu ?

– Oui.

Bony consigna tous les détails.

– Voilà. Je vous en prie, relisez attentivement avant de signer. Ensuite, vous signerez devant témoins et nous liquiderons tout ça.

La jeune fille relut le texte. Elle ramassa le stylo apporté par Mansell. Elle regarda Bony, qui était en train de se rouler une cigarette. Elle fusilla du regard Martyr et Carney, qui s'étaient approchés sur un signe que leur avait fait Bony.

– C'est bien ce qui s'est passé, dit-elle. Mot pour mot. Je ne raconte pas des mensonges sur les gens, moi.

Résolument, avec colère, elle signa son nom et se

274

redressa pendant que Carney, Martyr et Lester servaient de témoins.

– Vous pourriez attester l'authenticité du document, monsieur Wallace, suggéra Bony.

Wallace signa en tant que juge de paix. Bony fit signe aux hommes de s'éloigner et il reprit :

– Maintenant que ceci est réglé, mademoiselle Fowler, éclaircissons le sujet des bijoux de votre mère.

Bony pensait que la jeune fille allait avoir un choc, et quand il n'en vit pas trace, il ne put que s'émerveiller devant cet esprit incapable de s'extraire de son propre raisonnement, incapable de flairer un piège. Cette femme était tellement sûre de son pouvoir, ses victoires l'avaient rendue si vaine, que même l'évocation des bijoux de sa mère ne la dérangea pas, et elle continua à se refaire habilement une beauté.

– Eh bien, qu'est-ce qu'il y a au sujet des malheureuses babioles de maman ? demanda-t-elle en glissant son poudrier en or dans la poche de sa jupe.

Bony sourit d'un air triste et dit :

– Je trouve ça aussi irritant que vous, mademoiselle Fowler. Est-ce que vous vous rappelez que Lester avait offert à votre mère une broche en or incrustée d'opales ?

– Oui. Ma mère me l'a montrée quand Lester la lui a donnée.

– Est-ce que vous avez vu l'émeraude montée en bague que MacLennon a offerte à votre mère ?

– Oui.

– Et le pendentif ?

– Oui. Pourquoi toutes ces questions ?

– Où votre mère gardait-elle habituellement ses bijoux ?

– Oh, je ne sais pas. Ça ne m'a jamais beaucoup intéressée.

– Pensez-vous qu'elle gardait ses bijoux dans un vieux sac à main accroché derrière la porte du lieu d'aisances des femmes ?

– Du quoi ?

– Des chiottes.

La jeune fille se mit à rire et Bony ajouta d'un air mielleux :

– Gendarme, emmenez M. Wallace et M. Lester dans la chambre qu'occupe actuellement Mlle Fowler, et rapportez-nous tous les bijoux que vous trouverez.

La jeune fille se leva brusquement et se mit à jurer, parlant d'une voix rauque et employant des mots crus. Le sergent se leva, la dominant de sa haute taille. Le gendarme et Lester partirent, suivis par un M. Wallace déconcerté. Bony jeta un coup d'œil aux deux autres hommes, qui s'étaient rassis au fond. Martyr était installé en position inclinée, la tête reposant contre le mur. Il avait les yeux fermés et il souriait. Carney était tendu, les yeux écarquillés, l'horreur étouffant un idéal qui avait tenté de s'accrocher en lui.

– Asseyez-vous, mademoiselle, et calmez-vous, lui enjoignit Mansell. L'inspecteur est seulement en train d'élucider cette affaire.

Elle le scruta du regard, les poings serrés. Brusquement, elle se tourna vers Bony. Il était en train de rédiger quelques notes. Elle se rassit et sortit une cigarette de son étui en or. Le sergent lui présenta une allumette. Elle inhala maladroitement, et tandis qu'elle rejetait la fumée à travers des lèvres pincées, Bony leva les yeux et leur lumière la fit ciller.

– Vous ne savez pas où Gillen avait caché son argent, n'est-ce pas ? demanda-t-il d'une voix douce.

Moi si. Je sais comment il s'est retrouvé dans la chambre de Lester et qui l'y a déposé. Je sais pourquoi il a été caché sous le lit de Lester. Et je sais qui a apporté les bijoux de votre mère dans les toilettes, avant l'incendie, et qui est allé les rechercher juste avant que nous partions tous pour le Puits de Johnson. La cupidité est un vilain défaut, mademoiselle Fowler. La beauté est un don merveilleux qui devrait conférer à celui qui la possède une grande humilité. Mais quand elle s'allie à la cupidité et au besoin de domination, elle n'est plus d'aucun secours. Avec votre beauté et un peu d'intelligence, vous auriez pu créer un univers de bonheur.

– On joue au petit malin, hein ?

Tristement, Bony regarda les yeux verts moqueurs, froids, vides. Wallace entra dans le hangar. Le gendarme le suivit avec Lester. Le gendarme posa sur le bureau l'or et les pierres. Ils captèrent la lumière chaude qui arrivait de l'extérieur.

– Lester ! Est-ce là la broche que vous avez offerte à Mme Fowler ?

– Ouais. Et voilà la bague que Mac lui a donnée. Et voilà le collier que Harry lui a donné. C'est pas vrai, Harry ?

Carney ne bougea pas, toujours adossé contre le mur, et Bony dit :

– Voudriez-vous faire une déclaration sur la manière dont votre mère est morte ?

– J'en ai déjà signé une.

– Elle ne correspond pas tout à fait à la vérité.

– Je ne signerai pas d'autre déclaration, dit la jeune fille en jetant son mégot, d'un air méprisant, sur les papiers de Bony.

– Très bien, je vais donc vous dire comment elle

est morte, et ce que vous avez fait ensuite. L'affaire est si simple et si évidente que les meilleurs avocats du pays ne réussiront pas à vous défendre. Il n'y a qu'un point qui m'échappe, et qui n'est pas bien important : qui, de vous ou de votre mère, a trouvé la clé du coffre sur la serrure ?

« Pendant des années, une figurine de cuivre est restée sur le coffre, et ce matin, on l'a retrouvée à l'endroit où étaient les battants de la porte du bureau.

« Le médecin est sûr que votre mère est morte à la suite d'un coup asséné avec cette figurine. Le médecin légiste confirmera sans aucun doute cette opinion et il sera également d'accord sur le fait que le corps a été traîné sur le dos jusqu'à la chambre, où le feu l'a partiellement consumé. Une pelle à poussière, retrouvée à l'emplacement du bureau, indique que l'une de vous était allée balayer le bureau. Et c'est là que le meurtre a été perpétré, pour un paquet de billets dérobé dans le coffre.

« Vous avez traîné le corps de votre mère hors du bureau, le long du couloir, et vous l'avez monté dans sa chambre. C'était avant le déjeuner, et Lester attendait le gong pour venir manger. Vous l'avez appelé à l'heure normale, et ensuite, vous êtes allée chercher les bijoux de votre mère, votre livret bancaire et l'argent liquide que vous aviez, ainsi que votre nécessaire de toilette, et vous avez caché tout cela dans un sac à main, derrière la porte des toilettes des femmes, en faisant tomber une bague sur le chemin, en y allant ou en revenant.

« Vous vous étiez dit qu'après avoir mis le feu à la maison, vous ne pourriez rien emporter en vous sauvant des flammes, sauf ce que vous aviez sur le dos. Vous pouviez porter vos propres bijoux, mais pas ceux de votre mère, et quel endroit pouvait être plus sûr que celui que vous aviez choisi ?

« Vous étiez sans aucun doute un peu embêtée par le corps resté dans les décombres. Et que faire avec le paquet enveloppé de papier kraft dans lequel il y avait environ douze mille livres ? Les bijoux, vous pouviez les glisser dans votre chemisier et dans la poche de votre jupe. Mais pas le paquet. Il était trop gros. Vous auriez pu le mettre dans les toilettes, mais vous ne saviez pas ce que M. Martyr allait décider au sujet de votre avenir immédiat. Vous êtes donc allée vers le bâtiment des hommes et vous avez vu Lester en train de somnoler, le dos tourné aux marches. Vous vous êtes faufilée sans bruit sur la véranda, avec le paquet, et vous vous êtes glissée dans la chambre de Lester parce que c'était la première.

« Après l'incendie, vous pensiez pouvoir manœuvrer Martyr pour qu'il vous permette de rester à l'exploitation, mais quand vous avez été forcée d'accompagner les hommes au Puits de Johnson, vous êtes allée chercher ce que vous aviez planqué dans le sac à main et vous avez tout fourré dans votre chemisier. Mais vous ne pouviez rien faire avec le paquet, parce que l'un d'entre nous l'aurait sûrement remarqué. Donc j'ai trouvé le paquet sous le lit de Lester, deux heures après être parti dans le camion de Barby, et M. Wallace, Lester et le gendarme ont trouvé les bijoux de votre mère dans la chambre qui vous a été attribuée hier.

– Dans la valise que ma femme avait préparée et que j'ai apportée ici, précisa M. Wallace.

– Vous êtes rudement malin, hein ? observa calmement Joan.

– Mon Dieu, non, inutile d'être malin avec vous,

répliqua Bony avec affabilité. Vous savez, en fait, vous vous êtes montrée d'une extrême bêtise. Ecoutez, voilà ce que vous avez dit et ce que vous avez signé devant témoins : « J'ai trouvé maman inconsciente à cause de la fumée et je l'ai tirée du lit. Je n'ai pas réussi à la soulever. La fumée m'empêchait de respirer et il y avait des flammes partout dans la pièce. J'ai tiré maman par les pieds jusqu'au seuil et j'ai dû la laisser pour me précipiter dehors parce que la maison était en feu. » Voilà ce que vous avez déclaré et signé, voilà ce que vous prétendez être la vérité.

– Oui, et alors, M. Je-sais-tout ?

– Allons, allons, mademoiselle Fowler ! Vous ne pouvez vraiment pas être aussi bête que ça. Si vous aviez tiré votre mère du lit pour la traîner par les pieds jusqu'au seuil de la chambre, la police et le médecin auraient trouvé le corps les pieds orientés vers la porte. Or il a été retrouvé la tête vers le seuil, ce qui prouve que vous l'avez traîné par les pieds jusque-là depuis le couloir. Depuis le couloir, mademoiselle Fowler, et non pas depuis le lit. Ce sera tout, sergent.

**\***

– Juste un petit mot avant que je ne reparte avec le patron, dit Bony à Lester, Carney et Martyr.

Il les avait entraînés au bord de la falaise qui surplombait la morne dépression.

– Beaucoup de choses vont dépendre du Procureur de la Couronne, poursuivit-il, mais à mon avis, il n'entreprendra aucune action contre vous, Martyr, ni contre vous, Carney. Martyr, ne laissez pas cette histoire vous gâcher la vie. Vous n'auriez rien pu faire

280

pour sauver Gillen ce soir-là, car même avec un bateau, on n'aurait pas pu le rejoindre à temps. Quant à l'argent... eh bien... avec personne pour le réclamer et une mère désespérément malade, je crois que... cette idée m'aurait moi-même effleuré.

« Quant à vous, Harry, accrochez-vous à vos rêves et dites-vous bien que ce qu'une femme tue, une autre peut le faire renaître. Dites-moi, qui a frappé Bob quand il est sorti de ce réservoir ?

– MacLennon, soupira Carney, et Lester renifla deux fois.

– Et le quatrième homme, cette nuit-là ? C'était vous, Martyr ?

– Oui. Je guettais, sur la rive du ruisseau.

– Qui avait préparé la moto de Gillen au départ ?

– Moi, dit Carney. J'en avais marre de cet endroit, j'en avais marre de tout. Et ensuite, je me suis rendu compte que ce serait idiot.

– Ça l'aurait été, effectivement, et ça ne vous aurait pas ressemblé. D'ailleurs, si vous aviez tenté de partir après mon arrivée, vous auriez constaté que le carburateur avait été retiré. Nous ne dirons rien de plus à propos de cette moto, et à moins que l'affaire ne remonte à la surface, nous n'évoquerons pas le coup de fusil non plus, monsieur Martyr. Que s'est-il passé ce soir-là ?

– Les femmes se chamaillaient depuis plusieurs jours et j'aurais dû prévoir que ça allait éclater, répondit Martyr. Le fusil était accroché au mur du couloir, et des cartouches, il y en a un peu partout. J'étais dans ma chambre, et je les ai entendues se disputer. Au bout d'un petit moment, j'ai entendu le claquement de la culasse qu'on rabattait. C'est un bruit que je n'ai pas pu ne pas reconnaître et je me suis précipité dans la chambre de Joan, juste à temps pour pousser le canon du fusil. Sa mère était en train de presser la détente. Je n'en ai pas fait toute une histoire, inspecteur, parce que ça aurait gâché mon petit numéro.

– Oui, l'effet serait retombé, approuva Bony.

Il agrippa alors l'avant-bras de Lester.

– Venons-en à vous. Bob, on ne peut pas faire de commérages sans risquer de prendre un jour une tuile sur la tête. N'oubliez pas que vous avez vécu dans une maison de verre. Rendez-vous compte : offrir une broche d'une valeur de cent vingt livres à la suite d'une simple promesse. Imaginez ce que les gens allaient dire. Ce petit jeu a fini par vous coûter horriblement cher, non ?

– Ouais, je suppose. (Lester oublia de renifler, mais il gloussa.) N'empêche, un type qui parie jamais, y peut jamais gagner, pas vrai ?

– C'est tout à fait juste, Bob, acquiesça Bony en souriant. Mais quand le pari porte sur une femme, aucun homme ne peut gagner... ça, jamais. Et maintenant, je dois partir. Au revoir [1], et bonne chance à vous tous. Si vous êtes encore là, prévenez-moi quand le lac Otway renaîtra.

1. En français dans le texte. *(N.d.T.)*

ACHEVÉ D'IMPRIMER SUR LES PRESSES
DE COX & WYMAN LTD. (ANGLETERRE)

N° d'éditeur : 2111
Dépôt légal : octobre 1991
*Imprimé en Angleterre*